GOLDMANN

Pelham Grenville Wodehouse wurde am 15. Oktober 1881 in Guildford/England geboren. Seit 1903 freier Schriftsteller, verbrachte er viele Jahre in den Vereinigten Staaten, wo er auf Long Island lebte; 1955 wurde er amerikanischer Staatsbürger. Er starb am 15. Februar 1975 in New York.

Wodehouse schrieb im Lauf seines langen Lebens über siebzig heitere Romane und zahlreiche Kurzgeschichten, die, reich an Situationskomik, menschliche Schwächen gutmütig verspotten.

Außer dem vorliegenden Band sind von P.G. Wodehouse als Goldmann-Taschenbücher lieferbar:

Fünf vor zwölf, Jeeves. Heiterer Roman (3962)
Das Mädchen in Blau. Heiterer Roman (3718)
Ohne Butler geht es nicht. Heiterer Roman (3500)
Seine Lordschaft geht aufs Ganze. Heiterer Roman (6612)
Stets zu Diensten. Heiterer Roman (3860)
Verliebt in Fräulein Doktor. Heiterer Roman (6675)

P. G. WODEHOUSE

Moneten auf der Bank

HEITERER ROMAN

Deutsche Erstveröffentlichung

GOLDMANN VERLAG

Aus dem Englischen von Hermann Völkel
Titel des Originals: Money in the Bank

Made in Germany · 5/84 · 1. Auflage · 1112

Umschlagentwurf: Design Team, München, unter Verwendung
einer farbigen Zeichnung von Herbert Horn
Satz: Presse-Druck Augsburg
Druck: Elsnerdruck GmbH, Berlin
Verlagsnummer: 6697
MV · Herstellung: Peter Papenbrok
ISBN 3-442-06697-2

Erstes Kapitel

Mr. Shoesmith, der bekannte Rechtsanwalt, Senior der Sozietät Shoesmith und Partner, lehnte sich in seinem Sessel zurück und sagte, er hoffe, daß nun alles geklärt sei.

Er fügte dieser Bemerkung ein kurzes, doch vernehmliches Räuspern an, jenes Räuspern, mit dem Rechtsanwälte andeuten, daß ein Gespräch beendet sei, und Jeff Miller wurde dadurch in seinen Gedankengängen unterbrochen. Mr. Shoesmith erinnerte ihn immer an einen Vogel, und bei dem Versuch, die Vogelart genau zu bestimmen, hatte seine Aufmerksamkeit nachgelassen.

Das, was ihm entgangen war, mußte jedoch etwas mit dem bevorstehenden Prozeß Pennefather gegen Tarvin zu tun haben, in dem er den Kläger vertreten sollte. Dieser Prozeß war der Grund, weshalb er hier saß, und über diesen Prozeß hatte Mr. Shoesmith in dem Moment gesprochen, als seine Gedanken auf Wanderschaft gegangen waren. Es schien Jeff daher am sichersten, zustimmend zu nicken.

»Ich habe doch alle wesentlichen Punkte angesprochen, oder?«

»O ja, alle.«

»Sie sind also mit mir der Meinung, daß sich die Verteidigung vor allem auf die Aussage des Zeugen Lionel Green stützen wird?«

»Völlig Ihrer Meinung.«

»Ihre Aufgabe wird daher sein, die Glaubwürdigkeit dieses Zeugen zu erschüttern.«

»Überlassen Sie das ganz mir.«

»Leider«, stellte Mr. Shoesmith bedauernd fest, »bleibt mir keine andere Wahl.«

Er seufzte. Ein stiller Beobachter hätte aus diesem Verhalten den Schluß ziehen können, daß er keine besonderen Sympathien für Jeff hegte – und den Nagel auf den Kopf getroffen. Jeff hatte eine kleine Schar von Bewunderern, doch Mr. Shoesmith zählte nicht zu ihnen. Der bekannte Rechtsanwalt konnte sich nicht entsinnen, jemals eine schlimmere Hiobsbotschaft erhalten zu haben als vor einigen Wochen, als seine einzige Tochter diesen jungen Mann nach Hause gebracht und ihn in ihrer bestimmten Art als ihren Verlobten präsentiert hatte.

Damals war sein einziger Kommentar »Großer Gott!« oder etwas Ähnliches gewesen, weil ihn diese Eröffnung so unvorbereitet getroffen hatte, daß es ihm nur mit Mühe gelang, überhaupt etwas zu sagen. Er konnte an Jeff wenig, ja gar nichts finden, was einen Vater, dem eine solche Nachricht überbracht wird, veranlassen könnte, einen Freudentanz aufzuführen. Ihm mißfiel sein Haar, das für ihn aussah wie Stroh, sein Charakter, der ihm nicht genügend gefestigt erschien, und sein Auftreten, das ihm viel zu salopp vorkam. Er hatte während des Gespräches, das sich nun dem Ende näherte, am Verhalten seines zukünftigen Schwiegersohns nichts feststellen können, was nicht vom Idealbild eines jungen Rechtsanwalts abwich, der Instruktionen für sein erstes Auftreten vor Gericht erhielt, und empfand ein gewisses Mitleid mit diesem Pennefather, dessen Schicksal in solchen Händen liegen würde.

Myrtle hatte jedoch darauf bestanden, daß er ihrem Verlobten die Chance einräume, sich bei Gericht einen Namen zu machen – soweit dies möglich war als Rechtsbeistand eines Taxifahrers, der wegen eines Faustschlags mit einem Innenausstatter prozessierte, und er hatte es schon vor langer Zeit aufgegeben, sich Myrtles Wünschen zu widersetzen.

Er seufzte deshalb nur und erhob sich, um damit anzudeuten, daß er Jeffs Anwesenheit nun lange genug ertragen hatte. »Also gut«, sagte er und verzog dabei seine Gesichtsmuskeln so, daß man es bei ungenügender Beleuchtung für ein Lächeln hätte halten können, »hoffen wir das Beste.«

»Es wird schon schiefgehen«, erwiderte Jeff jovial. »Nur den Mut nicht sinken lassen. Wissen Sie, was Caesar zu seinen Legionären vor der Schlacht von ichweißnichtmehrwo sagte?«

Mr. Shoesmith' Miene verriet Erstaunen ob dieses unerwarteten Beweises humanistischer Bildung. »Wie bitte? Was sagte er denn?«

»Ran an den Feind und nicht gezittert! Auf Wiedersehen! Schönen Tag noch.«

»Auf Wiedersehen.«

Jeff verließ die Kanzlei und eilte mit langen, elastischen Schritten in westlicher Richtung davon, denn er war ein athletischer junger Mann, der kein Taxi rufen mußte, um vom Sitz der Kanzlei in Lincoln's Inn Fields zum Halsey Court im vornehmen Stadtteil Mayfair zu gelangen, wo sich sein bescheidenes Domizil befand, sondern er konnte den Weg dorthin zu Fuß zurücklegen. Als durchtrainiertem Rugbyspieler, der sogar in die englische Nationalmannschaft berufen worden war, hätte ihm ein noch längerer Spaziergang auch nichts ausgemacht.

Als er so durch die Straßen schritt, mußte er wieder über Mr. Shoesmith nachdenken. Er kam zu dem Schluß, er habe es mit einem unnahbaren, gefühllosen, von sich eingenommenen und humorlosen alten Knacker zu tun, mit dem er sich wohl nie verstehen würde. Er versuchte vergeblich, eine Gemeinsamkeit zwischen Mr. Shoesmith auf der einen und sich selbst auf der anderen Seite zu entdecken.

Dennoch gab es eine solche Gemeinsamkeit, und zwar in einem äußerst wichtigen Punkt. Wie wir bereits wissen, war Jeffs Verlobung mit seiner Tochter Myrtle eine Angelegenheit, die Mr. Shoesmith Sorgen bereitete; Jeff selbst bereitete sie sogar große Sorgen. Der Gedanke, sich in einen Frack zwängen und mit Myrtle Shoesmith zum Traualtar schreiten zu müssen, jagte ihm einen Schauer über den Rücken und verursachte ihm ein flaues Gefühl in der Magengegend.

Ihm war immer noch nicht klar, wie er in diese Bredouille hatte geraten können. Die Fakten legten die Vermutung nahe, daß er eine beiläufige Bemerkung gemacht hatte, die bei dem Mädchen den Eindruck erweckte, er werde um ihre Hand anhalten, doch konnte er sich nicht erinnern, etwas so Idiotisches getan zu haben. Er wußte nur, daß irgendwer ihn eingeladen, er einen netten Abend verbracht und zu einem bestimmten Zeitpunkt mit Myrtle Shoesmith geplaudert hatte und daß er zu einem anderen bestimmten Zeitpunkt, der, wie ihm schien, nur etwas später als der erste lag, aus allen Wolken gefallen war, als Myrtle Shoesmith plötzlich von Brautkleid und Hochzeit sprach. Alles war so plötzlich und völlig unerwartet gekommen, wie ein Blitz aus heiterem Himmel, ein Erdbeben, eben wie ein Akt höherer Gewalt.

Viele wesentliche Punkte dieser Affäre lagen zwar für ihn noch im Dunkeln, doch einer war ihm sonnenklar – die Gefühlsregungen, die Myrtle in ihm weckte, hatten nichts mit Liebe zu tun.

Liebe sollte sich, zu dieser Ansicht war er bei den vielen Gedanken gelangt, die er sich schon über dieses Thema gemacht hatte, nicht dadurch ausdrücken, daß man in Gegenwart des geliebten Menschen von einem Bein auf das andere tritt und vor Nervosität nicht weiß, wohin mit seinen Händen. Er erinnerte sich, daß, als er noch zur Schule ging, der ehemalige Hauptfeldwebel, der zweimal wöchentlich den Turnunterricht leitete, in ihm das gleiche Gefühl der Unsicherheit hervorgerufen hatte, das ihn jetzt in der Gesellschaft von Myrtle Shoesmith befiel. Und daß er diesen Hauptfeldwebel geliebt hatte, konnte wohl niemand behaupten.

Unter dem sich verdichtenden Eindruck, ein guter Mensch zu sein, der wie eine Gestalt aus Shakespeares Dramen vom Schicksal dazu bestimmt ist, sich in immer größere Kalamitäten zu verstricken, überquerte er den Berkeley Square und erreichte den Halsey Court.

Es war ein heiterer Tag; der Juni zeigte sich von seiner besten Seite. Tausende von Barometern hatten sich am Morgen nach leichtem Anklopfen geweigert, auch nur um einen Strich von »Schön« auf »Veränderlich« zu fallen, und der blaue Himmel bewies, daß sie mit ihrer Vorhersage richtig gelegen hatten. Diese schmale Seitenstraße war jedoch von einem fahlen Zwielicht erfüllt, so, als finde gerade eine Sonnenfinsternis statt. Der Halsey Court schien sich wenig aus Sonnenschein zu machen, dafür sich aber auf den Duft von vor sich hin köchelndem Kohl spezialisiert zu haben. Zum allerersten Mal fand Jeff diesen Geruch abstoßend und sehnte sich nach dem von Rosen und Lavendel.

Er führte diesen Sinneswandel darauf zurück, daß seine Gedanken um die bevorstehende Hochzeit kreisten, denn bisher hatte er sich am Halsey Court ganz wohl gefühlt. Es war zwar hier alles etwas schmuddelig, aber es war auch ruhig, und diese Ruhe hatte es ihm angetan. Er hatte seine Prüfung abgelegt, weil es sein reicher Pate so gewünscht hatte, und war gerade dabei, den Sprung in die Berufspraxis zu wagen, weil Myrtle Shoesmith es so wollte, doch war er auch und vor allem ein Schriftsteller. Er schrieb Geschichten, die von geheimnisvollen Chinesen, Mädchen mit goldschimmernden Haaren und Leichen von Baronen in getäfelten Bibliotheken handelten, und fand, daß die klösterliche Stille des Halsey Court beim Verfassen dieser Erzählungen von Vorteil war.

Er ging durch den schmalen Durchgang zum Innenhof und dann

nach rechts. So gelangte er zu den Halsey Chambers, jenem Gebäude, in dem sich seine Wohnung befand. Er stieg die Treppen hinauf in den dritten Stock, schloß die Wohnungstür auf und wurde auch schon von Tante Balsam, seiner Haushälterin, die ihn wie eine Mutter umsorgte, in Empfang genommen.

»Da sind Sie ja endlich«, begrüßte sie ihn jedesmal wie einen verlorenen Sohn, was ihr Arbeitgeber stets als rührend empfand. »Miss Shoesmith hat angerufen, kurz nachdem Sie gegangen waren.«

Jeff zuckte zusammen. »Ist sie schon wieder in London?«

»Nein. Sie ist noch bei Freunden auf dem Land und hat von dort aus angerufen. Ich sagte ihr, Sie hätten einen Termin bei ihrem Herrn Papa, worauf sie sagte, sie werde es später noch einmal probieren. Ist alles gut gegangen?«

»Wie bitte?«

»Ihr Gespräch mit dem Vater der jungen Dame.«

»Ach so. Ja, ganz gut. Lassen Sie mich mal hören, wie weit ich Sie schon ins Vertrauen gezogen habe.«

»Sie sagten, Sie nähmen an, er habe einen Fall für Sie.«

»Hatte er auch. Es ist bereits alles geregelt, Tante. Ich werde Ernest Pennefather vertreten, einen Taxifahrer, der Justitias Beistand erfleht, um den Innenausstatter Orlo Tarvin seiner gerechten Strafe zuzuführen, weil Tarvin ihm bei der Auseinandersetzung um den Fahrpreis einen Schlag versetzt habe, worauf besagter Pennefather aus Angst um sein Leben das Weite suchte. Ein interessanter Fall, weil er zeigt, wie nervös und reizbar Taxifahrer sind, aber eigentlich ein unbedeutender für einen Mann von meinen Fähigkeiten. Na gut, ich kann sie ja unter Beweis stellen, wenn ich diesen Green auseinandernehme.«

»Bitte?«

»Es hat den Anschein, daß ein zweiter Innenausstatter, ein gewisser Lionel Green, Zeuge dieser Auseinandersetzung gewesen ist. Dieser Green behauptet nun, der Schlag sei kein Schlag gewesen, sondern nur ein freundschaftlicher Klaps. Die Verteidigung wird, so vermute ich, die Einstellung des Verfahrens wegen Geringfügigkeit beantragen. Nun, wir werden sehen. Ich wurde dahingehend instruiert, Green in die Mangel zu nehmen, und das werde ich auch. Ich werde es auf die höfliche, sanfte Tour machen, aber wenn ich mit ihm fertig bin, wird er nicht mehr wissen, ob er Männlein oder Weiblein ist! Freilich, im Grunde ist das doch alles kompletter Blödsinn, meinen Sie nicht auch, Tante Balsam? Was habe ich mit den Zänkereien dieser Proleten zu schaffen? Ich sollte an meinem Schreibtisch sitzen und mich meinen literarischen Neigungen widmen. Klingelt da nicht das Telefon?«

»Ja. Miss Shoesmith, vermute ich.«

»Sie rechnen ja gleich mit dem Schlimmsten, aber sehr wahrscheinlich haben Sie recht.«

Es war tatsächlich Miss Shoesmith. Er erkannte ihre Stimme sofort an der deutlichen Sprechweise und der Bestimmtheit, die mitschwang. Einer der Gründe, weshalb es zwischen diesem Mädchen und Jeff zu keinem Gleichklang der Seelen kommen konnte, lag darin, daß sie mit ihm immer redete wie eine Gouvernante mit einem Problemkind.

»Geoffrey?«

»Ja?«

»Ich habe vorhin schon einmal angerufen, aber du warst nicht da.«

»Tante Balsam hat es mir gesagt.«

»Nenn Mrs. Balsam nicht ›Tante‹. Es gehört sich einfach nicht und wird nur dazu führen, daß sie sich Freiheiten herausnimmt. Ist alles in Ordnung?«

»Hier scheint die Sonne. Wie ist das Wetter bei euch?«

»Schweif nicht ab. Du weißt ganz genau, was ich meine. Wie ging's mit Vater? Hat er dir den Fall übergeben?«

»Ja, das hat er.«

»Sehr gut. Aber wenn du den Prozeß nicht gewinnst, gibt es für dich keine Ausreden. Vater sagt, daß der andere Verteidiger keinen Fuß auf den Boden bekommen dürfe.«

»Mach dir keine Sorgen. Ich werde gewinnen, ich versprech's. Ich rechne mit einem beispiellosen Triumph.«

»Nun ja, hoffen wir das Beste.«

»Genau das hat dein Vater auch gesagt.«

»Ich werd' mit dir böse sein, wenn du nicht gewinnst. Du mußt nur die Instruktionen meines Vaters befolgen. Denk daran, dem Gericht den nötigen Respekt zu erweisen. Nuschel nicht, grinse nicht und stottere nicht herum. Überleg dir, was du sagen willst, und sag es dann deutlich und für alle verständlich. Und geh vorher noch zum Friseur.

Na ja, so wichtig ist das nicht, denn du trägst ja im Gerichtssaal eine Perücke. Ich glaube, das wäre alles im Moment. Mach's gut. Auf Wiederhören!«

»Auf Wiederhören!« Jeff legte den Hörer auf, ging zum Fenster und sah hinaus, die Hände in den Hosentaschen, die Stirn in Falten gelegt. Von Natur aus war er ein fröhlicher, sogar äußerst lebhafter junger Mann, der gern und oft lachte, doch im Moment schien er ziemlich niedergeschlagen.

Er konnte keinen Hoffnungsschimmer am Horizont erblicken. In der letzten Zeit hatte er sich immer häufiger wie ein Tier gefühlt, das in einer Falle gefangen ist und sieht, wie der Jäger immer näher kommt, denn die Hochzeit war auf den 5. Juli festgesetzt, und heute war bereits der 10. Juni.

Zweites Kapitel

Den Halsey Chambers gegenüber, jenseits des kleinen Innenhofs, steht das Halsey Building, ein ziemlich heruntergekommenes Gebäude, in dem sich viele kleine, muffige Büros befinden. Die Inhaber dieser Büros sind der Meinung, das Privileg, das magische Wort »Mayfair« im Briefkopf drucken lassen zu können, wiege mehr als die mangelnde Be- und Entlüftung. Zu dem Zeitpunkt, da unsere Geschichte beginnt, trug das Fenster im dritten Stock in großen schwarzen Lettern die Aufschrift: »J. Sheringham Adair, Privatdetektiv.«

Am Morgen des Tages nach der Verhandlung in der Sache Pennefather gegen Tarvin ging eine modisch gekleidete junge Frau von herausfordernder Schönheit über den Halsey Court und direkt auf das Halsey Building zu. Ihr blondes Haar schimmerte golden, ihre Lippen waren grell geschminkt, und ihre Augen funkelten lebhaft.

Diese Augen verrieten jedoch auch, daß es sich bei ihr nicht um eine Person mit einem untadeligen Lebenswandel handelte. Die junge Frau bot zwar einen netten Anblick, doch der aufmerksame Beobachter konnte an ihr jene Ausstrahlung bemerken, die einen vorsichtigen

Gastgeber veranlaßt, die Wertsachen in weiser Voraussicht wegzuschließen. Dolly Molloy, so hieß die Dame, war die Frau von Soapy Molloy, einem Börsenmakler, der sich einen gewissen Ruf erworben hatte.

Der Halsey Court sah so schäbig aus wie immer, und Dolly, in jeder Beziehung sehr heikel und wählerisch, blickte sich naserümpfend um. Ein verächtliches Stirnrunzeln verdüsterte ihr hübsches Gesicht, als sie mit hallenden Schritten die steinernen Treppen des Halsey Building hinaufging und mit dem Griff ihres Schirms – den sie sich selbst vor kurzem in einem Kaufhaus zum Geschenk gemacht hatte, ohne dafür zu bezahlen – gegen die blinde Glasscheibe in der Tür mit dem Namensschild »J. Sheringham Adair, Privatdetektiv« klopfte.

Es ist natürlich äußerst selten, daß jemand wirklich einen so wohlklingenden und eindrucksvollen Namen wie J. Sheringham Adair hat, und darum soll sofort darauf hingewiesen werden, daß der Mann, der sich gegenüber von Jeff Millers Wohnung eingenistet hatte, diesem Namen keine Ehre machte. Es handelte sich nämlich bei ihm um einen zwielichtigen Herrn namens Twist, der von Freunden Chimp genannt wurde. Als ihn das von dem Elfenbeingriff an der Glasscheibe geschlagene Stakkato aufschreckte, saß er gerade an seinem Schreibtisch und verzehrte eine kärgliche Mahlzeit.

Die plötzliche Erkenntnis, daß ihm unerwarteter Besuch ins Haus stand, ließ ihn hochfahren und sich beinahe an seinem Sandwich verschlucken. Da er in seinem Beruf bereits einige unangenehme Erfahrungen hatte sammeln müssen, geriet er stets in Panik, wenn jemand unangemeldet in seine Privatsphäre eindrang. Zu oft hatte er bei solchen Anlässen aus dem Fenster springen oder sich in einem Schrank verstecken müssen. Und auch jetzt war seine erste Reaktion ein schneller Blick hin zu dem geräumigen Kleiderschrank hinter seinem Schreibtisch, gefolgt von einer Bewegung in diese Richtung, doch dann öffnete sich die Tür, und das Geschlecht des Besuchers signalisierte ihm Entwarnung. Einen Lidschlag danach war er wieder ganz der Alte. Er hatte eine gute Freundin erkannt.

»Na so was!« entfuhr es ihm. Mrs. Molloy gehörte zwar nicht zu den Frauen, für die er besondere Sympathien hegte, doch das Gefühl der Erleichterung, das ihn überkam, ließ die Begrüßung beinahe überschwenglich ausfallen. »Na so was, wen haben wir denn hier?

Komm herein, Dolly, und setz dich. Da ist ein sauberer Stuhl.«

»Wo denn?« erkundigte sich seine Besucherin und nahm nach einer Inspektion des Raumes, die einem sensibleren Mann sehr peinlich gewesen wäre, auf einer Ecke des Schreibtisches Platz. »Willst du hier drin Blumenkohl und Radieschen züchten, oder was? Es ist lange her, daß wir uns über den Weg gelaufen sind, Chimp! Du hast dich aber kein bißchen verändert.«

Wenn diese Bemerkung der Wahrheit entsprach, betraf sie einen bedauerlichen Umstand, denn die Erscheinung von Mr. Twist hätte durch eine Veränderung nur gewinnen können. Er war klein und unscheinbar und hatte das Gesicht eines wenig vertrauenerweckenden Affen, den die anderen Mitglieder der Horde nicht in die Nähe ihrer Futterration kommen lassen. Aber nicht genug damit: Er hatte sich, nicht zufrieden mit dem, was ihm von der Natur in die Wiege gelegt worden war, auch noch einen Oberlippenbart wachsen lassen, der sein Gesicht nur noch mehr entstellte. Trotzdem schien er die Bemerkung seiner Besucherin als Kompliment aufzufassen.

»Ich hab' mich eben gut gehalten«, erwiderte er und strich sich mit einem Zahnstocher über den Bart. »Wie geht's Soapy?«

Dollys Blick schien sich zu verdüstern. Ein aufmerksames Ohr hätte ein Zittern in ihrer Stimme bemerken können, als sie sagte, Soapy gehe es gut.

»Und was führt dich hierher?«

»Na ja, ich war sowieso in der Gegend und dachte, ich könnte mal vorbeischauen. Außerdem wollt' ich dich um einen Rat bitten. Und dann sind da noch die fünfzig Pfund, die dir Soapy vor über einem Jahr geliehen hat und von denen du noch nichts zurückgezahlt hast. Ich nehm' das Geld mit, wenn ich sowieso schon hier bin.«

»Ich hab' mir von Soapy nichts geborgt.«

»Hier in meiner Tasche ist der Schuldschein.«

»Ich hab' ihm das Geld bestimmt schon zurückgegeben. Ja, so muß es sein. Jetzt erinner' ich mich . . .«

»Und ich soll dich daran erinnern, daß du Soapy immer noch fünfzig Pfund schuldest.«

Mr. Twist schien einen Augenblick lang verlegen, doch nur einen Augenblick. So leicht ließ er sich nicht unterkriegen. »Reden wir nachher drüber. Weshalb brauchst du meinen Rat?«

Das lebhafte Funkeln verschwand aus den Augen seiner Besucherin, und sie seufzte, als bedrücke sie etwas. Sie tupfte sich die Nase mit einem feinen, seidenen Taschentuch, das zu einem aus zwölf Stück bestehenden Satz gehörte, den der Inhaber eines teuren Geschäfts vermißte, nachdem sie ihn mit ihrer Kundschaft beehrt hatte. »Ich mache mir Sorgen, Chimp.«

»Worüber?«

»Über Soapy.«

»Das mußte ja so kommen. Du hast einen großen Fehler gemacht, daß du ihn geheiratet hast«, erklärte Mr. Twist ohne Umschweife. Seine Beziehnung zu Mr. Molloy zeichnete sich nicht gerade durch besondere Herzlichkeit aus. Er konnte nicht vergessen, wie oft Mr. Molloy ihn schon übervorteilt hatte, als er gerade im Begriff war, ihn zu übervorteilen. »Was macht er denn? Hat er wieder angefangen, den großen Macker zu markieren?«

»Es sieht so aus.«

»Dieser Schwachkopf.«

»Ich wäre dir sehr dankbar, wenn du meinen Mann nicht Schwachkopf nennen würdest«, erklärte Dolly, in ihrer Ehre sichtlich gekränkt.

»Wie sollte ich ihn denn sonst nennen?« fragte Chimp. »Du kannst es drehen und wenden, wie du willst, er ist und bleibt einer.«

Mrs. Molloy biß sich auf die grell geschminkte Lippe und verhinderte so, daß ihr eine passende Antwort herausrutschte. Chimp Twist hatte seine Fehler, und niemand kannte sie besser als sie, aber er war auch ein Mann mit Scharfsinn und anerkannt sicherem Urteilsvermögen; sie hingegen war eine Fremde in einem fremden Land und hatte niemand sonst, mit dem sie über ihre Probleme sprechen konnte. Im heimatlichen Chicago gab es gleich ein Dutzend kluger Leute, denen sie den Kummer, der an ihrem Herzen nagte, hätte anvertrauen können, in der Gewißheit, daß sie ihr mit Rat und Tat zur Seite gestanden hätten. Aber sie befand sich derzeit in England, und ihre Ratgeber waren weit weg, saßen möglicherweise sogar hinter Gittern.

Chimp brannte darauf, mehr zu erfahren. Er gehörte zu jenen niederträchtigen Kreaturen, die sich am Unglück anderer weiden, und erhoffte sich ein besonderes Vergnügen durch die Schilderung der Unstimmigkeiten in der Ehe der Molloys. »Was ist es denn genau?«

»Es ist eine Frau. Er verhält sich so komisch. Ich glaub', da ist etwas im Busch bei den beiden.«

»Was für eine Frau?«

»Die Frau, mit der er in Shipley Hall in Kent, wo wir zu Besuch sind, im Rosengarten herumspaziert. Sie gehen miteinander in den Rosengarten, und sie steckt ihm Rosen ins Knopfloch.«

Mr. Twist sah sie ungläubig an. »Sie steckt Soapy Rosen ins Knopfloch?«

»Stimmt.«

»Die muß verrückt sein.«

Wieder biß sich Mrs. Molloy auf die Lippe, und wieder erinnerte sie sich daran, wie sehr sie den Rat dieses Mannes benötigte. »Ich hab' sie schon zweimal dabei erwischt. Außerdem hat mir nicht gefallen, wie er sie dabei angeglotzt hat. So richtig schmachtvoll ... Sie heißt Cork«, fügte sie hinzu, als würde durch diese Tatsache die ganze Angelegenheit noch schlimmer. »Soapy hat sie irgendwo aufgegabelt, und sie hat ihm von dem Institut erzählt, das sie leitet, und Soapy wollte, daß wir es uns unbedingt angucken. Sie hat das Haus von einem Lord gepachtet. Es ist ein komischer Laden. Die essen dort nur vegetarisch, machen Atemübungen und tanzen im Kreis herum. Soll gut für die Psyche sein, heißt es.«

Die Beschreibung des Clarissa-Cork-Instituts zur Förderung des einfachen Lebens und positiven Denkens war zwar nicht sehr präzise, doch Chimp nickte verständnisvoll. »Ich weiß, was du meinst. Überkandidelte Gesundheitsapostel.«

»Nenn es, wie du willst. Für mich ist es eine Klapsmühle. Ich hab' nichts gegen Atemübungen, wenn ich vorher etwas Vernünftiges zu essen gekriegt habe, aber immer nur Grünzeug – das geht mir auf den Geist. Wenn ich mich an den Tisch setze, dann muß einfach ein Stück Fleisch auf dem Teller liegen, damit man weiß, wozu man seine Beißer hat. Wenn das so weitergeht, dann dauert's nicht mehr lange, und ich dreh' durch. Der Butler ist schon übergeschnappt.«

»Ich hab' auch schon mal drangedacht, ein solches Institut aufzumachen«, erwiderte Mr. Twist nachdenklich. »Mit so was ist Geld zu verdienen. Erzähl mir mehr. Tanzt Soapy auch im Kreis herum?«

»Natürlich.«

»Und das, wo er doch sooo gelenkig ist! Ich wart' nur drauf, bis er sich irgendwas verrenkt. Was hast du gesagt? Der Butler ist übergeschnappt?«

»Vollkommen übergeschnappt. Er wandelt herum wie ein Gespenst, mit einem seltsamen, starren Blick, als hätte er Visionen. Stell dir vor: Gestern komm' ich in mein Zimmer, und da seh' ich ihn unter dem Tisch herumkrabbeln. Ganz ehrlich, er rutscht auf den Knien unter dem Tisch herum. Als ich fragte, was das soll, hat er behauptet, er will herausfinden, wo dieser komische Geruch herkommt. Von wegen komischer Geruch! Da hat gar nichts komisch gerochen.«

Mr. Twist pflichtete ihr bei, daß ein solches Verhalten, vorsichtig ausgedrückt, hart an der Grenze des Erträglichen sei. Ein gewisses Interesse bekundend, fügte er hinzu, er habe noch nie einen verrückten Butler gesehen – vergaß jedoch nicht, in diesem Zusammenhang darauf hinzuweisen, daß er lieber einen sehen als selber einer sein würde.

»Es ist wirklich der verrückteste Laden, den ich bis jetzt kennengelernt habe«, fuhr Dolly fort. »Aber ich bin eigentlich nicht hier, um mich mit dir darüber zu unterhalten. Was hältst du denn von der Geschichte mit Soapy und dieser Frau? Beeil dich ein bißchen, denn mein Zug geht bald.«

Mr. Twist gab ohne Zögern seine Einschätzung der Lage bekannt. Er hatte wenig Vertrauen in die Menschheit und überhaupt keines in Soapy Molloy. »Je früher du mit einem Donnerwetter dazwischenfährst, desto besser«, erwiderte er mit allem Nachdruck. »Er ist mit dir verheiratet, und das scheint er vergessen zu haben.«

Dolly nickte sichtlich betrübt. Er hatte den Schluß, zu dem sie gekommen war, nur noch einmal bestätigt. »Das Gefühl habe ich auch. Die Cork ist reich. Hat Geld wie Heu. Und ich hab' mich selbst schon gefragt, was ich machen kann, damit Soapy mich nicht sitzen läßt und versucht, bei ihr zu landen. Er würde sie bestimmt mit Leichtigkeit um den Finger wickeln. Er hat schon Charme, der alte Schwerenöter. Und außerdem ist er gerade in einem gefährlichen Alter. Noch jung genug, um bei allen Frauen Chancen zu haben, aber auch schon wieder so alt, daß ihm das Arbeiten keinen Spaß mehr macht und er sich nach einer reichen Frau umschaut, die ihn aushält.«

»Laß ihn nicht aus den Augen und halt ihm eine Gardinenpredigt, wenn du merkst, daß da mehr zwischen den beiden ist.«

»Du glaubst nicht, daß er ihr gegenüber nur besonders höflich sein will, weil sie unsere Gastgeberin ist?«

»Nein, das glaub' ich nicht.«

»Ich eben auch nicht«, sagte Dolly mit Bedauern. »Nun muß ich aber gehen, sonst erwisch' ich meinen Zug nicht mehr. War nett, dich wiederzusehen.«

»Du kannst jederzeit wieder vorbeischauen, wenn du in der Gegend bist. Das macht dann fünfzig Pfund.«

»Was macht fünfzig Pfund?«

»Mein fachmännischer Rat. Gib mir den Schuldschein, und wir sind quitt.«

Dolly Molloy rang um Fassung. »Fünfzig Pfund dafür, daß du nur ja gesagt hast zu dem, was ich mir schon längst selbst gedacht hatte? Du hast vielleicht Nerven!«

»Die Beratung durch ein Büro in Mayfair ist nun einmal etwas teurer. Eigentlich kommst du noch ganz gut dabei weg. Sherlock Holmes hat immer mit Edelsteinen verzierte Schnupftabaksdosen bekommen.«

Nur die Sorge, den Zug zu verpassen, ließ Dolly davon Abstand nehmen, ihm in aller Deutlichkeit zu sagen, was sie von ihm hielt. Die Zeit drängte; sie öffnete deshalb ihre Handtasche und legte ein Stück Papier auf den Schreibtisch. Zu spät erinnerte sie sich daran, daß mit Alexander Twist in geschäftlichen Dingen nicht gut Kirschen essen war. Und eben dieser ausgeprägte Geschäftssinn war der Grund, daß geräumige Kleiderschränke, in denen er sich vor wütenden Klienten verstecken konnte, so wichtig für ihn waren, um unversehrt an Leib und Leben zu bleiben.

Dolly war niedergeschlagen, als sie im Zug nach Shipley saß, einem malerischen Dörfchen in der Grafschaft Kent. Der von einem Unbeteiligten bestätigte Verdacht, ihr geliebter Ehemann wolle sie hintergehen, und die betrübliche Aussicht, daß es zum Abendessen nur Kartoffeln und Spinat geben würde, hatten ihr, die sonst vor Lebensfreude sprühte, die Stimmung gründlich verdorben. Mißmutig stieg sie am Zielort aus dem Zug und machte sich auf den kurzen Weg nach Shipley Hall.

Shipley Hall, der Familiensitz von George, dem sechsten Viscount Uffenham, von ihm komplett an Mrs. Cork vermietet, stand, umgeben von bewaldeten Hügeln, inmitten bunter Blumenbeete und großer Rasenflächen auf einer Anhöhe, von der aus man eine herrliche Aussicht hatte. Das Haus bot einen hübschen Anblick, aber auch Soapy Molloy, der in einem braunroten Anzug mit rotgelber Krawatte, hellbraunen Wildlederschuhen, auf dem Kopf einen Panama-Hut, auf der Terrasse hin- und herlief.

Aber weder die herrliche Aussicht noch der Anblick von Soapy Molloy waren dazu angetan, Dolly aufzuheitern. Die Schönheit der Landschaft ließ sie kalt, und eine etwa von ihrem buntgescheckten Gatten ausgehende Aufmunterung wurde sofort wieder dadurch zunichte gemacht, daß er sich in Gesellschaft von Mrs. Cork befand. Und nicht genug damit: Er wählte ausgerechnet den Augenblick, als er in Dollys Blickfeld geriet, um die Hand seiner Begleiterin zu ergreifen und zärtlich zu tätscheln. Die beiden entzogen sich dann ihrem Blick, weil sie hinter hohen Rhododendren verschwanden.

Dolly sank auf einen Baumstumpf nieder, blieb dort eine Zeitlang sitzen und hing ihren trüben Gedanken nach. Dann erhob sie sich und ging mit bleiernen Schritten ins Haus und auf ihr Zimmer. Sie hatte das Gefühl, daß das, was sie durchlitt, das Höchstmaß dessen sei, was eine junge Ehefrau erdulden müsse.

Als sie die Tür zu ihrem Zimmer öffnete, mußte sie jedoch erkennen, daß sie sich getäuscht hatte. Sie war zu optimistisch gewesen, denn auf sie wartete weiteres Ungemach. Sie blieb an der Türschwelle stehen; das, was sie sah, brachte das Faß zum Überlaufen.

Unter dem Tisch ragte, wie ein Tafelberg in der Wüste, ein breiter Hosenboden hervor, der leicht hin- und herwackelte, wie das Hinterteil eines Terriers vor einem Fuchsbau.

Zu allem Ärger war also Cakebread, der Butler, wieder in ihrem Zimmer.

Drittes Kapitel

Mrs. Cork empfand zwar die Gesellschaft von Mr. Molloy als sehr angenehm, dennoch hatte der Spaziergang zwischen den Rhododendren nicht lange gedauert. Sie hatte etwas zu erledigen. Zehn Minuten nachdem Dolly sie auf der Terrasse gesehen hatte, stand sie in ihrem Arbeitszimmer und betätigte die Sprechanlage. »Miss Benedick!«

»Ja, Mrs. Cork?« flötete eine bezaubernde Stimme.

»Ich möchte, daß Mr. Trumper sofort zu mir kommt.«

»Ja, Mrs. Cork«, antwortete die bezaubernde Stimme.

Mrs. Cork zog ihre breiten Schultern hoch und stellte sich mit dem Rücken zum offenen Kamin in Positur. In ähnlicher Pose, das Gewehr in der Hand, einen Fuß auf dem Hals einer toten Giraffe, war sie für das Umschlagbild ihres kürzlich erschienenen Reisetagebuches *Eine Frau in der Wildnis* abgelichtet worden.

Dem, der sich für tote Giraffen interessiert, muß Mrs. Cork nun nicht mehr vorgestellt werden. Unter den zahlreichen Lesern, für die der Erzähler zu schreiben hofft, könnten sich allerdings einzelne befinden, die mit diesen Tieren mit langen Hälsen nichts anzufangen wissen. Diesem Handvoll zuliebe soll hier der Hinweis eingefügt werden, daß es sich bei Mrs. Cork um eine angesehene Forschungsreisende und Großwildjägerin handelte.

Der Tod von Mr. Wellesley Cork vor etwas mehr als zwölf Jahren hatte eine gewisse Leere in ihrem Leben hinterlassen. Damals begann sie, ihre reichlich vorhandenen Energien – die sie bis dahin darauf verwendet hatte, sich um ihren Gatten zu kümmern – dadurch auszuleben, daß sie mit schußbereitem Gewehr die unbekannteren Gegenden Afrikas durchstreifte. Und das mit außergewöhnlichem Erfolg. Man konnte über Clarissa Cork sagen, was man wollte, und Hunderte von eingeborenen Trägern hatten in ihren unterschiedlichsten Dialekten sehr viel über sie gesagt: Man mußte ihr zugestehen, daß sie, gleich wo sie sich befand, die Dinge fest im Griff hatte.

Wenn diese dynamische Frau jemanden sofort sprechen wollte, dann duldete die Sache keinen Aufschub. Sie hatte ihre kleine Schar von Untergebenen so dressiert, daß sie wie Sprinter in ihren Startlöchern kauerten, um auf ihr Kommando zur Stelle zu sein und ihre Wünsche zu erfüllen. Es vergingen deshalb auch nur wenige Minuten, bis ein kleiner, verschüchterter Mann ins Zimmer stürzte: der herbeizitierte Mr. Trumper.

Mrs. Cork sah ihn scharf an, als wäre er ein Gnu, das aus dem Dickicht tritt, und kam sofort zur Sache. Sie hielt sich nie mit langen Vorreden auf. »Nun, Eustace, Sie wissen, weshalb ich Sie rufen ließ?«

Das unglückliche Männlein schluckte. Ihre Miene verhieß nichts Gutes, und all seine Hoffnungen waren zunichte. Er hatte Mrs. Cork seit vielen Jahren auf stille Art verehrt und bis zu diesem Moment geglaubt, daß sie ihm seine Ergebenheit anrechnen und Gnade vor Recht ergehen lassen würde.

»Sie kennen die Vorschriften. Fristloser Ausschluß aus unserer Gemeinschaft, wenn jemand Fleisch ißt. Disziplin ist alles.«

Der kleine Eustace Trumper konnte einem wirklich leid tun. Seine große Verehrung für die Dame des Hauses hatte ihn veranlaßt, Gründungsmitglied ihres Instituts zu werden, und das trotz der Tatsache, daß die Trumpers seit Generationen starke Esser waren und insbesondere Eustace in seinem Bekanntenkreis wegen seines gesegneten Appetits Berühmtheit erlangt hatte. Im Internat hatte man ihm den Kosenamen »Bandwurm« gegeben, und wenn er, wie noch vor nicht allzu langer Zeit, in seinem Klub in der Tür des Speisesaals erschienen war, hatte das Personal Wetten abgeschlossen, wie viele Portionen diesmal nötig wären, um seinen ärgsten Hunger zu stillen. Wenn ein solcher Mann, nachdem er sich wochenlang mit vegetarischer Kost begnügt hat, eines Tages schwach wird, vom Pfad der Tugend abweicht und dabei erwischt wird, wie er im Gartengeräteschuppen ein mit Schinken belegtes Sandwich ißt, wer wollte es ihm verübeln?

Mrs. Cork tat das. »Disziplin ist das A und O«, wiederholte sie. »Eustace, Sie müssen uns unverzüglich verlassen.«

Mr. Trumper sah sie mit flehendem Blick an. »Geben Sie mir noch eine Chance, Clarissa.«

Mrs. Cork schien nicht unbeeindruckt, doch sie schüttelte den Kopf. »Das ist nicht möglich, Eustace. Stellen Sie sich vor, es wird bekannt, daß diese eindeutige Verletzung der Vorschriften von mir nicht geahndet wurde. Was würde zum Beispiel Mr. Molloy dazu sagen? Er ist eigens hierher gekommen, um sich unser Institut anzusehen und, falls ihm unser Konzept zusagt, eine ähnliche Einrichtung in Amerika zu schaffen. Der positive Eindruck, den er bisher gewonnen hat, würde sehr darunter leiden.«

Man hätte nun nicht erwarten sollen, daß Mr. Trumper in dieser Situation den Mut fand zu widersprechen, doch er tat es, und das, ohne ein Blatt vor den Mund zu nehmen. »Ich trau' diesem Molloy nicht. Meiner Ansicht nach ist er ein Gauner.«

»Unsinn.«

»Ich bin überzeugt davon. Nur ein Gauner ist so aalglatt.«

»Unsinn. Mr. Molloy ist ein charmanter, kultivierter Amerikaner, ein Gentleman vom Scheitel bis zur Sohle. Und Millionär.«

»Woher wissen Sie, daß er Millionär ist?«

»Er hat es mir gesagt.«

Mr. Trumper hielt es für besser, das Thema zu wechseln. Er hatte sich schon oft gefragt, weshalb diese fabelhafte Frau, die mit Kopfjägern und verwundeten Leoparden fertig wurde, die Fallstricke nicht sah, die die Zivilisation für sie ausgespannt hatte. »Wie dem auch sei«, fuhr er fort, »er wird es nie herausbekommen. Lassen Sie mich hier bleiben, Clarissa. Sie wissen, was es für mich bedeutet, in Ihrer Nähe zu sein.«

Mrs. Corks bereits gefaßter Entschluß geriet ins Wanken. Sie, die ein wutschnaubendes Rhinozeros mit einer warnend hochgezogenen Augenbraue und einem strafenden Blick vom Angriff abhalten konnte, hatte andererseits auch ein weiches Herz. Außer ihrem Neffen Lionel Green gab es niemanden, für den sie mehr Zuneigung empfand als für Eustace Trumper, und ihr war auch nicht entgangen, daß er sie auf seine stille Art verehrte. Unschlüssig sah sie den präparierten Kopf einer Antilope an, der als Trophäe die Wand schmückte, als erhoffe sie sich einen Rat von ihm. Der Kampf zwischen Prinzipientreue und Gefühl währte jedoch nicht lange. »Nun gut. Aber es darf nie wieder passieren.«

»Wird es ganz bestimmt nie mehr.«

»Dann wollen wir die Sache ein für allemal vergessen«, beendete Mrs. Cork das Gespräch.

Eine Zeitlang standen beide schweigend da. Eustace Trumper scharrte leise mit den Füßen, und Mrs. Cork sah weiterhin die

Antilope an.

Dann unternahm Mr. Trumper den Versuch, die Unterhaltung wieder in Gang zu bringen. Er räusperte sich, denn das Thema, das er zur Sprache bringen wollte, war etwas heikel. »Haben Sie schon etwas von Lionel gehört, Clarissa?«

»Ich habe heute morgen mit ihm telefoniert, nachdem mir Miss Benedick den Zeitungsbericht über die Verhandlung vorgelesen hatte.«

»Er kommt doch hierher, oder?«

»Heute abend wird er hier eintreffen.«

»Sehr gut. Es wird ihm gut tun, wenn er nach dieser Tortur bei Ihnen sein kann. Sie freuen sich doch auf seinen Besuch?«

Mrs. Cork ließ sich einen Augenblick Zeit mit ihrer Antwort, die anders ausfiel, als es Mr. Trumper erwartet hatte. »Ich weiß es nicht.«

»Sie wissen es nicht?«

»Ich frage mich, ob Shipley Hall der richtige Ort für Lionel ist.«

»Ich verstehe Sie nicht.«

Die Tür zur Terrasse stand offen. Mrs. Cork ging zu ihr und warf einen raschen Blick nach draußen. Auf der großen Rasenfläche machte eine Gruppe von Anhängern ihrer Lehre Atemübungen, doch sie befanden sich außer Hörweite. Zufrieden darüber, daß niemand hören konnte, was sie nun sagen wollte, kam sie zurück. »Eustace, haben Sie je bemerkt, daß sich zwischen Lionel und Miss Benedick etwas anspinnen könnte?«

»Nein, nie. Wieso?«

»Ich glaube, sie hat ein Auge auf ihn geworfen.«

»Clarissa!«

»Ich mag mich vielleicht irren, aber ich habe den Eindruck. Wenn dem wirklich so ist, werde ich es sofort unterbinden. Sie ist zwar die Nichte von Lord Uffenham, aber ganz offensichtlich hat sie keinen Pfennig Geld. Würde sie sonst für mich als Privatsekretärin arbeiten? Ich frage mich deshalb, ob es so gut ist, daß Lionel herkommt. Er ist ein lieber, aber etwas impulsiver Junge und von daher eine leichte Beute für eine berechnende Frau.«

»Was hat Sie denn auf diesen Gedanken gebracht?«

»Als er das letzte Mal hier war, sind mir einige Dinge aufgefallen, Kleinigkeiten zwar, aber sie sind mir aufgefallen. Und heute morgen hat mir Miss Benedicks Verhalten nicht gefallen, als sie mir den Artikel über Lionels Verhör durch diesen J. G. Miller vorlas. Ihre Stimme klang so erregt, daß ich aufschaute und sah, wie ihre Augen vor Zorn funkelten. Und als ich dann sagte, ich könnte diesen J. G. Miller mit bloßen Händen erwürgen, seufzte sie vielsagend. Das kam mir höchst ungewöhnlich vor. Welchen anderen Grund könnte es für sie geben, so zu reagieren, als den, den ich vermute?«

»Sie glauben nicht, daß es einfach nur ganz natürliches Mitgefühl war?«

»Nein.«

»Es könnte jedoch gut sein, daß es so ist. Alle hier sind erbost über diese Sache. Ich habe nach dem Frühstück mit Cakebread gesprochen, und er erzählte, daß die Köchin ihr Mißfallen mit deutlichen Worten zum Ausdruck gebracht habe.«

Mrs. Cork sah ihn verwundert an. »Mit Cakebread? Besprechen Sie etwa Familienangelegenheiten mit meinem Butler?«

Mr. Trumper errötete. »Nein, nein«, versicherte er hastig. »Aber als ich in mein Schlafzimmer kam, war er dort, und ich wußte nicht so recht, was ich in dieser Situation sagen sollte, noch dazu zu Cakebread. Ehrlich gesagt, seine Art gefällt mir nicht; er starrt einen immer so seltsam an.«

»Er war in Ihrem Schlafzimmer? Was wollte er denn in Ihrem Schlafzimmer? Er ist doch nicht Ihr Kammerdiener.«

»Er sah so aus, als würde er etwas unter dem Bett suchen.«

Mrs. Cork schien beunruhigt. »Das ist komisch. Erst vor zwei, drei Tagen überraschte ich ihn in meinem Zimmer, als er in einem Schrank herumwühlte. Er sagte, er jage eine Maus.«

»Mir hat er gesagt, er mache Jagd auf Ungeziefer.«

»Das gefällt mir nicht, Eustace.«

»Es ist zumindest ungewöhnlich. Ich habe nie Ungeziefer bemerkt.«

»Ich hoffe, der Mann verfolgt keine bösen Absichten.«

»Dieser Gedanke kam mir ebenfalls. Aber er sieht so vertrauenswürdig aus. Nun ja, alle Butler sehen so aus. Hat er Referenzen vorgelegt?«

»Ich weiß nicht. Ich habe mich nicht darum gekümmert. Miss Benedick hat alles abgewickelt, was mit der Anmietung des Hauses zu tun hatte, und sie sagte mir, ihr Onkel habe zur Bedingung gemacht, daß dieser Butler von mir übernommen werde. Das war nichts Außergewöhnliches, und ich hatte keine Bedenken. Aber nun –«

Sie hielt inne, nicht jedoch um zu überlegen, sondern weil in diesem Moment ein schriller Schrei ertönte, dem ein Poltern folgte, das sich anhörte, als würde eine Ladung Ziegelsteine angeliefert.

»Was ist denn das?« fragte sie erstaunt.

Mr. Trumper war inzwischen zur Tür gelaufen. Er verschwand für einen Augenblick, um dann mit Informationen aus erster Hand zurückzukommen. »Es ist Cakebread. Er ist anscheinend die Treppe heruntergefallen. Oh, entschuldigen Sie.«

Diese letzten Worte galten Mrs. Molloy, die an ihm vorbei ins Zimmer gestürzt war, nun mitten im Raum stand, heftig atmete und auch sonst durch ihr Verhalten erkennen ließ, daß ihr Unrecht widerfahren sei. »Hören Sie mal, Mrs. Cork!« rief sie entrüstet.

»Ist etwas nicht in Ordnung, Mrs. Molloy?«

»Da können Sie Gift drauf nehmen, daß etwas nicht in Ordnung ist! Entweder Sie legen Ihren blöden Butler an die Kette, oder es passiert was. Alles hat seine Grenzen, verdammt noch mal!«

»Ich fürchte, ich kann Ihnen nicht ganz folgen. Was hat mein Butler denn getan?«

»Ich hab' ihn gerade dabei erwischt, wie er in meinem Zimmer herumschnüffelt. Schon das zweite Mal! Ist doch kein Wunder, wenn mir da der Kragen platzt. Wir sind hier auf Besuch, und ich hab' gedacht, daß dieses Zimmer für mich und meinen Mann ist. Niemand hat uns was davon gesagt, daß wir es mit dem Butler teilen müssen. Hat er denn kein eigenes Zimmer?«

Mr. Trumper hatte aufmerksam zugehört. »Äußerst seltsam!« meldete er sich nun zu Wort. »Eben haben wir uns noch darüber unterhalten, Clarissa!«

»Mr. Trumper hat mir gerade erzählt«, begann Mrs. Cork zu erklären, »daß Cakebread heute morgen in seinem Zimmer war und sich dort auf höchst verdächtige Art zu schaffen machte. Und ich sagte, daß ich ihn vor kurzem erst in meinem Zimmer überrascht habe. Wir waren zu dem Schluß gekommen, daß etwas unternommen werden müsse, als Sie hereinkamen.«

»Es muß was gemacht werden, und zwar sofort. – Es ist doch klar, was der alte Knacker will: alles hier ausräumen und dann verduften. Es wundert mich sowieso, daß er es nicht schon längst gemacht hat. Schmeißen Sie ihn sofort raus, denn sonst ist nichts mehr da von dem, was uns gehört.«

»Ich bin ganz Ihrer Meinung. Er wird noch heute das Haus verlassen.« Mrs. Cork schritt zu ihrem Schreibtisch und drückte die Taste der Sprechanlage. »Miss Benedick.«

Die bezaubernde Stimme meldete sich, wie üblich, sofort. »Bitte, Mrs. Cork?«

»Kommen Sie zu mir.«

»Ja, Mrs. Cork.«

Und nach kaum einer Minute, in der Mrs. Cork einige Bemerkungen über unehrliche Butler machte, Mr. Trumper ihr beipflichtete und Dolly Molloy sich in beleidigtes Schweigen hüllte, öffnete sich die Tür, und Anne Benedick erschien.

Die Natur hatte nicht gegeizt, als sie Anne Benedick mit Reizen ausstattete. Sie war ein schlankes Mädchen von dreiundzwanzig Jahren, eine von jenen aufgeweckten jungen Frauen, bei denen man förmlich spürt, wie fröhlich sie als Kinder gewesen sein müssen. Ein Lächeln umspielte gewöhnlich ihre schön geschwungenen Lippen, und ihre Augen verrieten Humor. Jeder Mann, der sie kennenlernte, bekam den Eindruck, daß sie zu Besserem berufen sei, als über die Sprechanlage mit »Ja, Mrs. Cork« zu antworten – mit Ausnahme von Mr. Trumper natürlich, der diese Tätigkeit als besonderes Privileg betrachtete.

Ihre Arbeitgeberin kam wie immer ohne Umschweife zur Sache. »Miss Benedick, zahlen Sie Cakebread seinen Lohn aus und sorgen Sie dafür, daß er noch heute das Haus verläßt.« Sie sprach in einem solch resoluten Ton, daß man als einzig mögliche Reaktion der jungen Frau ein weiteres »Ja, Mrs. Cork« erwarten konnte.

Zum Erstaunen ihrer Herrin und Gebieterin und zum Entsetzen von Mr. Trumper befolgte Anne Benedick die Anweisung jedoch nicht wie üblich. »Wie bitte?« rief sie. »Warum denn?«

Mrs. Cork hatte irgendwann einen eingeborenen Träger gehabt, der, als sie ihm Anweisungen gab, einmal nach dem »Warum?« gefragt hatte. Falls sich einer der Leser zufällig in den Heimatkral dieses Trägers verirren sollte, wird er ihn leicht erkennen können an dem immer noch verwirrten Blick und dem Zusammenzucken, wenn ihn jemand unvermutet anspricht. Das war vor beinahe zehn Jahren gewesen, und seitdem hatte es niemand mehr gewagt, sich Mrs. Corks Anordnungen zu widersetzen. Entsprechend sprachlos war sie deshalb auch im ersten Moment, doch bevor sie sich von dem Schock erholt hatte, kam ihr Dolly Molloy zu Hilfe.

»Ich will Ihnen mal was sagen«, hob diese an, »ich weiß zwar nicht, wer den blöden Butler eingestellt hat und wozu, aber er macht seine Sache ausgezeichnet. Man kann in diesem Haus nirgends hingehen, ohne daß er herumgeistert. Er war im Zimmer von Mrs. Cork, er war im Zimmer von Mr. Trumper, und er war in meinem, und das schon das zweite Mal. Wir sind deshalb der Meinung, daß er sofort rausgeworfen werden muß, damit er nicht länger in unseren Sachen herumschnüffeln und sich aussuchen kann, was er mitgehen läßt und was zu schwer zum Tragen für ihn ist.«

»Genau so ist es«, stimmte Mrs. Cork ihr zu. »Setzen Sie ihn sofort auf die Straße.«

Anne Benedicks Mundwinkel zuckten, man hätte meinen können, amüsiert. »Ich fürchte, Sie können ihn nicht entlassen.«

Wieder schien Mrs. Cork verblüfft. »Nicht entlassen?«

»Ich fürchte, ja. Ich vermute, Sie haben den Pachtvertrag nicht sorgfältig genug durchgelesen, denn dann hätten Sie die Klausel bemerkt, die Cakebread betrifft. Sie wurde auf ausdrücklichen Wunsch meines Onkels eingefügt.«

»Welche Klausel denn?«

»Daß er unter keinen Umständen entlassen werden darf.«

»Was?«

»Ich fürchte, daran läßt sich nichts ändern.«

Einen Moment herrschte Schweigen. Dann erklärte Mrs. Cork, daß sie von so etwas noch nie gehört habe, und Mr. Trumper bemerkte, das sei ja alles kaum zu glauben.

Mrs. Molloy schien zu überlegen. Plötzlich hatte sie eine Idee. »Wir werden den Kerl trotz der Klausel ganz einfach los, wenn er dabei erwischt wird, wie er klaut.«

»Das wird wohl zutreffen«, bestätigte Anne. »Aber ich sage Ihnen, Mrs. Cork, daß Sie Cakebread in einem völlig falschen Verdacht haben. Er ist nur sehr wißbegierig.«

»Ich will Ihnen mal was sagen«, fuhr Mrs. Molloy fort. »Wir können das Ding ganz einfach drehen. Wir holen uns einen Privatdetektiv, der den alten Schnüffler im Auge behält.« Sie sah Mrs. Cork erwartungsvoll an. Sie hatte eine Möglichkeit erkannt, zwei Fliegen mit einer Klappe zu schlagen. Durch ihren Vorschlag würde zum einen garantiert, daß niemand mehr um seine Habe fürchten müßte, und zum anderen hätte sie einen Verbündeten an ihrer Seite, der, im Rosengarten und anderswo, ein Auge auf ihren Soapy haben könnte.

Mrs. Corks Miene hellte sich auf. »Ein sehr guter Vorschlag.«

»Sehr gut«, ließ sich auch Mr. Trumper vernehmen.

»Und ich habe auch schon den richtigen Mann dafür«, erklärte Mrs. Molloy voller Stolz. »J. Sheringham Adair in Mayfair.«

»Mayfair«, wiederholte Mr. Trumper beeindruckt.

»Mayfair, das klingt seriös«, befand Mrs. Cork mit Zufriedenheit.

»Er ist ein ganz schlauer Fuchs. Einer der besten Privatdetektive, die es gibt.«

»Dann werde ich die Angelegenheit in seine Hände legen. Sie haben Namen und Adresse, Miss Benedick? J. Sheringham Adair, Halsey Court, Mayfair.«

»Aber ich –«

»Stehen Sie nicht hier herum und sagen Sie nicht ›aber‹. Gehen Sie. Wenn Sie meinen Wagen nehmen, können Sie ihn noch erreichen, bevor er sein Büro schließt. Wenn möglich, bringen Sie ihn gleich mit. Erst wenn dieser Mann im Haus ist, kann ich mich wieder sicher fühlen.«

»Mir ergeht es ebenso«, sagte Mr. Trumper.

»Mir auch«, pflichtete Mrs. Molloy bei.

Anne Benedick zuckte leicht ihre schmalen Schultern, so daß es niemand bemerkte, und vermied jedes weitere Wort. Wer das Privileg genießen durfte, Mrs. Cork zu dienen, lernte bald, widerspruchslos zu gehorchen. Die Privatsekretärin wußte zwar, daß ihre Arbeitgeberin im Begriff war, einen Fehler zu begehen, doch stand es ihr nicht zu, sie darauf hinzuweisen. Ihr blieb nur, zur Garage zu gehen, den Sportwagen herauszuholen und nach London zu fahren.

Es hatte den Anschein, daß Anne sich willig fügte, als sie das Arbeitszimmer verließ, doch ging sie nicht auf direktem Weg zur Garage, sondern zum Zimmer des Butlers. Er war tatsächlich einmal in dem ihm zugewiesenen Raum, saß am Tisch und spielte Schach gegen sich selbst. Seinem zufriedenen Gesichtsausdruck nach zu urteilen, befand er sich auf der Siegerstraße. Er sah hoch, als er Anne bemerkte. »Hallo, meine Liebe! Möchtest du ein wenig mit mir plaudern?«

Anne sah ihn mit mütterlicher Strenge an. »Nein, deswegen bin ich nicht gekommen. Ich möchte dir nur mitteilen, daß ich auf dem Weg nach London bin, um einen Privatdetektiv zu engagieren. Hast du das gehört? Einen Privatdetektiv. Er wird hier im Haus wohnen, und seine Aufgabe wird sein, dich auf Schritt und Tritt zu beobachten.«

»Du lieber Himmel! Das darf doch nicht wahr sein!«

»Ist es aber leider«, erwiderte Anne. »Dein Verhalten hat zu den wildesten Spekulationen Anlaß gegeben. Du hast uns da etwas Schönes eingebrockt, Onkel George.«

Viertes Kapitel

Etwa zur gleichen Zeit, als Anne Benedick am Steuer von Mrs. Corks Sportwagen die Außenbezirke von London erreichte, stand Jeff Miller am Fenster, den Blick starr auf den Durchgang gerichtet, der in den Innenhof führte. Ihm war seine Nervosität deutlich anzumerken. Er sah genauso eingeschüchtert aus wie Mr. Trumper vor seiner Unterredung mit Mrs. Cork.

Für den, der die näheren Umstände kannte, war Jeffs Unruhe nicht verwunderlich. Vor einigen Stunden hatte Mrs. Balsam nämlich einen Anruf entgegengenommen, in dem Myrtle Shoesmith ihr Kommen im Laufe des Nachmittags ankündigte. Wenn Myrtle ihren Besuch bei Freunden auf dem Lande abbrach und ihn sofort nach ihrer Rückkehr sprechen wollte, konnte das nur eines bedeuten: Sie hatte den Bericht über die Gerichtsverhandlung gelesen.

Solche Berichte waren am Morgen in fast allen Londoner Zeitungen erschienen, teilweise sogar auf der ersten Seite. Ruft man sich in Erinnerung, um welch unbedeutenden Fall es sich dabei handelte, mag dies seltsam erscheinen. Der Grund dafür, daß die Gerichtsreporter so ausführlich über die Sache Pennefather gegen Tarvin schrieben, lag in der Person des Anwalts des Klägers, eines bekannten Rugbyspielers, und seiner unterhaltsamen Art, die Zeugen zu befragen.

Jeff hätte es bestimmt keine Freude gemacht, aber wenn er dazu aufgefordert worden wäre, hätte er die Zeitungsartikel Wort für Wort zitieren können. Sie waren wie eingemeißelt in seinem Gedächtnis. Vor seinem geistigen Auge erschien gerade wieder in flammenden Lettern ein Auszug.

Anwalt des Klägers: »Entspricht es nicht den Tatsachen, Green –«

Richter: »Mr. Green, bitte, Mr. Miller.«

Anwalt: »Entschuldigen Sie.«

Richter: »Nicht der Rede wert. Fahren Sie bitte fort.«

Anwalt: »Danke. Entspricht es nicht den Tatsachen, Mr. Green . . . Sehen Sie mich an und nicht den Angeklagten –«

Richter: »Der Zeuge sieht Sie an, Mr. Miller.«

Anwalt: »Tut er das? Nun denn. Entspricht es nicht den Tatsachen, Mr. Green, daß Sie in der Schule ›Stinker‹ gerufen wurden und wir an dem Tag zwei Stunden frei bekamen, als Sie sich gebadet hatten?«

Zeuge: »Exzellenz!«

Richter: »Die übliche Anrede ist nicht ›Exzellenz‹, Mr. Green, sondern ›Mylord‹. Ich verstehe jedoch Ihre Erregung. Haben diese Hinweise auf die Jugendsünden des Zeugen einen Bezug zu dem hier zu verhandelnden Fall, Mr. Miller?«

Anwalt: »Ich werde die Glaubwürdigkeit des Zeugen erschüttern, Mylord – beweisen, was für eine miese Kreatur er ist.«

Richter: »Bitte verwenden Sie nicht den Ausdruck ›miese Kreatur‹, Mr. Miller.«

Anwalt: »Wie Mylord wünschen. Nun, Stinker, lassen wir einmal Ihre Abscheu vor Wasser und Seife, aber waren Sie nicht dafür bekannt, daß Sie es mit der Wahrheit nie genau nahmen? Ich will damit sagen, daß Ihre Geschichte, dieser Schlag sei kein Schlag, sondern ein freundlicher Klaps gewesen, von vorn bis hinten erstunken und erlogen ist. Nehmen Sie Vernunft an, Mann, geben Sie's zu, Sie verkommenes Subjekt!«

Richter: »Der Ausdruck ›verkommenes Subjekt‹, Mr. Miller –«

Solche Dialoge entwickelten sich häufig zwischen Jeff und dem

Richter, und sie gipfelten schließlich in der Bitte des Anwalts des Klägers, Seine Lordschaft möge ihn doch verdammt noch mal nicht dauernd unterbrechen, in der Feststellung des nun nicht mehr höflich bleibenden Vorsitzenden, hier liege eine grobe Mißachtung der Würde des Gerichts vor, und in seiner Empfehlung an den Anwalt des Klägers, sich schleunigst nach einem anderen Betätigungsfeld umzusehen, denn er als Richter könne sich nicht vorstellen, daß der Anwalt des Klägers noch eine große Zukunft als Rechtsbeistand vor sich habe. Der Gedanke, daß Myrtle Shoesmith das alles gelesen hatte, und die Aussicht, daß sie hierher kommen würde, um sich mit ihm ausführlich zu unterhalten, waren Jeff äußerst unangenehm.

Er reckte den Hals zum Fenster hinaus, suchte den Horizont ab und hätte beinahe das Übergewicht bekommen, als ihn Mrs. Balsam plötzlich ansprach. Einen schrecklichen Augenblick lang glaubte er, Myrtle sei, von ihm unbemerkt, angekommen und stehe hinter ihm.

»Wann soll ich den Tee servieren?«

Jeff sah sie mit einem matten Blick an. Es schien ihm, als habe sie eine falsche Vorstellung von der Unterredung, die ihm bevorstand. »Ich bezweifle sehr stark, daß es überhaupt nötig sein wird, Tee zu servieren.«

»Junge Damen trinken gern eine Tasse Tee.«

»Zugegeben, aber ich glaube, Sie überschätzen den geselligen Aspekt dieses Zusammentreffens. Ich habe so eine Ahnung, Miss Shoesmith wird viel zu sehr mit Reden beschäftigt sein und keine Zeit haben, eine Erfrischung zu sich zu nehmen.«

»Ich habe auch einen kleinen Marmorkuchen gebacken.«

»Auch für ein Stück Marmorkuchen wird sie keine Zeit haben. So wie ich es sehe, dürstet sie nur nach meinem Blut. Ich tue ihr vielleicht unrecht, aber ich habe das ungute Gefühl, daß sie in den Zeitungen über die Verhandlung gelesen hat. Sie vermutlich auch, oder?«

»Ja.«

»Wissen Sie, Tante Balsam, die ganze Sache ist nur ein weiteres Beispiel dafür, daß man etwas, was man im ersten Moment für eine gute Idee hält, später bereuen muß. Als ich diesen Lionel Green im Zeugenstand sah und in ihm plötzlich den Stinker Green erkannte, der mir meine Kindheit so vermiest hat, schien es mir ganz logisch, es ihm vorzuhalten. ›Du bist auf dem richtigen Weg‹, sagte ich mir.«

»Sie kannten den Zeugen?«

»Haben Sie das nicht am Verlauf der Zeugenbefragung gemerkt? Ja, wir waren im selben Internat. Er war einige Jahre älter als ich, und er war es, der für mich den schrecklichen Spitznamen ›Bettstrumpf‹ aufbrachte. Dieser Name geriet erst in den letzten beiden Schuljahren in Vergessenheit, als ich mich beim Rugby hervortun konnte. Der Spitzname ›Bettstrumpf‹, muß ich erklären, entstand durch das von Green verbreitete Gerücht, ich würde zu Hause mit Strümpfen ins Bett gehen und nur bei brennendem Licht schlafen, weil ich mich vor der Dunkelheit fürchtete. Sie können sich vielleicht vorstellen, wie mich meine Schulkameraden damit aufzogen. Für sie war das von Green in die Welt gesetzte Gerücht ein gefundenes Fressen.«

»Das war wirklich nicht nett von ihm.«

»Wirklich nicht. Ich war damals noch zu klein, um ihn zu verprügeln, aber ich habe ihm fürchterliche Rache geschworen. Jetzt konnte ich die alte Rechnung begleichen.«

»Der Richter war allerdings auch nicht gerade nett zu Ihnen.«

»Stimmt. Ich habe immer geglaubt, daß ein Anwalt bei der Vernehmung sagen könne, was er wolle, und der Richter es sich in seinem Stuhl bequem macht und schmunzelnd zuhört, was der Anwalt an Geistreichem von sich gibt. Für mich war es ein ziemlicher Schock, als Seine Lordschaft mir immer in die Parade fuhr. Man kann aber auch sagen, was man will, diese Richter haben einen wirklichen Durchblick. Es sind schon scharfsinnige Denker und Beobachter . . . Ist Ihnen auch aufgefallen, Tante, was dieser Richter sagte? Daß ich den Anwaltsberuf an den Nagel hängen solle? Er hat nur in Worte gekleidet, was mir schon so oft durch den Kopf gegangen ist. Von nun an werde ich mich ausschließlich auf das konzentrieren, wofür ich nach meiner Überzeugung wirklich begabt bin. Ich werde Kriminalromane schreiben und nichts anderes tun als Krimis schreiben, und wenn irgendwer kommt und mich anfleht, in einem aufsehenerregenden Prozeß mitzuwirken, werde ich sagen, daß es mir leid tue, aber mein Terminkalender sei schon voll. Heutzutage muß man sich spezialisieren; wer sich verzettelt, bringt sich nur in Schwierigkeiten. Tante Balsam, ich meine es ernst, wenn ich sage, es war für mich wahrscheinlich das Beste, daß alles so passiert ist. Aber wenn Sie mich fragen, wie ich es Miss Shoesmith erklären soll, muß ich ganz offen bekennen . . . Ach du lieber Himmel!« rief Jeff aus und schien in sich zusammenzusinken. »Da ist sie ja.«

Er versuchte die Schultern hochzuziehen, als könne er damit das flaue Gefühl in der Magengegend vertreiben. Dem, der Myrtle Shoesmith den Hof überqueren sah, konnte kaum entgehen, daß sie gereizt war. Wäre Mrs. Cork zugegen gewesen, hätte sie sicherlich die Ähnlichkeit mit einer hungrigen Leopardin auf Beutezug bemerkt. Myrtle verschwand unten im Eingang der Halsey Chambers; Jeff ging nach kurzem Zögern hinaus ins Treppenhaus, um sie zu begrüßen, und bereitete sich seelisch und moralisch auf ein allem Anschein nach wenig zärtliches Tête-à-tête vor.

Ihm war, als er hinunter in den Hof blickte, klar geworden – und jetzt, als er ins Treppenhaus hinuntersah, wurde es ihm noch klarer –, daß sich seine Verlobte in keiner guten Stimmung befand. Er hatte zu keinem Zeitpunkt wirklich geglaubt, daß sie beide herzlich über diese Gerichtsverhandlung lachen könnten, und wenn er es getan hätte, wäre diese Hoffnung in dem Augenblick zerstört worden, als sie den Treppenabsatz erreichte, auf dem er stand. Sie hielt inne, sah ihn einen Moment schweigend an und stieß dann einen tiefen Seufzer aus.

Als sie ihn ansprach, sprach sie mit leiser, bebender Stimme, kaum vernehmlich, doch war unverkennbar, daß seit langem angestaute Gefühle losbrachen. »Bist du verrückt, Geoffrey?«

Eine direkte Antwort auf diese Frage zu finden war natürlich äußerst schwierig. Jeff entschied sich, eine versöhnliche Note anzuschlagen. »Ich glaube, ich weiß, was du meinst. Du spielst auf die Gerichtsverhandlung an, nicht wahr? Aber du möchtest sicher alles ganz genau wissen. Komm doch herein, dann können wir uns bei einer Tasse Tee ausführlich darüber unterhalten.«

»Ich will keinen Tee.«

»Es gibt auch Marmorkuchen.«

»Als ich den Bericht im *Daily Express* las, wäre ich beinahe in Ohnmacht gefallen. Ich wollte meinen Augen nicht trauen. Du mußt nicht bei Trost gewesen sein.«

»Gut, ich gebe zu, daß ich mich ein klein wenig von meinen Gefühlen leiten ließ und nicht unbedingt kühlen Kopf bewahrte. Aber ich habe schon vorhin Tante Balsam erzählt, daß dieser Zeuge Green sich als jener Green herausstellte, der mir durch miese Verleumdungen meine Schulzeit schwer machte. Als ich ihn erkannte, sah ich rot. Und Green natürlich auch.«

»Ich verstehe nicht, wovon du sprichst.«

»Ich versuche, dir zu erklären, warum ich vor Gericht nicht so aufgetreten bin, wie ich es eigentlich beabsichtigt hatte. Als dieser Ausbund an Niederträchtigkeit in den Zeugenstand trat und ich merkte, daß es sich um den Stinker handelte –«

»Und das nach all der Mühe, die es mich kostete, meinen Vater zu überreden, dir diesen Fall zu übertragen!«

»Ich weiß, ich weiß. Du mußt nicht glauben, daß ich deinen Standpunkt nicht verstehe. Ich möchte dir nur erklären, daß dieser Mistkäfer Green –«

»Er tobt und sagt immer wieder: ›Ich habe es gewußt, daß es so kommt.‹ Er bat mich, die Verlobung mit dir zu lösen.«

Jeff war wie vom Schlag getroffen. Diese Reaktion hatte er nicht erwartet. Ein Donnerwetter, einen Anpfiff ja, aber daß ihm seine Strafe völlig erlassen wurde? In ihm glomm eine wilde Hoffnung auf, ähnlich der eines zum Tode Verurteilten auf dem Schafott, der, als der Henker schon in die Hände spuckt und zum Beil greift, einen Boten herangaloppieren sieht, der ein Pergament schwenkt.

»Das würdest du doch nicht tun?« fragte er leise.

Myrtle Shoesmith wurde nicht schwach. Ihr blieb nicht verborgen, daß ihre Worte ihren Verlobten bis ins Mark erschüttert hatten, und sie empfand trotz ihrer gerechtfertigten Empörung ein gewisses Mitleid mit ihm. Sie lebte jedoch nach dem Grundsatz, daß jedes ungebührliche Verhalten auch bestraft werden müsse. Sie zog den Handschuh aus. »Ich habe meinen Entschluß dazu bereits auf der Bahnfahrt hierher gefaßt. Ich kann keinen Mann heiraten, der sich so verhalten hat, wie du es getan hast. Ich habe geglaubt, ich könnte etwas aus dir machen, aber ich muß nun einsehen, daß ich mich in dir getäuscht habe. Hier hast du deinen Ring.«

Jeff nahm ihn, drehte ihn zwischen Daumen und Zeigefinger, und plötzlich kam ihm einer jener seltsamen Gedanken, die ihm häufig durch den Kopf schossen, wenn er guter Dinge war. In der Absicht, das Gespräch wieder in Gang zu bringen und die gespannte Atmosphäre etwas aufzulockern, verlieh er diesem Gedanken Ausdruck. »Weißt du was? Jetzt fühle ich mich wie ein Pfandleiher.«

»Wieso?«

»Weil du mir den Ring gegeben hast. Es ist so, als ob du ihn ins Leihhaus gebracht hättest und mich fragtest, was ich dafür springen lassen würde.«

»Guten Tag«, rief Myrtle Shoesmith zu Recht empört und lief die Treppe hinunter, bevor Jeff überhaupt bemerkte, daß sie sich verabschiedet hatte. Nun verstand sie, was ihr Vater gemeint hatte, als er den Charakter dieses jungen Mannes als nicht gefestigt bezeichnet hatte.

Fünftes Kapitel

Jeff ging in seine Wohnung zurück und ließ sich in einen Sessel fallen. Er fühlte sich schwach und ausgepumpt. Es geschieht ja häufig, daß man, vom Gefühl der Freude überwältigt, völlig benommen ist. Er bemerkte nur am Rande, daß Tante Balsam ihn ansprach, und nickte geistesabwesend. Aus der Tatsache, daß sie aus dem Zimmer ging, dabei etwas von »trinken, solange er noch heiß ist« sagte, schloß er, daß sie ihn gefragt haben mußte, ob sie ihm nun den Tee servieren solle. Und richtig, einige Minuten später kam sie mit einem vollbeladenen Tablett zurück.

Er sah sie wenig begeistert an. Es ist zwar schon von vielen ein Loblied auf den Tee gesungen worden, doch gibt es im Leben eines Mannes Momente, in denen dieses anregende Getränk der Situation nicht gerecht wird. Kaum hatte sich Tante Balsam mit dem Wunsch, der Marmorkuchen möge ihm schmecken, wieder entfernt, wurde ihm bewußt, daß es sich um einen von diesen Momenten handelte.

Diesen erhebenden Augenblick wollte er feierlich begehen, und für die Feier, die er im Sinn hatte, war ein stärkeres Getränk als Tee erforderlich, eines, das nicht nur belebte, sondern auch berauschte. Für einen Fall wie diesen stand deshalb eine Flasche Feuerwasser im Schrank versteckt bereit.

Kurze Zeit später saß er, die Füße auf dem Fensterbrett, vor dem offenen Fenster; eine wohlige Wärme durchströmte seinen Körper, und er war gutgelaunt wie selten. Dieser Zustand hielt einige Zeit an.

Bald jedoch kreisten seine Gedanken wieder um ernstere Dinge. Er erkannte, daß es nicht genügte, sich einfach zu freuen. Er erkannte auch, daß es nicht genügte, die Krisen des Lebens einfach zu überstehen. Wichtig war, von ihnen zu profitieren, Lehren aus ihnen zu ziehen und entsprechend zu handeln; er kam zu dem Schluß, daß hinter diesem unerhörten Glücksfall ein Wink des Schicksals verborgen sei.

Was das Schicksal mit seinem Wink bezweckte, war unschwer zu erraten. Wenn er, Jeff, einen Fehler hatte, dann den, daß er in seinen Beziehungen zum anderen Geschlecht etwas zu impulsiv war. Er liebte die Frauen. Ob groß, ob klein, schlank oder mollig, blond oder braun, er liebte sie alle. Und allzu oft glaubte er eine Frau, die ihm über den Weg lief, unbedingt ansprechen zu müssen.

Er war ein unverbesserlicher Schürzenjäger. Die Natur hatte ihm die Gabe der leichten Konversation in die Wiege gelegt, die er leider viel zu oft bei geselligen Anlässen dazu nützte, das hübscheste Mädchen in einen Winkel zu lotsen und Süßholz zu raspeln. Er erinnerte sich mit leichtem Schaudern daran, daß es auch mit Myrtle Shoesmith so angefangen hatte. Aber diese Episode mit Myrtle, die ein schlimmes Ende zu nehmen drohte, das zum Glück in letzter Minute abgewendet werden konnte, sollte für ihn ein Fingerzeig sein, gegenüber dem weiblichen Geschlecht in Zukunft etwas auf Distanz zu gehen.

Er schwor sich, diesen Vorsatz ohne Aufschub in die Tat umzusetzen. In der Vergangenheit hatten die Mädchen vom »netten, immer lustigen Jeff« gesprochen; von nun an sollten sie einander flüsternd fragen, wer dieser ernste junge Mann mit dem verschlossenen Blick wäre, der mit verschränkten Armen an der Wand lehnte und von ihrer Existenz keine Notiz zu nehmen schien.

Nachdem er dieses Gelübde abgelegt hatte, wanderte sein Blick im Zimmer umher, und er gewahrte den Teller mit den Kuchenstücken. Dieser Anblick brachte ihn unsanft in die Gegenwart zurück.

Im ersten Moment meinte er, noch nie etwas gesehen zu haben, was weniger einladend wirkte. Die Kuchenstücke schienen ihn voller Bosheit anzustarren. Zu viele Hausfrauen und Haushälterinnen lassen sich, wenn sie einen Marmorkuchen backen, von dem Wort »Marmor« zu falschen Schlüssen verleiten, was die Festigkeit des Gebäcks angeht, und Tante Balsam gehörte leider auch zu dieser Kategorie. Aber auch wenn dies nicht der Fall gewesen wäre, hätte Jeffs Magen, der zwar einiges vertrug, sicherlich rebelliert, wenn er ihm nach dem reichlich genossenen Alkohol noch diese Kost zugemutet hätte.

Andererseits war es auch wieder nicht möglich, den mit Kuchenstücken beladenen Teller stehen und von Tante Balsam abräumen zu lassen. Das wäre ihr gegenüber sehr unhöflich gewesen, noch dazu, wo sie eine so empfindsame Seele war. Jeff war ein netter junger Mann, der niemandem ein Leid zufügen wollte, und die Gefühle von Tante Balsam zu verletzen wäre ihm nicht im Traum eingefallen.

Er sah sich deshalb mit dem Problem konfrontiert, dem sich auch die Gestalten in seinen Kriminalromanen gegenübersahen – wohin mit der Leiche? Er stand auf und wanderte im Zimmer umher, um nachzudenken, als sein Blick auf jenes geöffnete Fenster gegenüber fiel, dessen Oberlicht die Aufschrift »J. Sheringham Adair« trug, und plötzlich kam ihm eine Idee.

Von da, wo er gerade stand, konnte er in den Raum gegenüber hineinsehen, und es hatte ganz den Anschein, daß sich niemand darin befand. Der unsympathische Kerl, den er schon öfter beobachtet hatte, wie er an seinem Schreibtisch saß und seinen Bart zwirbelte, war nirgends zu sehen. Privatdetektiv Adair ging offensichtlich seiner Tätigkeit außer Haus nach.

Jeff wußte kaum etwas über den Herrn von gegenüber, doch eines wußte er ganz genau: Bei seiner Rückkehr würde er ausreichend mit Marmorkuchen versorgt sein. Mit erstaunlicher Genauigkeit, die ein gutes Auge und eine sichere Hand verrieten, warf er die Kuchenstücke durchs offene Fenster.

Das fünfte und letzte traf Chimp Twist genau zwischen die Augen und vermittelte ihm den momentanen Eindruck, gegen eine Wand gelaufen zu sein.

Jeff hatte sich geirrt, als er meinte, das Büro von Mr. Twist sei nicht besetzt. Der Inhaber war anwesend, kroch aber gerade auf der Suche nach einem Geldstück auf allen vieren auf dem Boden herum. Das seltsame Gefühl, die Luft sei plötzlich von unbekannten Flugobjekten erfüllt, hatte ihn veranlaßt, sich genau im verkehrtesten Moment aufzurichten.

Zwei, drei Sekunden lang schien er wie betäubt, doch dann war er mit einem Satz am Fenster. Er sah einen jungen Mann mit strohblonden Haaren, der ihn äußerst feindselig anzustarren schien. Und Chimp Twist überkam wieder jenes Gefühl, das er in seiner langen, zweifelhaften Karriere schon so oft verspürt hatte.

Nichts ist bedauerlicher als die Häufigkeit, mit der solche Mißverständnisse entstehen. Wir, die wir Jeffs Motive dafür kennen, mit den Kuchenstücken zu werfen, wissen, daß sein Blick nicht Feindseligkeit, sondern ganz im Gegenteil Entsetzen und Reue ausdrückte. Völlig ohne Absicht, nur aus dem Wunsch heraus, Mrs. Balsam nicht zu kränken, hatte er einen seiner Nachbarn getroffen, und nun stand er sprachlos da, bestürzt über das, was er angerichtet hatte. Niemand, so müßte man meinen, hätte verkennen dürfen, daß da das personifizierte schlechte Gewissen am Fenster stand.

Chimp Twist befand sich jedoch in einer ganz besonderen Lage. London war genau wie sein heimatliches Chicago, das er vor einigen Jahren wegen der überhandnehmenden Unfreundlichkeiten gegenüber seiner Person hatte verlassen müssen, voll von Leuten, die ihm ans Leder wollten, und ein Instinkt sagte ihm, daß Jeff zu ihnen gehörte.

Es traf zwar zu, daß er sich nicht erinnern konnte, ihn schon einmal gesehen zu haben, doch wie leicht vergißt man ein Gesicht! Tatsache war jedenfalls, daß diese Person ihn mit gefährlichen Gegenständen beworfen hatte; um welche es sich handelte, hatte er in der kurzen Zeit allerdings noch nicht feststellen können. Chimp taumelte vom Fenster zurück und begann zu überlegen.

Jeff hatte inzwischen seinen Posten verlassen, war aus dem Zimmer geeilt und lief nun die Treppe hinunter, um hinüberzugehen und sich zu entschuldigen. Ob eine Entschuldigung ausreichte, schien ihm äußerst zweifelhaft, doch mußte er sie zumindest offerieren. Kein Mensch mit gesundem Empfinden für Recht und Unrecht darf einem Fremden ein Stück Marmorkuchen an den Kopf werfen und so tun, als wäre nichts geschehen. Der Anstand verbietet solch unhöfliches Verhalten.

Und so kam es, daß Chimp Twist, der nach kurzer Überlegung zu der Überzeugung gekommen war, das Beste wäre wohl, sich aus dem Staub zu machen, solange noch Zeit dazu wäre, hinaus ins Treppenhaus stürzte und beim Blick nach unten sah, daß der unheimliche Werfer auf dem Weg nach oben war in der unverkennbaren Absicht, die Feindseligkeiten auf kurze Distanz fortzusetzen. Der Fluchtweg war abgeschnitten.

Einen Ausweg gab es noch. Für einen Notfall wie diesen hatte er mit dem großen Schrank Vorsorge getroffen. In sein Büro zurückzuflitzen und sein Refugium aufzusuchen war für Chimp Twist eine Sache von Sekundenbruchteilen. Im Schrank zusammengekauert, bestrebt, so leise wie möglich zu atmen, hörte er, wie sein Verfolger die letzten Stufen erklomm.

Als Jeff an seinem Ziel angelangt war, fand er einen leeren Raum vor. Da stand der Schreibtisch, auf dem Boden verstreut lag seine großzügige Kuchenspende, doch von dem kleinen Bärtigen, der auf eine Erklärung wartete, war nichts zu sehen. Er schien wie vom Erdboden verschluckt.

Jeff durchlief ein Wechselbad der Gefühle – zuerst war er verblüfft darüber, wie es jemand schaffen konnte, sich in Luft aufzulösen, dann erleichtert, daß er keine Entschuldigung formulieren mußte, und schließlich packte ihn die Neugier.

Er war das erste Mal im Büro eines Privatdetektivs, und ihm kam der Gedanke, die Gelegenheit zu nützen, um etwas von der hier herrschenden Atmosphäre einzuatmen; womöglich kam ihm das bei seinem nächsten Roman zugute. Er setzte sich an den Schreibtisch und notierte im Geiste die Beobachtung Nummer eins, daß diese menschlichen Spürnasen dem Anschein nach gern in einer staubigen Umgebung arbeiteten; für ihn stand außer Zweifel, daß sie es taten, um so die Fingerabdrücke der Besucher zu erhalten.

Als er sich nachdenklich in seinem Stuhl zurücklehnte und hoffte, daß ihn sein durch das Studium geschärftes Bewußtsein für Legales und Illegales nicht davon abhalte, die Schubladen zu durchsuchen und die Korrespondenz zu lesen, klopfte es plötzlich an der Tür, und herein kam eine junge Frau, bei deren Anblick es ihm den Kopf zurückriß, als wäre er von einem Marmorkuchen getroffen worden.

»Mr. Adair?« erkundige sie sich mit einer bezaubernden Stimme.

»Ganz richtig«, erwiderte Jeff kurzentschlossen, wie es seinem impulsiven Naturell entsprach. Der Gedanke, daß er nicht derjenige war, den sie suchte, schien ihn überhaupt nicht zu kümmern.

Es entsprach natürlich den Tatsachen, daß er gelobt hatte, dem weiblichen Geschlecht gegenüber in Zukunft auf Distanz zu gehen, doch in einem ganz speziellen Fall wie diesem mußte eine Ausnahme einfach genehmigt sein.

Sechstes Kapitel

Beide saßen sich einen Augenblick lang schweigend gegenüber. Jeff war viel zu beeindruckt von seiner reizvollen Besucherin, um auch nur einen einzigen Ton hervorzubringen. Unzählige Gedanken schwirrten ihm durch den Kopf, doch einer von ihnen beschäftigte ihn immer wieder: Wenn dieses Mädchen typisch war für die, die in die Büros von Privatdetektiven kamen, dann hatte er den großen Fehler gemacht, nicht schon früher Privatdetektiv geworden zu sein.

In Jeffs derzeitiger Verfassung hätte wohl jede Frau, die nicht wie Myrtle Shoesmith war, auf ihn Eindruck gemacht, und Anne Benedick war so ganz anders als Myrtle Shoesmith, doch steckte in diesem Fall mehr dahinter. Die Besucherin schien in ihm einen Aufruhr der Gefühle verursacht zu haben. Romeo mußte, so stellte es sich Jeff vor, ähnliche, wenn auch schwächere Empfindungen gehabt haben, als er Julia zum ersten Mal sah.

Was Anne und ihre Empfindungen betraf, so waren sie zwar weniger enthusiastisch, aber dennoch positiv. Der Halsey Court und insbesondere das Treppenhaus des Halsey Building hatten in ihr die schlimmsten Befürchtungen geweckt – sie hatte sich den Detektiv so ekelhaft vorgestellt, wie es Chimp Twist auch tatsächlich war, der sie, wäre er nicht einem Mißverständnis aufgesessen, empfangen hätte. Diesen netten, gutaussehenden jungen Mann hier anzutreffen war für sie eine kleine Überraschung. Sie fand ihn durchaus sympathisch. Irgendwie hatte sie auch das Gefühl, ihm schon einmal begegnet zu sein.

»Guten Tag«, sagte sie schließlich, und Jeff versuchte, sich zusammenzunehmen, was ihm schließlich auch gelang.

»Guten Tag«, erwiderte er ihren Gruß. »Bitte, nehmen Sie doch

Platz.« Er nahm einen Stuhl und begann, ihn mit dem Jackenärmel abzuwischen. Er bedauerte, daß er durch die Nachlässigkeit der Putzfrau seines Vorgängers dazu gezwungen war. »Ziemlich staubig hier.«

»Es hat tatsächlich den Anschein.«

»Das ist immer der Ärger: Man wird zu einem wichtigen Fall gerufen, und das Reinigungspersonal nützt die Abwesenheit aus.«

»Vermutlich hat es schon zu oft gehört, wie wichtig es sei, alles unberührt an seinem Platz zu lassen.«

»Das wäre eine Erklärung. Trotzdem liegen hier zu viele Kuchenstücke herum, viel zu viele. Ich sehe keinen Grund, weshalb so viel Marmorkuchen hier herumliegt.«

»Irgendwie schaffen sie aber eine gemütliche Atmosphäre.«

»Sie könnten recht haben. Ja, sie schaffen etwas Atmosphäre. Hier bitte«, sagte Jeff, auf das Ergebnis seiner Bemühungen weisend. »Ich meine, jetzt ist es besser als vorher.«

»Viel besser sogar. Würde es Ihnen etwas ausmachen, noch einen Stuhl frei zu machen? Mein Onkel müßte nämlich jeden Moment nachkommen. Ich dachte, er sei kurz hinter mir, doch hat er wahrscheinlich wieder etwas Interessantes gefunden, das er sich genauer ansehen muß. Er ist sehr wißbegierig.«

Während sie sprach, hallte das Treppenhaus von langsamen, dröhnenden Schritten wider, als wäre ein Elefant in Holzschuhen auf dem Weg in den dritten Stock, und als Jeff damit fertig war, den turmhohen Wust von einem zweiten Stuhl zu räumen, traf auch schon der Vermißte ein.

»Komm herein«, forderte Anne ihn auf. »Wir haben uns schon gewundert, wo du die ganze Zeit steckst. Mr. Adair – mein Onkel, Lord Uffenham.«

Wie die dröhnenden Schritte hatten vermuten lassen, war der Nachzügler äußerst kräftig gebaut. Seine Figur ähnelte einer Birne; auf einem ungeheuer massigen Körper, der von den schmalen Schultern abwärts immer breiter wurde, saß ein wuchtiger, eiförmiger Kopf, umsäumt von einem Kranz wirrer Haare. Zwei große, blaßblaue Augen sahen mit seltsam starrem Blick unter buschigen Augenbrauen hervor.

»Guten Tag, sehr erfreut«, ließ er sich vernehmen. »Was sagst du denn dazu, meine Kleine? Ich hatte ein äußerst interessantes Gespräch mit einem Polizisten. Er fiel mir auf, weil er genauso aussah wie der, mit dem ich vor vielen Jahren einmal zu tun hatte. Ich fragte ihn, ob er sich das erklären könne. Ich fress' einen Besen, wenn er nicht der Sohn meines Polizisten ist!« Er hielt inne und richtete seinen gläsernen, starren Blick auf Jeff. »Ist Ihnen schon einmal so etwas passiert?«

Jeff verneinte.

»Schade«, bemerkte der Lord, ließ sich in dem Stuhl nieder und schien zu erstarren. Jeff konnte sich des Eindrucks nicht erwehren, als habe er die Welt um sich herum vergessen, als wäre er nicht länger anwesend. Er wandte sich deshalb an Anne, um von ihr zu erfahren, was ihm bzw. J. Sheringham Adair die Ehre ihres Besuches verschaffe, und bemerkte, daß sie ihn verwundert anstarrte.

»Ich kann mir nicht helfen, aber ich glaube, ich habe Sie irgendwo schon einmal gesehen, Mr. Adair.«

»Wirklich? Aber wo? Waren Sie –« Er unterbrach sich. Er hatte sie fragen wollen, ob sie vielleicht bei der Verhandlung in der Sache Pennefather gegen Tarvin zugegen gewesen sei, hatte jedoch noch rechtzeitig bemerkt, daß dies unklug gewesen wäre. »Waren Sie öfter in Cambridge?«

»Nein.«

»Waren Sie schon einmal in Rom? Neapel? Cannes? Oder St. Moritz?«

»Nein, noch nie. Sie sind anscheinend schon mehr in der Welt herumgekommen als ich.«

»Meine Aufträge, wissen Sie. Heute hier, morgen dort.«

»Ich verstehe. Ich war noch nie im Ausland. Nur kleinere Reisen hier in England. Aber ich sollte Ihnen sagen, weshalb ich hergekommen bin. Um ganz von vorn anzufangen: Mrs. Cork schickt mich.«

»Der Name kommt mir bekannt vor.«

»Wundert mich nicht, daß Sie ihn schon einmal gehört haben.«

»Die Großwildjägerin?«

»Genau.«

»Natürlich. Erst neulich sah ich in einer Zeitung ein Foto von ihr mit einem toten Löwen.«

»Ich bin ihre Privatsekretärin. Mein Name ist Benedick. Sie hat den Besitz meines Onkels gepachtet – Shipley Hall in Kent.«

»So, so.«

»Und sie möchte einen Privatdetektiv engagieren.«

Lord Uffenham erwachte plötzlich aus seinem Koma und dokumentierte damit, daß zwar sein Körper, nicht aber sein Verstand untätig gewesen war. »Die dumme Gans!« bemerkte er, um sich sofort wieder in Schweigen zu hüllen.

Jeff nickte Anne aufmunternd zu. »Einen Privatdetektiv? Wozu?«

»Um den Butler zu beobachten.«

»Gibt's denn bei ihm etwas zu beobachten?«

»Sie zumindest ist der Ansicht. Empfohlen wurden Sie ihr von einer Mrs. Molloy.«

»Warum will Mrs. Cork ihren Butler beobachten lassen?«

»Weil sie ihn für unehrlich hält. Er stöbert in allen Zimmern herum.«

»Aha, ich verstehe. Aber warum wirft sie ihn nicht einfach hinaus?«

»Weil sie es nicht kann. Mein Onkel hat nur unter der Bedingung an sie verpachtet, daß der Butler übernommen und nie entlassen wird.«

»Und sie hatte keine Einwände gegen diese Vertragsklausel?«

»Sie hat sich kaum um das Zustandekommen des Pachtvertrags gekümmert. Sie überließ alles mir. Sie wollte ein Haus unweit von London mieten, und mein Onkel wollte seines vermieten, also habe ich alles geregelt. Mir schien alles ganz in Ordnung zu sein. Außerdem kenne ich Cakebread.«

»Wen?«

»Den Butler.«

»Heißt er wirklich Cakebread?«

»Ja, warum?«

»Weil das viel zu auffällig ist. Es sieht so aus, als ob er den Namen angenommen hätte, um seine Herrschaft in falscher Sicherheit zu wiegen. Sind Sie sicher, daß er nichts im Schilde führt?«

»Absolut.«

»Er hat also eine weiße Weste?«

»Eine schneeweiße Weste.«

»Warum stöbert er dann in den Zimmern herum?«

»Weil –«

»Nun?«

»Ich weiß es nicht.«

Jeff legte eine Kunstpause ein und sah sie wie ein gestrenger Lehrer an. J. Sheringham Adair hätte sich, dessen war er sicher, genauso verhalten, wenn er an seiner Stelle gewesen wäre. »Miss Benedick, lesen Sie Krimis?«

»Ja.«

»Dann sind Sie ja vertraut mit dem, was in ihnen mit schöner Regelmäßigkeit geschieht. Wie Sie vielleicht gemerkt haben, kommt immer der Zeitpunkt, an dem der Detektiv etwas verärgert ist und sagt, daß er den Fall nicht übernehmen kann, wenn ihm sein Klient nicht völlig vertraut. ›Sie verschweigen mir etwas‹, sagt er dann immer. Miss Benedick, ich merke, daß Sie mir etwas verschweigen. Was ist es?« Gespannt auf die Antwort, sah er sie an.

Anne dachte angestrengt nach, wie ein leichtes Runzeln der Stirn verriet.

Jeff fand dieses Stirnrunzeln reizend. »Was verschweigen Sie mir, Miss Benedick?« wiederholte er seine Frage.

»Wie kommen Sie auf den Gedanken, daß ich Ihnen etwas ver schweige?«

»Mein Instinkt sagt es mir. Ich bin Detektiv, vergessen Sie das nicht.«

»Ein seltsamer Detektiv.«

»Seltsam?«

»Ja. Sie entsprechen überhaupt nicht dem Bild, das ich mir von einem Detektiv gemacht habe. Ich dachte immer, Detektive wären unnahbar und hochnäsig, wie Rechtsanwälte.«

»Ich weiß, was Sie meinen«, sagte Jeff. Durch die Zusammenarbeit mit Mr. Shoesmith hatte er seine eigenen Erfahrungen mit der Unnahbarkeit und Hochnäsigkeit von Rechtsanwälten. »Aber in meinem Fall –?«

»– spüre ich, daß ich Ihnen alles erzählen kann, ohne daß Sie mißbilligend die Augenbrauen hochziehen.«

»Das können Sie! Ich würde nie die Augenbrauen hochziehen. Vertrauen Sie sich mir ohne Bedenken an. Ich wußte, daß Sie etwas beschäftigt, etwas, was die Geschichte mit dem Butler betrifft. Sie wissen etwas, wodurch der gute alte Cakebread von jedem Verdacht reingewaschen wird. Sagen Sie es mir doch.«

»Ich weiß nicht.«

»Zögern Sie nicht.«

»Sag's ihm!« tönte Lord Uffenham, der die ganze Zeit wie ein Toter dagesessen war und nun plötzlich wieder zum Leben erwachte. »Du bist doch hierhergekommen, um es ihm zu sagen, oder? Dann tu's doch endlich. Was hat die Fahrt nach London denn sonst für einen Zweck gehabt?«

»Aber du kommst dabei so schlecht weg. Man wird dich für einen Trottel halten.«

»Ich komme dabei nicht schlecht weg. Ich habe von Anfang an aus lauteren Motiven gehandelt, und dieser junge Herr hier ist aufgeschlossen genug, sie zu verstehen.«

»Also gut. Sie könnten uns sehr helfen«, begann Anne, wieder an Jeff gewandt. »Was ich sagen will: Als Detektiv suchen Sie doch immer irgend etwas?«

»Immer. Hinweise, Spuren, Dokumente, alles, was verlangt wird.«

»Und Sie gehen dabei auf eine ganz besondere Art vor?«

»Sie würden sich wundern, wie.«

»Sie haben so Ihre eigene –«

»Technik.«

»Genau. Im Moment sieht alles so hoffnungslos aus. Es ist, als würde man eine Stecknadel in einem Heuhaufen suchen.«

»Was suchen?«

»Ich weiß nicht, wie ich Ihnen das alles erklären soll. Na gut, fangen wir damit an. Cakebread ist nicht Cakebread.«

»Aha, da haben wir doch schon etwas.«

»Cakebread ist mein Onkel.«

Jeff sah sie erstaunt an. »Was sagten Sie?«

»Cakebread ist mein Onkel.«

»Dieser Onkel?« fragte Jeff und deutete dabei auf Lord Uffenham, der in Gedanken wieder ganz weit weg schien und wie ein Denkmal dasaß.

»Ja. Sehen Sie, wir dachten uns, daß er, wenn er das Haus verpachtet – und er mußte es verpachten, um zu etwas Geld zu kommen –, unbedingt im Haus bleiben müsse für den Fall, daß er sich plötzlich wieder erinnert. Und die einzige Möglichkeit für ihn, im Haus zu bleiben, war als Butler. Im Grunde doch ganz einfach, oder?«

»Ja. Aber woran soll er sich erinnern?«

»Wo er es versteckt hat.«

»Aha. Das erklärt alles. Wie – was versteckt?«

Anne Benedick fing unvermittelt an zu lachen. Und als Jeff dieses glockenhelle, reine Lachen hörte, schien es ihm, als sei seine Leidenschaft für sie in diesem Moment erst richtig entbrannt. Seit sie ins Büro gekommen war, hatte er gespürt, daß es sich bei dem Gefühl, das sie in ihm geweckt hatte, um Liebe handeln mußte, doch dieses Lachen – bisher hatte sie nur gelächelt – schien diese Annahme zu bestätigen und völlig neue Perspektiven zu eröffnen. Anne Benedicks Lachen war wie eine himmlische Verheißung. Es ließ ihn an einen Winterabend im gemütlichen Heim denken, an knisterndes Kaminfeuer und einen edlen Tropfen im Glas.

»Ich sehe schon, ich bin keine gute Erzählerin«, unterbrach sie seine Gedankengänge. »Das Wort ›es‹ bezieht sich auf ein kleines Päckchen mit wertvollen Diamanten, die das gesamte Vermögen der Uffenhams und Benedicks darstellen. Mein Onkel hat es irgendwo in Shipley Hall versteckt und kann sich nun leider nicht mehr an den Ort erinnern.«

Chimp Twist, der in dem geräumigen Schrank kauerte, wollte zwar unter allen Umständen unentdeckt bleiben, doch gelang es ihm nicht, ein erstauntes »Oho« zu unterdrücken. Die Vorstellung, daß Diamanten in einem Haus auf dem Land einfach so herumlagen – noch dazu in einem Haus, in dem seine alten Bekannten Mr. und Mrs. Molloy ein und aus gingen –, war so ganz nach seinem Geschmack. Da mußte doch etwas zu holen sein!

Zum Glück für ihn und seine Absichten hatte Jeff im selben Augenblick seinem Erstaunen ebenfalls hörbaren Ausdruck verliehen, und zwar in einer solchen Lautstärke, daß der Meinungsbeitrag von Mr. Twist nicht bemerkt wurde. Lord Uffenham glaubte allerdings, ein Echo in diesem Raum wahrgenommen zu haben, was ihn aber nur veranlaßte, über die Gesetze der Akustik nachzusinnen.

»Sie sind überrascht, nicht wahr?«

»Ich bin's.«

»Ich war es auch, als er es mir erzählte. Ich habe schon immer gewußt, daß mein Onkel ein sonderbarer Mensch ist, doch darauf war ich nicht vorbereitet.«

Jeff hatte sich inzwischen wieder gefangen. »Wollen wir festhalten: Er hat das gesamte Familienvermögen in Diamanten angelegt?«

»Ja.«

»Und sie versteckt?«

»Ja.«

»Und dann vergessen, wo?«

»Ja.«

»Wie der Hund, der nicht mehr weiß, wo er den Knochen vergraben hat?«

»Genau.«

»Jawohl, höchst sonderbar«, entfuhr es Jeff. »Genau das richtige Wort.«

»Ich habe es ja gewußt, daß du nicht gut dabei wegkommen wirst«, fühlte Anne sich bestätigt. »Mr. Adair ist verwundert. Er muß dich für einen Trottel halten.«

Lord Uffenham schien, soweit dies einem Mann von einhundertzwanzig Kilo Lebendgewicht möglich ist, in Rage zu geraten. »Protestiere entschieden dagegen, daß man mich für irgendwen oder -was hält. Wie bereits erwähnt, hatte ich ganz vernünftige Motive. Was ist denn um Himmels willen nur verkehrt an Diamanten? Sie gehören zu den wenigen sinnvollen Investitionen in einer Zeit, in der alles andere an Wert verliert. Erst nach langen Überlegungen, erst nachdem einige Aktien so tief gefallen waren, daß man für sie nicht einmal beim Altpapierhändler noch etwas bekam, habe ich mich zu diesem Schritt entschlossen.«

»Hinter dem Wahnsinn steckte also eine gewisse Methode, vermute ich.«

»Was meinst du mit Wahnsinn?«

»Es steckt immer Methode dahinter«, fuhr Anne fort, an Jeff gewandt, in der Art einer nachsichtigen Mutter, die über die Eigenarten ihres liebsten Sprößlings spricht. »Wenn er einem erklärt, weshalb er die verrücktesten Sachen macht, ertappt man sich dabei, daß man zustimmend nickt und das Gefühl hat, er habe das einzig Richtige getan.«

»Diamanten sind wertbeständig«, flocht Jeff zur Verteidigung des Lords ein.

»Aber nicht, wenn man sie nicht mehr findet.«

»Da ist etwas Wahres dran.«

»Was nützen einem Adligen in Geldschwierigkeiten und seiner verarmten Nichte Diamanten, die vielleicht im Zimmer des Dienstmädchens versteckt sind, vielleicht auch nicht?«

»Ich glaube nicht, daß sie dort sind«, bemerkte Lord Uffenham nach kurzem Überlegen.

»Möglich wäre es aber doch.«

»Möglich, ja.«

»Sie haben nicht die leiseste Ahnung, wo sie sind?«

»Nein, im Moment nicht. Manchmal meine ich auf dem richtigen Weg zu sein, doch bis jetzt waren es nur Trugschlüsse.«

Jeff sprach einen Punkt an, den J. Sheringham Adair seiner Meinung nach ganz bestimmt erwähnt hätte. »Warum haben Sie die Diamanten nicht im Schließfach einer Bank deponiert?«

»Bankschließfächer sind nicht sicher genug.«

»Fragen Sie ihn einmal, weshalb er sich keinen Safe einbauen ließ«, warf Anne ein.

»Warum haben Sie sich denn keinen Safe einbauen lassen?« erkundigte sich Jeff gehorsam.

»Weil ein Safe –«

»– nicht sicher genug ist.«

»Ist er auch nicht«, erklärte Lord Uffenham mit Nachdruck. »Er gibt doch nur einem Einbrecher den Hinweis, wo er zuerst suchen soll. Ein Safe ist für ihn die offizielle Bestätigung dafür, daß es für ihn etwas zu holen gibt, wenn er sich etwas Mühe macht.«

»Sie haben sich aber viele Gedanken gemacht, Lord Uffenham.«

»War schon immer so.«

»Ich weiß nicht, wie ich es sagen soll«, schaltete Anne sich wieder ein. »Wenn er so geistesabwesend dasitzt, als wäre er in Trance verfallen, dann scheint er sich immer etwas auszudenken, auf das andere nie kommen wurden. Ein Bankschließfach? Nein, ist ihm nicht sicher genug. Ein Safe? Nicht doch. Aber unter dem Holz für den Kamin, ja.«

»Unter dem Brennholz?«

»Ja, er hat mir erzählt, daß er sie einmal unter dem Holz für den Kamin im Salon versteckte. Er hat sich jeden Abend einen anderen Platz für sie einfallen lassen.«

»Hat mir viel Spaß gemacht«, gestand Lord Uffenham. »War für mich eine Möglichkeit, Einfallsreichtum und Phantasie zu beweisen.«

»Was andererseits die ganze Angelegenheit kompliziert. Sein Gedächtnis ist nun nicht mehr das beste, aber er erinnert sich ab und zu an eines der tollen Verstecke, die er sich ausgedacht hat, und stöbert dann dort herum. Nun werden Sie verstehen, warum alle böse auf den Butler Cakebread sind. Wenn er irgendwo herumsucht, kommt garantiert zwischendurch jemand ins Zimmer. Sie sehen ja selbst, daß er nicht gerade ein mickriges Kerlchen ist. Wenn man in ein Zimmer kommt, in dem er nach seinen Diamanten sucht, kann man ihn einfach nicht übersehen.«

Jeff nickte; er konnte sich lebhaft vorstellen, welchen Anblick der Lord bot. »Wohl schwer möglich.«

»Unmöglich.«

»Aber warum haben Sie – äh – wie ist es denn dazu gekommen, Lord Uffenham?«

»Mr. Adair möchte wissen, wie du dein Erinnerungsvermögen verloren hast«, formulierte Anne die Frage deutlicher. »Erzähl es ihm doch. Ich möchte sehen, ob er auch so darüber lachen muß wie ich, als du es mir erzählt hast.«

Lord Uffenham schien etwas ungehalten. »Du übertreibst, liebe Nichte. Es ist nicht richtig, wenn du sagst, ich hätte mein Gedächtnis verloren. Viel zutreffender ist, daß es mich im Moment etwas im Stich läßt, nach diesem Autounfall.«

»Du hast die Geschichte aber auch schon viel besser erzählt, Onkel. Sie müssen wissen«, fügte Anne erklärend hinzu, »daß Lord Uffenham Regeln und Konventionen nicht einfach akzeptiert. Er denkt über sie nach, analysiert sie, und wenn sie ihm unvernünftig erscheinen, richtet er sich einfach nicht danach. Er fuhr auf der rechten Straßenseite, weil er sich nicht danach richten will, daß man hier in England die linke benützt, und ein Lkw-Fahrer, der unsere Verkehrsregeln befolgt, kam ihm in einer Kurve entgegen. Als Onkel George aus dem Krankenhaus entlassen wurde, waren zwar seine Platzwunden verheilt, aber er konnte sich an nichts mehr erinnern. Für die Ärzte war er natürlich ein sehr interessanter Fall.«

»So betrachtet, war es eine sehr gute Idee von Ihnen, Ihren Onkel als Butler und nicht als Chauffeur vorzuschlagen.«

»War es wohl auch. Nur fürchte ich, daß er nicht so erfreut darüber ist.«

»Bin ich auch nicht«, erwiderte Lord Uffenham mit Bestimmtheit. Allem Anschein nach hatte er sich bereits viele Gedanken zu diesem Thema gemacht. »Es gefällt mir nicht, wenn ich das Silber putzen muß. Es ärgert mich, wenn ich bei Tisch servieren muß. Es geht mir gegen den Strich, mit einer Köchin auskommen zu müssen, die ihr Seelenleben vor mir ausbreitet und dabei bis in die kleinste Einzelheit geht. Vor allem aber gefällt mir nicht, daß ich auf den Namen Cakebread hören muß.«

»Haben Sie eigentlich lange gebraucht, um sich diesen Namen auszudenken?« wollte Jeff von Anne wissen.

»Nein, nein. Es war so ein plötzlicher Einfall.«

»Sie sind eine außergewöhnliche Frau.«

»Danke. Mit einem außergewöhnlichen Onkel, meinen Sie nicht auch? Nun, wie steht's: Wollen Sie uns helfen?«

»Aber selbstverständlich.«

»Dann sieht die Sache schon ganz anders aus. Niemand kann sich darüber beklagen, wenn ein Detektiv überall herumschnüffelt, denn dazu ist er ja da. Onkel George gibt Ihnen jeden Tag einen Tip, wo Sie Ihr Glück versuchen sollen. Früher oder später werden wir auf Öl stoßen.«

»Weil wir alle möglichen Verstecke auskundschaften.«

»Ganz richtig. Da ist nur noch eine Sache. Ich fürchte, der Aufenthalt in Shipley Hall wird Ihnen nicht unbedingt zusagen. Wir leben dort nämlich streng vegetarisch.«

»Das ist allerdings keine gute Nachricht.«

»Mrs. Cork ist eine fanatische Verfechterin pflanzlicher Kost. Auf ihrer letzten Expedition in Afrika war sie sehr beeindruckt von der Gesundheit und der einfachen, unverdorbenen Lebensart eines Negerstammes. Die Ugube, so ihr Name, ernähren sich, sieht man von dem Missionar an hohen Festtagen einmal ab, ausschließlich von Obst und Gemüse. Mrs. Cork möchte Shipley Hall zum Mittelpunkt einer Bewegung machen, die die Lebensregeln der Ugube, zu denen positives Denken, Tanzrituale und eben vor allem die vegetarische Ernährung gehören, hier bei uns propagieren soll. Ich möchte Ihnen nur vor Augen führen, auf was Sie sich einlassen.«

»Wird bei Detektiven, die sich nur vorübergehend dort aufhalten, keine Ausnahme gemacht?«

»Natürlich nicht. Außerdem müssen Sie ja so tun, als gehörten Sie zu den Anhängern dieser Lehre, um Cakebread zu täuschen.«

»Ich verstehe. Aber Sie werden doch dort sein?«

»Ja, ich werde dort sein.«

»Dann ist alles klar.«

»Schön. Und wenn Ihnen das ganze Theater zu viel wird, können Sie ja immer noch zu Onkel George in die Küche kommen, und er wird Ihnen ein Glas Portwein anbieten.«

»Werden Sie das?«

»Keine Frage«, versicherte Lord Uffenham. »Der Keller ist gut sortiert, und alles gehört mir. Sie können trinken, bis Sie umfallen.«

»Aber Onkel!« rief Anne entrüstet. »Ich bin sicher, Mr. Adair lebt sehr enthaltsam.«

»Mr. Adair ist wahrscheinlich noch nie so stark in Versuchung geraten, wie es in Shipley Hall der Fall sein wird«, erwiderte Jeff.

Anne erhob sich. »Dann wäre also nur noch zu klären, wann Sie kommen.«

»Wann wünschen Sie es denn?«

»Mrs. Cork meinte, ich könne Sie im Wagen mitnehmen.«

»Ausgezeichnete Idee.«

»Aber es ist kein Platz mehr im Auto. Sie wußte ja nicht, daß ich Onkel George mitnehmen würde. Wie lange würden Sie brauchen, um zu packen?«

»Höchstens zwanzig Minuten.«

»Dann bekommen Sie ja den nächsten Zug. Willst du noch in deinen Klub, Onkel George?«

»Ja, ich glaube, ich sollte mal wieder vorbeischauen.«

»Dann genehmige ich dir eine halbe Stunde. Ich besuche inzwischen Lionel. Ich hol' dich dann ab.«

Jeff mußte sich natürlich, was ihren Wunsch betraf, einen männlichen Bekannten aufzusuchen, eines Kommentars enthalten, doch konnte er sich des Eindrucks nicht erwehren, daß sie ihm den ersten Wermutstropfen in den Becher gegossen hatte. Als vernünftiger junger Mann, der er war, entschloß er sich jedoch, die Angelegenheit nicht überzubewerten. Daß ein Mädchen wie sie viele Männer kannte, war nur natürlich. Seine Aufgabe würde nun darin bestehen, ihr klarzumachen – wobei er nichts überstürzen und sie nicht mit einer zu plötzlichen Demonstration der Millerschen Leidenschaft erschrecken durfte –, daß diese Lionels, und wie sie alle hießen, armselige Gestalten waren im Vergleich zu einigen der Männer, die sie erst kürzlich kennengelernt hatte. Zärtlich, doch wiederum nicht zu zärtlich, drückte er ihr zum Abschied die Hand. »Auf Wiedersehen.«

»Auf Wiedersehen, Mr. Adair. Danke für Ihre Hilfe.«

»Ich muß mich bei Ihnen bedanken, daß Sie mir die Ehre zuteil werden lassen, Ihnen helfen zu dürfen.«

Sie eilte aus dem Büro, und Jeff wandte sich zu Lord Uffenham, um sich von ihm zu verabschieden.

Der gewichtige Adlige starrte ihn mit seinem durchdringenden Blick an. »Na?« tönte er. »Was ist?«

Jeff neigte fragend den Kopf.

Lord Uffenham zeigte mit dem Daumen auf die Tür, durch die Anne entschwunden war. »In sie verliebt, nicht wahr?«

Die Frage kam so plötzlich und unerwartet, daß Jeff sie wie unter Hypnose ganz automatisch beantwortete. »Ja.«

»Dacht' ich mir doch. War ja auch nicht zu übersehen. Sie ist genau wie ich.«

»Äh – in welcher Beziehung?« begehrte Jeff zu wissen, der bis dahin keinerlei Ähnlichkeit festgestellt hatte.

»Keine Frau konnte mir widerstehen«, erklärte Lord Uffenham voller Bescheidenheit, »ich habe noch keinen jungen Mann kennengelernt, der ihr widerstehen konnte.« Er schob sich umständlich zur Tür hinaus, um im nächsten Augenblick noch einmal den Kopf hereinzustecken und Jeff prüfend anzustarren. »Also, dann viel Glück!« rief er ihm zu, bevor sein Kopf wieder verschwand, diesmal jedoch endgültig.

Nach einer Weile angestrengten Überlegens verließ auch Jeff das Büro, ging die Treppe hinunter und hinüber zu seiner Wohnung.

Wiederum eine Weile später, als er vollkommen sicher war, daß sich niemand mehr im Büro befand, stieg Chimp Twist aus dem Schrank, zwirbelte nachdenklich seinen Bart und setzte sich an den Schreibtisch, um eine Zigarette zu rauchen.

Seine grauen Zellen arbeiteten auf Hochtouren.

Siebtes Kapitel

Anne Benedick hatte bereits länger als zehn Minuten in der Eingangshalle von Lord Uffenhams Klub gewartet, als ihr Onkel zu erscheinen geruhte. Er schritt gemächlich die breite Treppe herunter, hielt mit einer Hand einen unglücklich dreinschauenden Geistlichen am Arm fest und diskutierte mit ihm über die Rolle der Vorherbestimmung im Leben eines Christen. Als er Anne erblickte, ließ er den Arm des Geistlichen los, und dieser nützte die Gelegenheit, um sich schleunigst zu verdrücken.

Lord Uffenham versuchte, sein schlechtes Gewissen gegenüber seiner Nichte mit einem Bluff zu überspielen. »Hallo, meine Liebe. Gerade erst angekommen? Fein. Bist ein bißchen spät dran, stimmt's?«

»Nein, ich bin nicht zu spät dran«, erwiderte Anne in jenem ernsten Ton, den sie im Umgang mit dem Familienoberhaupt häufiger anschlagen mußte. »Und ich bin auch nicht gerade erst angekommen. Ich habe dich schon vor einer Viertelstunde ausrufen lassen.«

»Ach ja, jetzt erinnere ich mich. Ich zeigte einigen Bekannten einen Trick mit Streichhölzern und habe dabei vergessen, auf die Uhr zu sehen. Ich hole nur noch meinen Hut.«

»Du hast ihn bereits auf.«

»Habe ich? Dann laß uns gehen.«

»Wird auch höchste Zeit. Ich werde aufs Gas treten müssen, damit wir zurück sind, bevor man dich vermißt.«

»Hab' ich dir nicht gesagt, daß ich heute meinen freien Nachmittag habe?«

»Hast du nicht. Heißt das, du hast mich die ganze Zeit zappeln lassen für nichts und wieder nichts?«

»Mein Gedächtnis. Es läßt mich eben hin und wieder ziemlich im Stich.«

Sie gingen zum Auto. Als sie dort angekommen waren, ließ Anne ihren Begleiter zuerst einsteigen. Früher hatte sie, wenn sie mit ihm im Auto unterwegs war, zuerst Platz genommen, doch aus Erfahrung war sie inzwischen klug geworden. Lord Uffenham hatte nämlich die Angewohnheit, sich beim Einsteigen erst einmal irgendwo festzuhalten und sich dann mit einem Plumps in den Sitz fallen zu lassen, daß die Stoßfedern ächzten und der Wagen richtig durchgeschüttelt wurde.

Beide schwiegen. Anne wollte sich nicht unterhalten, um sich besser auf den Verkehr konzentrieren zu können, und Lord Uffenham dachte darüber nach, was er dem Geistlichen noch alles hätte sagen können, wenn ihm mehr Zeit geblieben wäre. Seine Gesichtszüge und Glieder erstarrten, und es sah wieder so aus, als wäre er ganz weit weg.

»Was ist?« fragte Anne, als sie den Großstadtverkehr hinter sich gelassen hatten und sich bereits auf der Schnellstraße befanden. Sie nahm eine Hand vom Steuer, um ihrem Onkel einen kleinen Knuff in die Seite zu geben und ihm anzudeuten, daß er aufwachen und sich mit ihr unterhalten solle. »Was meinst du zu der ganzen Geschichte?«

»Was?«

»Daß uns ein wohlgesonnener Detektiv hilft. Ich meine, unsere Erfolgsaussichten sind gestiegen, oder?«

»O ja. Beträchtlich.«

»Etwas muß doch jetzt einfach geschehen. Wenn nichts passiert, halte ich es nicht mehr länger durch. Du weißt nicht, wie sehr es mir zum Hals heraushängt, Privatsekretärin spielen zu müssen.«

»Und du weißt nicht, wie sehr es mir zum Hals heraushängt, Butler spielen zu müssen.«

»Wollen wir hoffen, daß Mr. Adair das Familienvermögen wiederbeschaffen kann. Was hältst du von ihm?«

»Cleverer junger Mann.«

»Den Eindruck habe ich auch.«

»In seinem Alter war ich genauso.«

»Auch so schlank und muskulös?«

»Muskulös ja, schlank eigentlich nicht. Ich meine, ich war damals ein richtiger Draufgänger, und er ist auch einer. Er hat viel Elan. Anders als dieser schwindsüchtige, lahme Tapezierer mit Froschaugen, mit dem du dich verlobt hast.«

»Ich habe dir schon oft gesagt, daß du Lionel nicht so nennen sollst. Er hat keine Froschaugen, und er ist auch nicht Tapezierer, sondern Innenausstatter.«

»Noch schlimmer. Ich war geschockt, als du sagtest, du würdest ihn heiraten. Schwer geschockt.«

»Ich weiß.«

»›Was? Diesen Kerl?‹ habe ich gesagt, wenn ich mich recht erinnere. ›Diesen schleimigen, unnützen Bartzwirbler? Um Himmels willen?‹«

»Ja, das hast du gesagt. Aber mach dir keine Gedanken wegen Lionel. Was ihn angeht, sind wir eben unterschiedlicher Meinung, und dabei wollen wir es belassen. Hauptsache, du hattest wenigstens einen guten Eindruck von Mr. Adair. Ich muß zugeben, ich war erstaunt, wie schnell er die Zusammenhänge begriff. Aber das muß wohl eine Voraussetzung dafür sein, daß man Detektiv werden kann.«

Lord Uffenham gab ein heiseres Gurgeln von sich, als wäre ein Schwimmer am Ertrinken. Es war seine Art zu kichern. »Er ist kein Detektiv.«

»Was?«

»Hab' es sofort gemerkt.«

Da wenig Verkehr herrschte, konnte Anne es sich erlauben, den Blick von der Fahrbahn hin zu ihrem Onkel zu wenden. Ein Schleier schien sich über seine Augen zu legen, ein sicheres Anzeichen dafür, daß er wieder in Trance zu fallen drohte, und deshalb versetzte sie ihm einen Stoß in die wohlgepolsterten Rippen. »Was meinst du damit?«

»Das, was ich gesagt habe. Glaubst du etwa, daß ich nicht weiß, wie ein Privatdetektiv aussieht? Ich bin praktisch mit ihnen aufgewachsen. Als ich ein junger Kerl war, haben sie mich scharenweise verfolgt. Privatdetektive sind alles Gauner, die man schon von weitem erkennt. Dieser junge Mann war nur zufällig in diesem Büro. Was sagtest du zu ihm, als du ins Büro kamst?«

»Ich fragte: ›Mr. Adair?‹«

»Und was hat er darauf gesagt?«

»›Jawohl‹ oder etwas ähnliches. ›Richtig‹, das war's.«

»Da haben wir es ja schon. Ein echter Schnüffler hätte ›Zu Ihren Diensten‹ gesagt oder eine ähnlich übertrieben höfliche Bemerkung gemacht, sich seine dreckigen Hände gerieben und süffisant gegrinst. Hat der junge Mann gegrinst?«

»Nein. Er hat mich nur angestarrt.«

»Genau. Und warum? Weil er von dir ganz hingerissen war. Alle jungen Männer sind von dir ganz hingerissen. Das liegt bei uns in der

Familie. Die Frauen waren von mir immer völlig hingerissen. Früher war das mein größtes Problem. Ich war nur ganz normal höflich, und bevor ich wußte, was gespielt wurde, war schon wieder eine Ehe kaputt oder zumindest nahe daran. Darum haben mich auch dauernd Privatdetektive verfolgt.«

»Mir wäre viel lieber, du könntest dich genauso gut an das Versteck der Diamanten erinnern wie an deine Jugendsünden.«

»Mir geht es genauso. Es macht mir bestimmt keinen Spaß, mich an meine Jugendsünden zu erinnern«, versicherte Lord Uffenham.

Anne sah wieder nach vorn auf die Fahrbahn. Sie dachte nach, betrachtete die Fakten im Licht dieser neuen Erkenntnisse. Und da Lord Uffenham ebenfalls gedanklich beschäftigt war, und zwar mit dem Problem, weshalb Vögel, auch wenn viele Bäume in der Nähe sind, wie Perlen auf einer Schnur auf Leitungsdrähten sitzen, obwohl das doch eigentlich unbequem für sie sein mußte, schwiegen beide, bis sie sich ihrem Ziel näherten.

»Aber das ist doch verrückt«, begann Anne schließlich.

»Was?«

»Mr. Adair.«

»Was ist mit ihm?«

»Ich sagte, er müsse verrückt sein.«

»Warum?«

»Sich als Detektiv auszugeben.«

»Ist überhaupt nicht verrückt von ihm. Im Gegenteil. Das Vernünftigste, was er in seiner Verfassung tun konnte. Es ist doch die natürlichste Sache der Welt, daß er in deiner Nähe sein möchte, wenn er sich bis über beide Ohren in dich verliebt hat.«

»In mich verliebt?«

»So ist es. Hab' dir doch gesagt, daß er von dir ganz hingerissen war. Bei ihm war es Liebe auf den ersten Blick.«

»Sei nicht albern.«

»Ich bin nicht albern.«

»Er kann sich nicht auf den ersten Blick in mich verliebt haben.«

»Warum nicht?«

»Man verliebt sich nicht auf den ersten Blick.«

»Woher willst du denn das wissen? Wenn sich alle Frauen, in die ich mich in meinem Leben auf den ersten Blick verliebt habe, nebeneinander aufstellen würden –«

»Nicht nötig. Ich bin sicher, du irrst dich.«

»Auf keinen Fall. Hab' es von ihm selbst.«

»Was?«

»Ehrlich. Als du schon gegangen warst, hab' ich ihm fest in die Augen geschaut und gefragt: ›Haben sich verliebt, junger Mann?‹«

Anne war perplex. »Das hast du doch hoffentlich nicht getan?«

»Doch.«

»Aber warum denn?«

»Weil ich meinen Verdacht bestätigt haben wollte, und zwar aus erster Hand.«

»Und was hat er gesagt?«

»Ganz einfach: Ja.«

»Ein Mann, der wenig Worte macht.«

»Man muß nicht viele Worte machen, um auf eine so einfache Frage eine Antwort zu geben. ›Verliebt in sie?‹ habe ich gefragt, und er hat einfach ja gesagt. Jetzt weißt du es. Ich an deiner Stelle würde ihn mir schnappen. Er ist ein prima Kerl. Hab' ihn von Anfang an gemocht.«

»Und was ist mit Lionel, meinem Verlobten?«

»Lionel? Was ist der schon! Du würdest keinen Gedanken an Lionel verschwenden, wenn er nicht so geschniegelt und gelackt aussehen würde. Daß Frauen diese Fassade nie durchschauen können und auf so einen immer hereinfallen! Aus jedem Stück Holz könnt' ich dir einen besseren Mann schnitzen als diesen Lionel Green. Weiß Gott, wie gern wär' ich gestern im Gerichtssaal gewesen, als ihn dieser Anwalt in die Mangel genommen hat!«

Anne bremste und hielt an. Sie waren erst dort, wo die Auffahrt zu Shipley Hall von der Straße abzweigte. Nun wäre es zwar einerseits unklug gewesen, wenn die Privatsekretärin zusammen mit dem Butler vor dem Haus vorgefahren wäre, aber andererseits war es deswegen auch nicht nötig, ihn schon hier abzusetzen.

Anne war zwar in jeder Beziehung anders als Myrtle Shoesmith, doch eines hatte sie mit ihr gemeinsam: die Überzeugung, daß Männer, die sich schlecht benehmen, bestraft werden müssen.

»Endstation für dich!«

»Wie? Jetzt schon?«

»Raus mit dir. Und hoffentlich wirst du auf dem Weg von wilden

Schnecken angefallen. Als Strafe dafür, daß du so über Lionel geredet hast.»

»Es würde dir überhaupt nichts ausmachen, wenn du nicht selbst genau wüßtest, daß ich recht habe.«

»Aussteigen, aber schnell! Hoffentlich sind viele wilde Schnecken unterwegs, so richtig eklige.»

Lord Uffenham hievte sich aus dem Sportwagen, und Anne fuhr davon. Sie grübelte. Sie mußte daran denken, wie sehr ihr dieser Teufel in Menschengestalt, dieser J. G. Miller, verhaßt war. Sie fragte sich, ob ihr jemals das Glück beschieden sein würde, ihm zu begegnen und ihm gründlich die Meinung zu sagen.

Sie hoffte es inständig.

Achtes Kapitel

Die Schatten der hohen Bäume, die die Rasenflächen von Shipley Hall begrenzten, waren schon ziemlich lang geworden, als das Taxi, das Jeff vom Bahnhof brachte, vorfuhr. Auf Jeffs Klingeln hin erschien ein höchst offiziell aussehender Lord Uffenham.

»Hallo!« begrüßte ihn Jeff wie einen alten Kumpel. »Sie sind also wohlbehalten angekommen. Also: Geben Sie mir zehn Minuten Zeit, mich bei der Löwenbändigerin vorzustellen, und dann können wir uns bei dem Glas Port über nähere Einzelheiten unterhalten.«

»Sie wünschen?«

Die knappe Antwort und der gleichgültige, undurchdringliche Blick bewiesen Jeff, daß er es mit einem großen Schauspieler zu tun hatte. Wenn Lord Uffenham den Butler verkörperte, ließ er es nicht zu, daß private Kontakte ihn daran hinderten, die Rolle so korrekt wie möglich zu spielen. Im Dienst war er nur Cakebread.

Jeff paßte sich seiner Förmlichkeit an. »Ist Mrs. Cork zu sprechen?«

»Wen darf ich melden?«

»Mr. Adair.«

»Wenn Sie mir bitte folgen würden.«

Lord Uffenham führte den Besucher einen Gang entlang und blieb dann vor einer Tür stehen, durch die, nachdem er sie geöffnet hatte, eine resolute Stimme erklang, die sich abfällig über einzelgängerische Elefanten äußerte. Einen Augenblick später erkannte Jeff die Dame des Hauses.

Die Gefühle, die ihr Anblick bei ihm auslöste, waren nicht gänzlich verschieden von denen der zahlreichen Gazellen und Wapitis, die die Ehre ihrer Bekanntschaft gehabt hatten. Genau wie sie fühlte Jeff eine gewisse Unruhe und Nervosität. Auch wenn Mrs. Cork nicht bis an die Zähne bewaffnet war, nötigte sie jedem, der sie erstmals leibhaftig vor sich sah, einen gewissen Respekt ab. Sie war eine hochgewachsene, stattliche Frau Mitte der Vierzig – keine strahlende Schönheit im üblichen Sinne, doch nicht ohne Reize für den, der eher dem herberen Frauentyp zugetan ist. Viele afrikanische Sommer hatten ihre Haut gegerbt; sie sah aus wie eine ältere Ausgabe von Myrtle Shoesmith, die zu lange in der Sonne gewesen war.

Anne Benedick saß neben dem Schreibtisch, einen Notizblock auf den Knien. Allem Anschein nach hatte sie ein Diktat aufgenommen.

»Cakebread, was gibt's?«

»Mr. Adair, gnä' Frau.«

»Guten Tag, Mr. Adair. Kommen Sie herein. – Das wär's für heute, Miss Benedick.«

Anne hatte Jeff unterdessen verstohlen beobachtet. Die Gelegenheit war ihr willkommen, sich den Mann noch einmal genauer anzusehen, der sich, wie sie nach ihrem letzten Zusammentreffen erfahren hatte, auf den ersten Blik in sie verliebt hatte. Sie fand ihn auch diesmal recht sympathisch. Sie genoß es, wenn die Männer sie mochten – oder sich gar in sie verliebten.

Außerdem bewunderte sie mutige Männer; es stand außer Zweifel, daß dieser Mr. Adair sehr viel Courage bewies, wenn er sich unter falschem Namen in die Nähe von Mrs. Cork wagte. Die meisten jungen Männer, die sie kannte, hätten, vor die Wahl gestellt, Mrs. Cork eine Komödie vorzuspielen oder mit einem Stock in einem Wespennest herumzustochern, sich ohne Zögern für das Wespennest entschieden.

Anders als ihr Onkel, der alte Bekannte verleugnete, bedachte sie

Jeff mit einem strahlenden Lächeln, als sie das Zimmer verließ, und dieser fühlte sich dadurch ermuntert und gestärkt. Nach diesem Lächeln war ihm vor Mrs. Cork nicht mehr bange.

Sie unterzog ihn einer strengen Musterung. »Nehmen Sie Platz, Mr. Adair. Sie sind noch sehr jung.« Sofort war ihr aufgefallen, was nicht zu seiner neuen Existenz paßte. »Ich hatte Sie mir eigentlich älter vorgestellt.«

Jeff entschuldigte sich für seine Jugend und dachte daran, eine witzige Bemerkung zu machen, überlegte es sich jedoch anders. Sein Gefühl sagte ihm, daß seine Gastgeberin keine Freundin vieler Worte war.

»Sie verfügen über große Erfahrung?«

»Sehr große.«

»Gut. Ich vermute, Miss Benedick hat Ihnen bereits erklärt, weshalb ich Sie hier haben möchte.«

»Ja.«

»Der, der Sie hereinführte, war Cakebread.«

»Ich dachte es mir.«

»Behalten Sie ihn im Auge.«

»Das werde ich.«

»Dieser Mann ist entweder ein Verrückter oder ein Dieb, und ich will wissen, was von beidem, wenn ich mich bei Lord Uffenham über ihn beschwere, wie ich es vorhabe. Eine solche Klausel in den Pachtvertrag einzubauen!«

»Sehr ungewöhnlich.«

»Ich verstehe nicht, warum Miss Benedick mich nicht darauf aufmerksam gemacht hat. Apropos: Welchen Eindruck hatten sie von Miss Benedick?«

Bei diesem Thema hätte Jeff ins Schwärmen geraten können. Er vermutete jedoch zu Recht, daß seiner Auftraggeberin nicht an poetischen Charakterschilderungen gelegen war, und beschränkte sich daher auf die Antwort, Anne sei seiner Meinung nach eine sehr charmante Person. »Wie sie die Stirn ein wenig runzelt, wenn sie nachdenkt – sehr attraktiv«, erlaubte er sich die Freiheit hinzuzufügen.

Mrs. Cork sah ihn etwas verständnislos an. »Ich habe nie gesehen, daß sie die Stirn runzelt.«

»Wahrscheinlich bemerkt nur ein Detektiv eine solche Kleinigkeit.«

Mrs. Cork verweilte einen Augenblick in Gedanken. Annes attraktives Stirnrunzeln schien sie zu beschäftigen. Als ihr Blick beiläufig auf den Antilopenkopf an der Wand fiel und sie in seinem glasigstarren Blick die Andeutung eines Tadels zu lesen glaubte, wandte sie sich wieder an ihren Besucher. »Ich habe ein ungutes Gefühl, wenn ich an Miss Benedick denke.«

»An Cakebread«, verbesserte Jeff ihren kleinen Versprecher.

»Ich sagte nicht Cakebread«, erwiderte Mrs. Cork ungehalten. »Ich sagte Miss Benedick, und ich meinte auch Miss Benedick. Als Mrs. Molloy den Vorschlag machte, einen Privatdetektiv ins Haus zu holen, stimmte ich hauptsächlich aus dem Grund zu, daß ich durch ihn einiges über Miss Benedick herausfinden könnte, was mich sehr interessiert. Ihre Hauptaufgabe wird also sein, sie zu beobachten. Ich traue ihr nicht. Ich glaube, sie ist ziemlich gerissen.«

Jeff konnte diese Bemerkung nicht unwidersprochen hinnehmen. Es war ihm gleichgültig, daß Mrs. Cork Lord Uffenham in falschem Verdacht hatte, doch was Anne anging, fühlte er sich aufgerufen, sie zu korrigieren. »Gerissen? Was meinen Sie mit ›gerissen‹? Das ist sie auf keinen Fall. Sie ist ein Mädchen mit einem einwandfreien Charakter, offen und ehrlich – Sie wissen schon, was ich meine.«

Mrs. Cork begann, eine Abneigung gegen diesen jungen Mann zu entwickeln. Sie erwartete nämlich von den Männern in ihrer Umgebung, daß sie zu allem ja und amen sagten.

Und da war auch schon wieder der harte, unnachgiebige Blick, den jeder ihrer eingeborenen Träger und eine ganze Reihe von kleinen Händlern sofort erkannt hätten. Eben dieser Blick hatte sie veranlaßt, ihr den Namen »Mgobo-Mgumbi« zu geben, den man mit »Frau, der man besser nicht widerspricht« übersetzen könnte.

»Sie scheinen sich nach sehr kurzer Bekanntschaft schon ein sehr genaues Bild von ihr gemacht zu haben«, sagte sie frostig.

»Die Grundvoraussetzung für den erfolgreichen Detektiv ist die Fähigkeit, einen Menschen auf den ersten Blick einzuschätzen.«

»Mag sein. Ich hatte jedoch die Gelegenheit, sie in Gesellschaft meines Neffen zu beobachten. Und ich bin der Überzeugung, daß sie versucht, ihn einzuwickeln.«

Dieses böse Wort traf Jeff, als hätte ihn jemand mit einer Nadel in den Allerwertesten gestochen. Er fuhr in seinem Sessel hoch. »Gerissen« war schon schlimm genug gewesen, hart an der Grenze, doch »einwickeln« ging entschieden zu weit. »Meine Fähigkeit, Menschen auf den ersten Blick einzuschätzen, sagt mir, daß Sie einen völlig falschen Eindruck haben.«

»Reden Sie doch nicht immer von Ihrer Fähigkeit. Ich habe Sie nicht engagiert, damit Sie mir dauernd widersprechen.«

Jeffs erster Gedanke war, ihr entgegenzuschleudern, daß sie ihn nicht engagiert habe, aufzustehen und zu gehen. Nur die Erkenntnis, daß er sich damit fast alle Chancen zunichte machen würde, Anne in nächster Zeit häufiger zu sehen, hielt ihn davon ab. »Was hat denn bei Ihnen den Eindruck erweckt, daß zwischen Miss Benedick und Ihrem Neffen etwas ist?« fragte er einleitend.

»Die Art, wie sie ihn ansieht. Und ich habe Mr. Trumper erst heute nachmittag erzählt, daß mir ihr Verhalten, als sie mir den Bericht über die Vernehmung meines Neffen vorlas, sehr verdächtig vorkam. Ihre Stimme klang erregt, und als ich sagte, ich könnte diesen Miller mit bloßen Händen erwürgen, seufzte sie vielsagend. Ich schaute auf und sah, daß ihre Augen funkelten.«

»Miller?« fragte Jeff interessiert.

»Ein gewisser J. G. Miller, ein Rechtsanwalt.«

Wieder stach die Nadel in Jeffs Hosenboden und ließ ihn hochfahren. Es gibt wohl keinen jungen Mann, der nicht beunruhigt ist, wenn er erfährt, daß er die Gastfreundschaft einer Frau genießt, die ihn am liebsten mit bloßen Händen erwürgen würde. Er sah sich Mrs. Cork näher an. In der Reichweite besaß er Vorteile, doch im Nahkampf könnte sie sich als unangenehme Gegnerin erweisen.

»Mein Neffe Lionel Green war gestern vor Gericht als Zeuge geladen, und dieser J. G. Miller, der Anwalt des Klägers, hat ihm auf übelste Weise mitgespielt. Darüber schien, wie ich bereits sagte, Miss Benedick ebenfalls sehr entrüstet, und diese Reaktion kam mir übertrieben vor. Mr. Trumper meinte, es sei ganz natürliches Mitgefühl gewesen. Unsinn! Sie ist verliebt in Lionel. Zumindest habe ich den starken Verdacht. Was Sie also tun sollen während der Zeit, in der er hier ist – er wird heute abend hier eintreffen –, ist, die beiden zu beobachten. Ich möchte sie zwar nicht unbedingt verlieren, denn sie ist eine ausgezeichnete Sekretärin, doch wenn sich mein Verdacht bestätigt, muß sie gehen.«

Zum Glück gab dieser längere Monolog Jeff Gelegenheit, seine Gedanken zu ordnen. Die Erkenntnis, daß er im Haus von Stinkers Tante gelandet war, war nicht gerade erfreulich. Noch weniger erfreulich war die Nachricht, daß Stinker höchstpersönlich für den Abend erwartet wurde.

Diese völlig neue Situation erforderte sorgfältige Überlegungen. Wenn es ihm nicht gelang – wie, war im Augenblick noch unklar –, Lionel, der seit ihrem letzten Zusammentreffen wohl nicht gut auf ihn zu sprechen sein würde, davon abzuhalten, würde dieser ihn fünf Minuten, wahrscheinlich sogar schon fünf Sekunden nach seiner Ankunft verraten. Und danach hieße es für J. Sheringham Adair Abschied nehmen von Shipley Hall, vorausgesetzt, ihm bliebe erspart, von Mrs. Cork mit bloßen Händen – wozu sie, gestählt durch ihre Jagdexpeditionen, vermutlich durchaus in der Lage war – erwürgt zu werden.

»Weil wir gerade von Lionel sprechen«, fuhr Mrs. Cork fort, »da ist noch eine Sache. Ich weiß nicht, ob Miss Benedick es Ihnen schon sagte, aber Shipley Hall ist eine Einrichtung von und für Menschen, die sich einer Idee verschrieben haben.« Sie hielt inne.

Jeff hing seinen Gedanken nach und wirkte dabei so geistesabwesend wie Lord Uffenham.

Mrs. Cork klopfte ungehalten auf den Tisch. »Die sich einer Idee verschrieben haben«, wiederholte sie und fragte sich dabei, wieso Mrs. Molloy einen Detektiv empfohlen hatte, der nicht nur noch nicht trocken hinter den Ohren war, sondern auch auf diesen zu sitzen schien.

Jeff wurde durch das Klopfen unsanft aus seinen Überlegungen aufgeschreckt. »Ach so, ja. Sie meinen den Vegetarier –« Er unterbrach sich. Beinahe hätte er das Wort »Quatsch« angefügt, doch eine innere Stimme empfahl ihm, nach einem anderen Ausdruck zu suchen. Er entschied sich für: »– den Ugube-Kult?«

»Genau. Sind Sie schon einmal in Afrika gewesen?«

»Nein. In St. Moritz ja. In Afrika noch nicht.«

»Dann können Sie die Ugube nicht kennen. Sie sind die kräftigsten, gesündesten Menschen, die es gibt, und sie haben sich das Gemüt von Kindern bewahrt. Das ist ausschließlich auf ihre vegetarische Ernährungsweise und ihre rhythmischen Tänze zurückzuführen. Ich hoffe, die Lebensregeln der Ugube in ganz England bekanntmachen zu können, und alles hängt natürlich davon ab, daß unsere kleine Schar hier ein leuchtendes Beispiel gibt. Leider muß ich zugeben, daß es darunter einige schwarze Schafe gibt, die unsere Regeln nicht so befolgen, wie ich es gerne hätte. Erst heute morgen habe ich jemand ertappt, als er im Schuppen für die Gartengeräte ein mit Schinken belegtes Sandwich aß.«

Jeff spielte den Entrüsteten. »Ein Schinkensandwich?«

»Ja.«

»Roher oder gekochter Schinken?«

»Roh.«

»Im Geräteschuppen?«

»Ja.«

»Mein Gott!«

»Und ich habe den begründeten Verdacht, daß Lionel, wenn er mich besucht, zwischendurch heimlich ins Dorf geht und im Gasthaus Fleischgerichte ißt. Das kann ich nicht dulden. Ich habe dem Wirt bereits mitgeteilt, daß ich ihn überwachen lasse; außerdem habe ich ihn daran erinnert, daß bald seine Schankerlaubnis erneuert werden muß und ich meinen Einfluß geltend machen könnte, daß sie ihm versagt wird. Sie sollen jedenfalls auf Lionel aufpassen, damit er sich nicht anderweitig tierische Nahrung besorgt. Berichten Sie mir jede kleinste Verfehlung seinerseits, und ich werde die nötigen Schritte unternehmen. Ich sollte vielleicht noch hinzufügen, daß mein Neffe völlig von mir abhängig ist und ich so Druck auf ihn ausüben kann. Ich kann mich auf Sie verlassen?«

Jeff deutete eine leichte Verbeugung an. »Völlig. Ich werde überall gleichzeitig sein und sie beobachten, alle drei – Cakebread, Miss Benedick und Ihren Neffen. Und wenn ich mir dabei die Halswirbel verrenke! Aber das ist eben ein Berufsrisiko, mit dem wir Privatdetektive leben müssen. Und nun will ich keine Zeit verlieren und die Bekanntschaft Ihres Neffen machen. Ich versuche nämlich immer, mich zum frühestmöglichen Zeitpunkt mit den Menschen bekannt zu machen, die ich beobachten soll. Ich schmeichle mich bei ihnen ein, gewinne ihr Vertrauen und bringe sie so weit, daß sie Wachs in meinen Händen sind. Aus diesem Grund werde ich in nächster Zeit sehr oft in Gesellschaft von Miss Benedick zu finden sein, aber auch in der von Mr. – Green, sagten Sie, ist sein Name? Sie erwähnten, daß er heute abend hier eintrifft?«

»Sein Zug kommt in einer halben Stunde.«

»Ich werde ihn am Bahnhof abholen. Und ich hoffe, daß der Grundstock für eine feste Freundschaft gelegt ist, wenn wir hier in Shipley Hall eintreffen. Wie sieht er denn aus?«

»Warum wollen Sie das wissen?«

»Weil ich es für eine große Hilfe erachte, wenn man jemandem, den man vom Zug abholen will, gleich erkennt.«

»Ich verstehe. Er ist groß, schlank und sieht sehr gut aus. Er hat einen kleinen, entzückenden Bart und sanfte braune Augen.«

»Dann darf ich mich jetzt verabschieden, damit ich rechtzeitig am Bahnhof bin.«

Eigentlich bestand für Jeff keine Notwendigkeit, schon jetzt zu gehen, denn bis zum Bahnhof war es nicht allzu weit, doch wollte er sich nicht länger mit jemandem unterhalten müssen, der Stinker Greens Gewächs auf der Oberlippe entzückend fand.

Neuntes Kapitel

Wenn ein sensibler junger Mann, der von sich eine hohe Meinung hat, aus dem Zug steigt und auf dem Bahnsteig von dem Rechtsanwalt in Empfang genommen wird, der ihn vor kurzem bei der gerichtlichen Zeugenvernehmung zum Gespött der Leute gemacht hat, lassen sich gewisse Animositäten nicht verbergen. Unter solchen Umständen wird auch eine Unterhaltung nicht leicht in Gang kommen.

Als Lionel Greens Augen Jeff ins Visier bekamen, blieben sie zwar braun, doch nicht einmal die netteste und ihm wohlgesonnenste Tante hätte seinen Blick als sanft bezeichnen können. Er wich zurück wie einer, dem eine Schlange über den Weg kriecht, richtete sich zu seiner vollen Größe auf und wäre wohl wortlos an Jeff vorbeigegangen, wenn dieser ihn nicht am Arm gepackt hätte.

»Hallo«, begrüßte Jeff ihn freundlich. »So trifft man sich wieder.«

Lionel Green versuchte ohne Erfolg, sich seinem Griff zu entziehen.

»Ganz ruhig, alter Junge«, beschwichtigte Jeff. »Du scheinst keine Lust zu einer kleinen Plauderei zu haben. Es sieht so aus, als ob du unsere kleine Auseinandersetzung gestern im Gerichtssaal nicht vergessen kannst, oder irre ich mich da?«

Lionel bestätigte ihm, daß er sich nicht irre.

»Habe mich also nicht getäuscht. Aber nimm dir doch diese Bagatelle nicht so zu Herzen. Ich habe doch nur meine Pflicht als Anwalt getan. Gegen dich persönlich habe ich doch rein gar nichts. Wenn ich den Beklagten vertreten hätte, dann hätte ich Ernest Pennefather genauso zur Schnecke gemacht. Könnten wir denn nicht außerhalb des Gerichtssaals trotzdem gute Freunde sein?«

Lionel Green verneinte.

»Das hab' ich befürchtet. Dann wird die ganze Sache allerdings kompliziert. Du wirst es nicht glauben, aber wir haben gemeinsame Interessen, und nur, wenn wir aufeinander Rücksicht nehmen und einer dem anderen hilft, können wir das erreichen, was jeder von uns sich zum Ziel gesetzt hat. Vergiß doch deine Abneigung gegen mich zumindest eine Zeitlang.«

»Laß bitte meinen Arm los. Ich will zum Taxistand.«

»Ich führ' dich hin. Wir haben den gleichen Weg. Du willst nach Shipley Hall. Ich habe mich dort bereits einquartiert.«

»Was?«

»Ja.«

»Kennst du meine Tante?«

»Ja, natürlich. Eine charmante Frau. Aber jetzt wirst du lachen: Sie glaubt, ich bin Detektiv – du weißt doch, wie schnell man für einen Detektiv gehalten wird –, und hat mich beauftragt, ihren Butler zu beobachten, dessen Verhalten ihr verdächtig vorkommt. Wenn wir also in Shipley Hall sind, dann nenn mich bitte J. Sheringham Adair, denn das ist mein ›Künstlername‹.«

Lionels düstere Miene hellte sich auf. »Heißt das, du hast dich unter falschem Namen dort eingeschlichen?«

»Das Wort ›eingeschlichen‹ gefällt mir zwar nicht, aber du triffst ansonsten den Nagel auf den Kopf.«

»Dann werd' ich dafür sorgen, daß du in hohem Bogen rausfliegst.«

Jeff nickte. »Habe schon befürchtet, daß du auf diese Idee kommst, denn ich kann irgendwo verstehen, daß du sauer auf mich bist. Aber deine Drohungen schrecken mich nicht, Stinker, denn ich bin gegen sie gefeit. Hast du denn nicht zugehört, als ich sagte, daß wir gemeinsame Interessen hätten? Na gut, ich muß dir's wohl genauer erklären. Ich fürchte, ich hab' mich zwar engagiert, ihren Butler zu überwachen, doch sagte sie auch, das wäre nur *ein* Teil meiner Aufgabe. Ich sollte nämlich auch *dich* im Auge behalten.«

»Mich? Wieso? Was soll das heißen?«

»Sie hegt den Verdacht, du wärst ihrer Sekretärin, einer Miss Benedick, wenn ich mich recht erinnere, ins Netz gegangen, und will die Sache unter allen Umständen unterbinden.«

Lionels feindselige Einstellung gegenüber Jeff wich von einem Moment zum anderen. Diese Neuigkeit war für ihn, wie sein Kontrahent vorausgesagt hatte, ein Schlag ins Kontor. Er starrte Jeff mit aufgerissenen Augen an; sein Kinn war weit nach unten geklappt. Die von ihm schon seit Wochen gehegte Befürchtung war also begründet. Den Luchsaugen seiner Tante war demnach nicht entgangen, wie weit die Affäre schon gediehen war. Doch ausgerechnet zum ungünstigsten Zeitpunkt begann sie nun dazwischenzufunken. Ein, zwei Tage später, und alles wäre in Butter gewesen, stellte Lionel verbittert fest.

Mrs. Cork hatte die volle Wahrheit gesagt, als sie darauf hinwies, ihr Neffe sei völlig abhängig von ihr. Von ihr nämlich erhielt er den monatlichen Scheck über eine beträchtliche Summe, die ihm ein angenehmes Leben ermöglichte. Sie finanzierte auch das winzige Antiquitätengeschäft in der Brompton Road, in dem er gelegentlich alte Schulfreunde als Kunden begrüßen konnte.

Hätte sie ihm ihre Unterstützung schon früher entzogen, so wäre das für ihn mit unangenehmen, doch zu verschmerzenden Folgen verbunden gewesen; zum gegenwärtigen Zeitpunkt aber bedeutete der Verlust ihrer Gunst das Ende aller seiner Pläne. Kürzlich hatte sich ihm nämlich die Möglichkeit eröffnet, sich in ein größeres, gutgehendes Einrichtungshaus, das seines Freundes Tarvin, einzukaufen, das sich in einer großen Geschäftsstraße befand und mehr auf den breiten Publikumsgeschmack abgestimmt war als auf den seiner Altersgenossen.

Die dadurch erforderliche Unterredung mit seiner Tante, der er seine Bitte, ihm die notwendige Summe zur Verfügung zu stellen, bereits mitgeteilt hatte, hatte ihn zu diesem Besuch in Shipley Hall gezwungen. Gern war er nicht gekommen, denn ihm ging es ebenso wie Mrs. Molloy, die beim Essen etwas Herzhaft-Kräftiges auf dem Teller vorzufinden liebte. Er war bereit gewesen, das Opfer der ihm nicht zusagenden Kost auf sich zu nehmen, weil er hoffte, mit etwas Überredungskunst mit seiner Tante zu einer Einigung zu kommen.

Alles hing von dieser Einigung ab. Wenn die Sache mit der Geschäftsbeteiligung geregelt war, konnte er endlich seine Verlobung mit Anne bekanntgeben, seiner Tante endlich auch einmal Paroli bieten, kurz gesagt, ein eigenes Leben führen. Aber die weibliche Intuition hatte seine Tante Verdacht schöpfen lassen, und er sah sich vor einem Scherbenhaufen stehen.

»Ich glaube ja nicht, daß an der Sache etwas dran ist«, fuhr Jeff fort, »aber sie nimmt es nun einmal an, und deshalb wäre es wohl am besten, wenn du dich während deines Besuches so wenig wie möglich mit Miss Benedick sehen läßt. Unter solchen Umständen ist es immer am klügsten, keinen Anlaß zu irgendwelchen Beanstandungen zu geben. Nun verstehst du hoffentlich, was ich damit meinte, als ich sagte, wir hätten gemeinsame Interessen. Setz den ersten Gedanken, den du hattest, in die Tat um und laß mich rauswerfen, und was passiert dann? Es wird ein anderer Detektiv engagiert, diesmal ein richtiger – nicht ein alter Schulfreund, der dich eigentlich immer gemocht hat, obwohl es vielleicht dem äußeren Anschein nach manchmal nicht danach ausgesehen hat, sondern ein eiskalter Profi, der deiner Tante einen für dich nachteiligen Bericht gibt, bevor du es überhaupt merkst. Ich erwähne das alles nur, damit du deine Entscheidung treffen kannst.«

Er klopfte Lionel aufmunternd auf den Arm, doch der reagierte nicht. Jeff fand es beinahe schade, daß er den Entschluß gefaßt hatte, seine Anwaltskarriere zu beenden, denn es stand für ihn außer Frage, daß er Fakten äußerst plausibel darlegen könne. Wie dem auch sei, was Justitia an ihm verlor, würde die Literatur gewinnen. Man mußte die Sache unter verschiedenen Gesichtspunkten betrachten.

Sie waren inzwischen am Taxistand angekommen, entschieden sich aber auf Jeffs Vorschlag hin, die kurze Strecke zu Fuß zu gehen.

»Noch etwas«, fuhr Jeff fort, »Mrs. Cork hat mich beauftragt, dich zu beobachten, aber nicht nur, was deine Beziehung zu Miss Benedick angeht, sondern auch deine von ihr vermutete Gewohnheit, dich heimlich zu verdrücken und ihre gesunde Ugube-Kost durch Fleischgerichte im Dorfgasthaus zu ergänzen. Ich möchte dich darauf hinweisen, daß sie den Wirt bereits davon in Kenntnis gesetzt hat, daß sie ihn aufs Korn genommen habe, und wenn er es wagen sollte, dir auch nur einen abgenagten Kotelettknochen zuzustecken, würde ihn das die anstehende Verlängerung seiner Schankerlaubnis kosten. – Was hast du gesagt?«

Lionel Green hatte nichts gesagt, sondern nur gestöhnt. Die Besuche im Gasthaus hatte er fest eingeplant gehabt.

»Du brauchst also meine Dienste nötiger denn je. Da ich im Gegensatz zu dir nicht überwacht werde, kann ich als Mittler fungieren und eine Verbindung herstellen zwischen dir und diesem Lieferanten verbotener Leckerbissen. Gib deine Bestellungen bei mir auf, und ich werde sehen, daß sie ausgeführt werden.«

Lionel sah einen Hoffnungsschimmer. Es konnte zwar nie so weit kommen, daß ihm sein alter Schulfreund sympathisch werden würde, doch war er zu dem Eingeständnis bereit, daß in dem Kerl mehr Gutes steckte, als er bislang vermutet hatte. »Das ist nett von dir, Miller.«

»Nicht der Rede wert. Es wird mir ein Vergnügen sein. Aber erzähl mir jetzt noch etwas über Miss Benedick. Sag mir, worüber sie sich gern unterhält, welche Bücher sie liest, welche Themen man bei einer Unterhaltung mit ihr vermeiden sollte – das Übliche eben. Wenn ich Mrs. Cork nämlich davon überzeugen will, daß ich meinen Job richtig mache, muß ich mich von Zeit zu Zeit etwas näher mit dem Mädchen befassen, und dann ist es immer gut, wenn ich weiß, worüber ich mit ihr reden soll.«

Etwa auf halbem Weg zum Haus verabschiedete sich Jeff von Lionel, nicht ohne ihm alles Gute gewünscht zu haben, und machte sich auf einen Spaziergang durch die gepflegten Anlagen. Er war höchst zufrieden mit dem durch sein diplomatisches Geschick Erreichten. Von Lionel drohte ihm keine Gefahr mehr, und über Anne Benedick wußte er nun recht gut Bescheid – ein Wissen, das ihm nur nützlich sein konnte. Von dem echten J. Sheringham Adair wußte er nichts, außer daß er einen Schnurrbart hatte und anscheinend über die Fähigkeit verfügte, sich in Luft aufzulösen, doch bezweifelte er, ob dieser ausgefuchste Schnüffler die Situation besser gemeistert hätte als er.

Ein milder Juniabend dämmerte, und die Luft war erfüllt von Geräuschen und Gerüchen. Vögel saßen in den Büschen und sangen ihr Gutenachtlied, Insekten summten und brummten vorbei, und Blumen verströmten betörende Düfte. Jeff genoß die Abendstimmung, schlenderte ohne festes Ziel umher, bis er unweit des Hauses an einen kleinen Teich gelangte. Er blieb stehen und sah den Wasserläufern zu, die auf der spiegelglatten Oberfläche geschäftig hin- und herhuschten.

In seinen Beobachtungen wurde er plötzlich durch menschliche Stimmen gestört, und als er sich umdrehte, erblickte er eine junge, auffallend attraktive Frau und einen Mann Mitte der Vierzig, der vom Aussehen her an einen amerikanischen Senator erinnerte.

Er kannte die beiden – noch – nicht. Es handelte sich um das mit allen Wassern gewaschene Ehepaar Molloy.

Zehntes Kapitel

Die ihm von seiner Gattin vor ungefähr einer Viertelstunde eröffnete Mitteilung, daß sein alter Bekannter Chimp Twist auf dem Weg nach Shipley Hall sei, hatte Mr. Molloy ziemlich unvorbereitet getroffen. Als er dann noch erfuhr, daß sich Mrs. Corks kleine Kolonie positiver Denker auf ihr Betreiben hin um den ihm nicht genehmen Zugang vergrößerte, war seine Verwunderung komplett. »Um Himmels willen! Was hast du dir denn eigentlich dabei gedacht, Mäuschen?« rief er bestürzt.

Mrs. Molloy blieb ganz gelassen. »Einiges.«

»Aber ausgerechnet Chimp!« Mr. Molloy hielt ebenso wenig von dem Spürhund vom Halsey Court wie dieser von ihm. »Du kennst ihn doch. Ein aalglatter Kerl, dem man nicht über den Weg trauen kann.«

»Chimp ist in Ordnung.«

»Ist er nicht. Du weißt das genauso gut wie ich. Das erste, was passiert, wenn er herkommt, ist doch, daß er etwas, das ihm gefällt und nicht niet- und nagelfest ist, kassiert und verschwindet. Und was dann? Wir kriegen den Schwarzen Peter zugeschoben, weil wir ihn empfohlen haben. Es dauert vielleicht ein, zwei Tage, aber dann werden sie uns den Koffer vor die Tür setzen und uns höflich bitten zu verschwinden.«

»Und das wäre dir sehr unangenehm?«

»Das kann man wohl sagen.«

»Es würde dir das Herz brechen, wenn du dich von Mrs. Cork losreißen müßtest, oder?«

»Ich kapier' nicht, was du meinst, Liebling.«

All der Ärger, der sich in Dolly Molloy angestaut hatte, verschaffte sich Luft. »So, so, du kapierst also nicht, was ich meine. Dann will ich's dir sagen. Glaubst du vielleicht, ich hab' nicht mitgekriegt, was du so treibst? Wer ist denn mit ihr im Rosengarten herumstolziert und hat sich Rosen ins Knopfloch stecken lassen?«

»Aber Mäuschen –«

»Wer hat ihr denn erst heut nachmittag das Händchen getätschelt und getan, als wär' er mordsmäßig verliebt? Hast wohl nicht damit gerechnet, daß ich das seh'. Aber ich hab's gesehen. Ich denk', mich trifft der Schlag. Das hätte ich nicht gedacht von dir, Soapy. Und das, wo wir noch nicht lang verheiratet sind und du in der Kirche hoch und heilig versprochen hast, mir treu zu sein.«

»Aber Mäuschen, du siehst das völlig falsch.«

»Du hast ihre Pfote getätschelt.«

»Ja, ich habe es. Aber warum? Weil ich versuche, ihr Ölaktien anzudrehen.«

»Was?«

Mr. Molloy triumphierte wie ein Senator, dem es gelungen ist, die böswilligen Anschuldigungen der Opposition Punkt für Punkt zu widerlegen. »Genau das. Du bist mit einem Geschäftsmann verheiratet und mußt dich halt an seine Verkaufsmethoden gewöhnen. Sie hat mir von ihrem Neffen Lionel erzählt, und daß er Schwierigkeiten mit dem Gericht hatte und sie befürchtet, daß das sensible Kerlchen dadurch einen Knacks weg hat, und ich hab' sie mit dem bißchen Tätscheln nur ein bißchen trösten wollen. Aber ich hab' immer ans Geschäftliche gedacht. Es hat dann nicht lange gedauert, bis ich sie so weit hatte, daß sie sich für ein Paket Silver-River-Aktien interessierte. Wir mußten unser Gespräch beenden, weil drinnen irgendein Knabe auf sie wartete, den sie sich anschauen wollte, aber es ist alles abgemacht. Morgen gibt sie mir den Scheck.«

Dolly Molloys Ärger war verflogen. Als sie merkte, daß sie ihrem herzensguten, geliebten Gatten unrecht getan hatte, schimmerten Tränen in ihren Augen. »Ach Soapy! Ich hab' mich bescheuert aufgeführt!«

»Alles in Ordnung, Mäuschen.«

»Aber warum hast du mir nichts gesagt?«

»Es sollte für dich eine kleine Geburtstagsüberraschung werden.«

»Wieviel springt denn für uns dabei raus?«

»Knapp fünftausend.«

»Dollar?«

»Nein, Pfund.«

»Fünftausend Pfund? Soapy, du bist ein Genie!« Sie fiel ihrem Gatten um den Hals und küßte ihn; alles war wieder eitel Sonnenschein. Dennoch plagten sie Gewissensbisse. »Bescheuert« war der richtige Ausdruck für ihr Verhalten; sie mußte total bescheuert gewesen sein, als sie sich von ihrer Eifersucht hatte täuschen lassen. Sie hätte wissen müssen, daß ihr Soapy nie Zärtlichkeiten mit einer anderen Frau austauschen würde, wenn nicht geschäftliche Motive damit verbunden waren.

Nach einer Weile lösten sie sich wieder aus ihrer zärtlichen Umarmung. Mr. Molloy zündete sich eine Zigarette an, und Mrs. Molloy zog den Lippenstift nach. Einträchtig schweigend gingen sie weiter.

Sie waren ein gutes Stück spaziert, als Mrs. Molloy verträumt feststellte: »Liebling, ich hab' mich schon oft gefragt, ob es diese Silver-River-Ölquelle wirklich gibt.«

»Ich auch.«

»Möglich wäre es doch.«

»Möglich, ja.«

»Wär' schon lustig, wenn es sie tatsächlich gäbe.«

»Sehr lustig sogar«, pflichtete Mr. Molloy bei. »Wär' schon ein toller Zufall.« Er lächelte, wurde dann aber wieder ernster. »Aber zurück zu Chimp. Ich sag' es ganz offen: Mir gefällt nicht, daß dieser kleine Gauner hier herumschwirrt.«

»Mach dir deswegen keine Sorgen.«

»Tu' ich aber.«

»Mußt du aber nicht. Chimp wird hier nicht alt. Du kennst ihn doch: Wenn er merkt, daß er hier nur Grünzeug zu futtern kriegt, haut er schleunigst ab.«

»Da ist was Wahres dran«, gab Mr. Molloy zu, und seine Miene heiterte sich auf. Sie wandten sich anderen Themen zu und diskutierten gerade darüber, ob Mrs. Cork vielleicht nicht auch noch ein zweites Aktienpaket kaufen würde, wenn er es geschickt anstellte, als sie um eine Hecke bogen und am Rande des Teiches einen jungen Mann stehen sahen, der anscheinend die Wasserläufer beobachtete.

»Hallo«, rief Mrs. Molloy ihn an.

»Wen haben wir denn da? Einen Neuzugang?« erkundigte sich Mr. Molloy.

Sie gingen auf ihn zu, und Mr. Molloy entbot Jeff in Befolgung seines Prinzips, zu allen Menschen so freundlich wie möglich zu sein – denn man konnte ja nie wissen, wer sich für eine gesunde Kapitalanlage im Ölgeschäft interessierte –, einen wunderschönen guten Abend.

»Guten Abend«, erwiderte Jeff den Gruß. Sein Gegenüber hinterließ einen guten ersten Eindruck bei ihm.

»Sie sind ein neues Mitglied unserer kleinen Gemeinschaft?«

»Heute erst angekommen. Ganz hübsch hier.«

Dolly lachte verächtlich auf. »Die Gegend ja, aber warten Sie erst mal, bis der Gong zum Abendessen ruft!«

»Meine Gattin«, warf Soapy erklärend ein. »Mein Name ist Molloy.«

»Sehr erfreut – Adair.« Jeff war erstaunt, daß das nette Paar perplex schien.

»Wie bitte?«

»Adair. J. Sheringham Adair.«

Mr. Molloy sah Mrs. Molloy an, und Mrs. Molloy sah Mr. Molloy an. Darauf starrten sie gemeinsam auf Jeff. Der Blick der Dame war besonders fragend.

»Etwas stimmt hier nicht«, stellte Mr. Molloy fest.

»Irgendein fauler Trick, wenn du mich fragst«, stimmte Dolly zu, die durch ein bewegtes Leben befähigt war, faule Tricks sofort zu erkennen. »Was wird hier gespielt?«

Jeffs Herz schlug einige Takte schneller. Als ihm Mr. Molloy seinen Namen genannt hatte, war er ihm bekannt vorgekommen. Erst jetzt wurde ihm klar, daß es sich bei der Frau, die ihn so durchdringend anstarrte, um jene Mrs. Molloy handeln mußte, die Mrs. Cork J. Sheringham Adair empfohlen hatte. Er hatte nicht damit gerechnet, nach seiner Ankunft in Shipley Hall jemandem zu begegnen, der mit seinem Nachbarn gut bekannt zu sein schien. Doch dann erinnerte er sich daran, daß er ja auch nicht damit gerechnet hatte, daß ihm Lionel Green über den Weg laufen würde, und wie leicht war er doch mit diesem Problem fertig geworden! Er entschloß sich deshalb, dieser neuen Gefahr auf gleiche Weise zu begegnen.

Mr. Molloy war leicht ungehalten, aber immer noch die Verbindlichkeit in Person. Er teilte die Ansicht seiner Frau, es gehe hier etwas nicht mit rechten Dingen zu, doch sei er bereit, sich die Sache erklären zu lassen. »Wir wollen damit sagen, daß meine Frau und ich für heute abend die Ankunft unseres Freundes J. Sheringham Adair erwarteten.«

»Den Privatdetektiv«, fügte Dolly hinzu.

»Und der sind Sie nicht.«

»Auf gar keinen Fall sind Sie es.«

Jeff lächelte. Er hatte plötzlich erkannt, daß sich die Angelegenheit auf verblüffend einfache Weise erklären ließ. »Sehr amüsant!«

»Bis jetzt mußte ich noch nicht lachen«, bemerkte Dolly trocken.

»Kein Wunder, daß Sie überrascht sind. Wann haben Sie Ihren Freund das letzte Mal gesehen?«

»Erst heute vormittag.«

»Und er hat Ihnen nichts davon erzählt, daß er seine Detektei verkauft hat?«

»Verkauft hat?«

»Mit allem Drum und Dran. Ich habe sie heute nachmittag übernommen. Wie in solchen Fällen durchaus üblich, auch den Namen.«

Mrs. Molloy sah Mr. Molloy an. »Chimp hat kein Wort davon gesagt, daß er verkauft.«

»Wirklich nicht?«

»Kein einziges Wort.«

»Kam Ihnen Mr. Twist auch so verschwiegen vor?« fragte Jeff

interessiert. »Mir ist das ebenfalls aufgefallen. Aber ein guter Detektiv muß wohl so sein.«

Dolly hatte immer noch ihre Zweifel. »Sie sehen nicht aus wie ein Detektiv.«

»Natürlich nicht«, entgegnete Jeff. »Das soll ja auch so sein, damit die, die er beobachten soll, nicht Verdacht schöpfen.« Er sah auf seine Uhr. »Oh, es ist ja schon später, als ich dachte. Ich sollte wohl jetzt gehen und mich zum Abendessen umziehen. Auf Wiedersehen, Mrs. Molloy, auf Wiedersehen, Mr. Molloy. Ich darf meinem Wunsch Ausdruck verleihen, daß wir uns in nicht allzu ferner Zukunft häufiger sehen.«

In der Hoffnung, das Gespräch nicht allzu abrupt abgebrochen, aber überzeugt, es zum richtigen Zeitpunkt beendet zu haben, eilte er mit großen Schritten davon.

Mrs. Molloy war sich immer noch nicht im klaren. »Was hältst du von ihm, Soapy?«

»Möglicherweise ist er sauber.«

»Aber Chimp hätte doch bestimmt was gesagt, wenn er seinen Laden verkauft.«

»Er redet nie sehr viel.«

»Und warum so auf die Schnelle?«

»Vielleicht mußte er schnell verschwinden. Das war bei ihm ja schon öfter der Fall.«

»Das stimmt.«

In nachdenkliches Schweigen versunken, gingen beide zum Haus zurück.

Elftes Kapitel

Jeff war von einem Hausmädchen zu seinem Zimmer geführt worden. Er hatte sich bereits umgezogen und rauchte gerade noch eine Zigarette, als die Tür aufging und sich eine massige Gestalt ins Zimmer schob. Aus dem freundlichen Lächeln in dem breiten Gesicht schloß er, daß er sich nun in Gesellschaft von George Viscount Uffenham und nicht in der des Butlers Cakebread befand. Die von seinem

Besucher bei ihrem letzten Zusammentreffen gezeigte Zurückhaltung war jetzt von ihm abgefallen.

»Wie geht's?« erkundigte sich der Edelmann freundlich. »Bin nur mal vorbeigekommen, um zu sehen, ob man Sie gut untergebracht hat. Ist alles in Ordnung?«

Jeff erwiderte, daß alles in Ordnung sei.

»Sehr gut«, sagte Lord Uffenham etwas geistesabwesend. Er war zwar nicht in einen seiner bekannten Trancezustände verfallen, doch hörte er seinem jungen Freund auch nicht mit ungeteilter Aufmerksamkeit zu. Er tappte im Zimmer herum wie ein grübelnder Elefant und inspizierte alles gründlichst. Er hob Jeffs Pyjama hoch, ob nicht etwas darunter verborgen wäre. Auf dem Nachttischchen lag ein Buch; er nahm es in die Hand und blätterte darin. Er nahm eine kleine Porzellanfigur vom Kaminsims, drehte sie hin und her und ließ sie zu Boden fallen.

Das dabei entstehende Geräusch schreckte ihn aus seinen Gedanken hoch. Er ließ sich in einen Sessel plumpsen, streckte die Hand aus und gab Jeff einen festen Klaps auf das Knie. Väterliches Wohlwollen lag in seinem Blick. »Ich möchte mich mit Ihnen ein wenig unterhalten, junger Mann.«

Jeff versicherte ihm, daß auch er die Gelegenheit dazu herbeigewünscht habe.

»Erinnern Sie sich an das, worüber wir in Ihrem Büro sprachen?«

Es kam Jeff so vor, als wolle sein Gegenüber ihm mit dieser Bemerkung unterstellen, er habe ein ebenso lückenhaftes Gedächtnis. Etwas überrascht fragte er deshalb zurück: »Sie meinen die Diamanten?«

»Nein, doch nicht die Diamanten! Daß Sie sich in meine blöde Nichte verknallt haben.«

Jeff war nahe daran, es sich zu verbitten, daß er von der holdesten aller Frauen als seiner blöden Nichte sprach, doch er behielt diesen Wunsch für sich. Aus Gründen der Diplomatie schien ihm angeraten, gegenüber dem Letzten aus dem Geschlecht der Uffenhams höflich und zuvorkommend zu bleiben. »Ach so.«

»Immer noch in sie verknallt?«

Jeff beteuerte ihm, daß die drei Stunden, die seitdem vergangen waren, seine Leidenschaft eher noch stärker hätten entbrennen lassen, und Lord Uffenham schien zufrieden. »Das ist gut so. Ich habe es ihr nämlich erzählt, und wenn Sie es sich inzwischen anders überlegt hätten, wär' ich ziemlich dumm dagestanden.«

Obwohl Jeff nicht so schnell aus der Fassung zu bringen war, gelang es ihm nicht, seine Überraschung über dieses Eingeständnis zu verbergen. »Sie haben ihr erzählt, daß ich sie liebe?!«

»Jawohl.«

»Und wie – äh – wie hat sie es aufgenommen?«

»Nachdenklich, wie mir schien.«

»So, so.«

»Sie scheinen nicht gerade erfreut.«

»O doch. Mir kam nur der Gedanke, daß es ihr vielleicht viel zu schnell ging.«

»Bei einem Mädchen wie Anne muß alles auch sehr schnell gehen. Ich will Ihnen mal was sagen. Als ich Sie das erste Mal sah, waren Sie mir sofort sympathisch.«

»Eine große Ehre für mich. Ich für meinen Teil kann Ihnen versichern, daß –«

»Unterbrechen Sie mich doch nicht. Sofort sympathisch, sagte ich gerade. Ich habe viel Menschenkenntnis – einen sechsten Sinn gewissermaßen – und auf den ersten Blick gesehen, daß Sie ein feiner Kerl sind. Ich selbst habe keine Kinder – zumindest weiß ich nicht, daß ich welche habe«, schränkte Lord Uffenham nach kurzem Überlegen ein. »Und für mich sind Sie so etwas wie ein Sohn. Sie sind so, wie ich mir den jungen Mann immer vorgestellt habe, der einmal Anne heiratet. Sie sind genauso, wie ich es in Ihrem Alter war, ein ganzer Kerl. Scheint's heute nicht mehr zu geben. Die meisten jungen Männer von heute sind doch nur Lackaffen und Schwachköpfe. Kennen Sie Lionel Green, den Neffen von Mrs. Cork?«

»Wir sind uns begegnet.«

»Da haben Sie so einen Lackaffen und Schwachkopf. Und Anne hat nichts Besseres zu tun, als sich mit ihm zu verloben.«

»Was?«

»Stimmt leider. Könnte jeden Mann haben, und was macht sie? Verlobt sich heimlich mit Lionel Green.«

Jeff wurde durch diese Nachricht völlig aus dem Gleichgewicht gebracht. Darauf war er nicht vorbereitet. Er hatte nie auch nur einen

Gedanken darauf verschwendet, daß die Dinge so liegen könnten.

Es traf zu, daß Mrs. Cork eine Andeutung in dieser Richtung gemacht hatte, doch hatte er ihren Vermutungen keine Bedeutung zugemessen. Sein Eindruck war gewesen, daß, wenn Mrs. Cork bemerkt hatte, daß zwischen Anne Benedick und Lionel Green etwas vorging, es sich dabei um vergebliche Annäherungsversuche ihres Neffen gehandelt haben mußte. Und was das Funkeln in Annes Augen anbelangte, als sie las, wie er, Jeff, diesen widerlichen Kerl bloßgestellt hatte, so mußte sich Mrs. Cork getäuscht haben. Er hatte in ihrer Reaktion das Gegenteil vermutet, nämlich Schadenfreude darüber, daß der schmierige Kerl, der sie mit seinen Annäherungsversuchen belästigte, von einem brillanten jungen Rechtsanwalt so in die Mangel genommen worden war.

Er konnte das alles nicht fassen. »Das darf doch nicht wahr sein!«

»Ist es aber«, rieb Lord Uffenham nochmals Salz in seine Wunden.

»Schrecklich.«

»Eine Katastrophe.«

»Wir müssen etwas dagegen tun.«

»Genau das ist es. Sie müssen ihn in ihrer Gunst ausstechen.«

»Das werde ich.«

»Wie wollen Sie's anpacken?«

»Nun ja, ich –«

Lord Uffenham hob die Hand wie ein Polizist, der den Verkehr regelt. »Das genügt. Ich weiß Bescheid. Sie sind auf dem falschen Dampfer. Wenn Sie nämlich auf dem richtigen wären, hätten Sie nicht ›Nun ja‹ gesagt, sondern: ›Wie ich's anpacke? Ich werd's anpacken, in dem ich *sie* packe und umarme, daß sie nicht mehr weiß, wo ihr der Kopf steht!‹ Das hätten Sie gesagt, und das ist auch die einzige Möglichkeit, wie Sie es schaffen können. Nehmen Sie sie einfach in die Arme, so richtig fest, daß die Rippen krachen. Und küssen müssen Sie sie natürlich! Aber nicht nur einmal, mehrmals, so, daß ihr die Luft wegbleibt. Und sagen Sie: ›Du gehörst zu mir‹ oder so was Ähnliches. Damit werden Sie es schaffen, damit, und nur damit, können Sie bei ihr landen. Nur so wird sie ihren geschniegelten Lackaffen vergessen.«

Lord Uffenham hatte seine Ansprache beendet. Das Flackern verschwand aus seinen Augen, und sie nahmen den starren, glasigen

Ausdruck an, den Jeff bereits kannte. In Gedanken war Annes Onkel weit zurückgeeilt in die Vergangenheit, zu einem Mädchen mit einem Hut wie ein Blumengarten, das, wenn ihn sein Gedächtnis nicht im Stich ließ, Maud geheißen hatte.

Jeff war froh darüber, daß sein Gegenüber schwieg. Er nützte die Gesprächspause, um das aufsteigende Gefühl der Übelkeit zu bekämpfen, das diese widerlichen Worte in ihm ausgelöst hatten. Er mochte Lord Uffenham, doch war ihm eben auch klar geworden, daß es zwischen dem alten Gentleman und ihm zu keinem Gleichklang der Seelen kommen konnte, wie es auch zwischen ihm und Mr. Shoesmith nicht möglich gewesen war. Ihre Ansichten über die Liebe und die Art und Weise, wie sie ihren Ausdruck finden sollte, waren völlig unterschiedlich. Einem primitiven Gemüt hätte das von Lord Uffenham empfohlene Vorgehen vielleicht zugesagt, nicht aber Jeff, der seit seiner Begegnung mit Anne Benedick wie geläutert war. Der Gedanke, Anne, dieses reine, ätherische Wesen, mit den Methoden eines Neandertalers zu umwerben, widersprach völlig den hehren Gefühlen, die er ihr entgegenbrachte. Hätte sich Lord Uffenham nicht im Trancezustand befunden, und wäre es nicht seinen Absichten dienlich gewesen, sich das Wohlwollen des Lords zu erhalten, hätte er ihn scharf zurechtgewiesen.

Lord Uffenham erwachte plötzlich wieder zum Leben. »Haben Sie Geld?« fragte er.

Diese unerwartete Frage verblüffte Jeff, doch kam ihm die Idee, daß Lord Uffenham unter diesen besonderen Umständen ein Trinkgeld von ihm erwarte.

»Wieviel möchten Sie denn?«

»Damit Sie eine Frau ernähren können, meine ich.«

»Ach so. Na ja, reich bin ich nicht. Mein Pate hat mir etwas vererbt. Und ein bißchen verdiene ich durch Schreiben hinzu.«

»Was schreiben Sie denn?«

»Kriminalromane. Mit dem nächsten Buch werde ich noch diese Woche beginnen. Lesen Sie Krimis?«

»Ja.«

»Dann wird Ihnen mein Buch bestimmt gefallen. Ihm liegt eine völlig neue Idee zugrunde.«

»Wirklich?«

»Um dem Leser einen Schauer über den Rücken zu jagen, statten, wie Sie vielleicht schon gemerkt haben, viele Kriminalschriftsteller den Bösewicht in ihren Werken mit einem deformierten Ohr aus. Ich betrete Neuland und bringe eine ganz neue Note ein, indem ich meinen mit zwei deformierten Ohren ausstatte. Sie merken die Absicht, die dahintersteckt? Der Leser bekommt eine Gänsehaut, wenn er an einen Schurken denkt, bei dem auch noch ein Ohr Zeugnis davon ablegt, daß er keinem Kampf aus dem Weg geht. Hat der Gauner zwei solche Ohren, wird dieser Gruseleffekt noch um ein Vielfaches gesteigert.«

Lord Uffenham schien nicht sonderlich beeindruckt. »Klingt ziemlich idiotisch«, lautete sein Kommentar. »Mit Schreiben ist, so wie's aussieht, kein Geld zu verdienen. Mrs. Cork hat ein Buch geschrieben über ihre Abenteuer in Afrika mit dem Titel *Eine Frau in der Wildnis* und davon allerhöchstens vielleicht zehn, fünfzehn Stück verkauft. Sie schafft es nicht einmal, eines zu verschenken, ohne ihre ganze persönliche Überzeugungskraft aufbieten zu müssen. Ich habe schon gesehen, wie sie Besuchern ohne Rücksicht auf Alter oder Geschlecht eine solche Schwarte aufdrängte wie eine Mutter, die versucht, dem Kind seinen Lebertran einzuflößen. Nein, so geht es nicht, Sie müssen die Diamanten finden.«

»Ich habe die Absicht.«

»Irgendwie ist es schon komisch. Habe gerade alte Sachen ausgemistet und dabei den Terminkalender gefunden, den ich verlegt hatte, und da stand unter dem 4. April der Eintrag ›Bank‹. Aber ich weiß nicht, was er zu bedeuten hat. Manchmal habe ich mir so eine kurze Notiz gemacht, wo ich diese verdammten Diamanten versteckt hatte, wenn mir ein besonders ausgefallener Platz eingefallen war. Es gab da zum Beispiel auch noch den Eintrag ›Rover‹, weil ich sie in die Schachtel mit dem Hundefutter gelegt hatte. Aber was ›Bank‹ bedeuten soll, weiß ich wirklich nicht. Mir wäre nie in den Sinn gekommen, die Dinger in einer Bank zu deponieren. Ich habe kein Vertrauen zu Banken; hab' dort nur kleine Summen. Aber unter dem 4. April ist dieses Wort notiert, und am 5. April hatte ich meinen Autounfall.«

»Seltsam.«

»Sehr seltsam sogar. Ich kann nur vermuten, daß sich dieser Eintrag auf etwas ganz Besonderes bezog. Wahrscheinlich hatte ich einen

Termin mit dem Filialleiter. Nein, nein, die Diamanten liegen an einem Platz, auf den niemand sonst gekommen wäre. Aber machen Sie sich keine Sorgen. Ich vergesse nie etwas, zumindest nicht für immer. Ich kann mich noch ganz genau daran erinnern, wie drei Tage nach meinem einundzwanzigsten Geburtstag ein bildhübsches Mädchen ›Laß das!‹ zu mir sagte.«

»Ich vermute, daß in der Zeit die Mädchen oft ›Laß das!‹ zu Ihnen sagten.«

»Nun ja, ziemlich oft. Womit wir aber wieder beim Thema Anne wären. Sie wird zwar auch ›Laß das!‹ zu Ihnen sagen, aber das sollten Sie überhaupt nicht beachten. Umarmen Sie sie einfach. Warum schauen Sie eigentlich so griesgrämig drein?«

Jeff bemühte sich, seine skeptische Miene gegen eine viel freundlichere einzutauschen. »Ich dachte nur eben daran, daß die von Ihnen empfohlene Methode – wie soll ich mich ausdrücken? – vielleicht im allgemeinen recht erfolgreich ist, aber in diesem besonderen Fall die Gefahr besteht, daß sie zu einem negativen Ergebnis führt.«

»Weiß nicht, worauf Sie hinaus wollen.«

»Nun ja – Miss Benedick ist so anders.«

»Nichts dergleichen. Ein ganz normales Mädchen, mit ganz normalen Vorstellungen von Romantik.«

»Genau das meine ich. Ist diese Methode, die Sie vorschlagen, wirklich so romantisch? Ich wage hier leise Zweifel anzumelden. Sie ist vielleicht die Richtige, um eine Bekanntschaft in einer Bar zu machen, aber... Was ich damit sagen möchte, ist, daß ich meine, daß Miss Benedick sich eher von einem Troubadour –«

»Troubadour? Was meinen Sie damit?«

»Die Troubadoure, die Minnesänger des Mittelalters, kamen bei einer Frau ans Ziel – und es ist erwiesen, daß sie ans Ziel gelangten –, indem sie sie mit schönen Worten umwarben, nicht mit Handgreiflichkeiten. Ich muß gestehen, daß ich mir ihre Taktik zu eigen machen wollte.«

»Sie sind dumm, wenn Sie das tatsächlich machen.«

»Sie glauben nicht, daß, wenn die Worte sehr schmeichelhaft sind –«

»Nein, glaube ich nicht. Ich kenne Anne. Kenne sie schon seit der Zeit, als sie noch mit Puppen spielte.«

»Erzählen Sie mir doch bitte von ihrer Kindheit.«

»Geht leider nicht, habe keine Zeit. Mir ist gerade eingefallen, daß ich diesem Molloy ein Telegramm bringen muß. Kam vor einer halben Stunde. War auf dem Weg zu seinem Zimmer, als ich hier hereinschaute. Denken Sie mal nach über das, was ich Ihnen sagte. Ich bin etwas älter als Sie, älter und erfahrener, weiß ein bißchen mehr als Sie. Wie ein Troubadour! Völliger Blödsinn!« Mit diesen wenig schmeichelhaften Worten erhob sich Lord Uffenham und stapfte aus dem Zimmer.

Er ließ einen jungen Mann zurück, den er nicht hatte überzeugen können und der immer noch ziemlich entrüstet war. Jeff erschien zwar nach außen hin oft als Schwätzer, doch im Grunde war er bescheiden und zurückhaltend. Außerdem neigte er dazu, das andere Geschlecht zu idealisieren. Insbesondere Anne ließ ihn eine tiefe, demütige Verehrung empfinden, die ihn zwar nicht daran hindern würde, sich mit ihr ungezwungen zu unterhalten, wenn sich die Gelegenheit zu einem Gespräch unter vier Augen ergab – die hinter dieser Verehrung verborgene Liebe würde ihn sogar zu noch flüssigerer Ausdrucksweise beflügeln, ihn aber auch davon abhalten, sich ihr auf plumpe Art zu nähern.

Er zündete sich eine Zigarette an und grübelte über die Gründe nach, die eine junge Frau wie Anne Benedick veranlaßt haben konnten, eine solche Null wie Lionel Green zu ihrem Zukünftigen zu erwählen.

Lord Uffenham hatte inzwischen an der Tür der Molloys geklopft, das Telegramm mit einiger Verspätung abgeliefert und sich wieder entfernt.

Soapy öffnete es und pfiff durch die Zähne. »Von Chimp Twist«, informierte er seine bessere Hälfte. »Will, daß ich morgen zu ihm komme. Als Adresse gibt er seine alte in Mayfair an.«

»Dann ist er ja immer noch dort!«

»Kann nicht anders sein.«

»Er hat nicht verkauft.«

»Nein.«

»Ich hab' die ganze Zeit gewußt, daß an der Sache was faul ist«, triumphierte Mrs. Molloy.

Zwölftes Kapitel

Auch am darauffolgenden Morgen herrschte schönes Wetter, doch kein Sonnenstrahl fiel in den Innenhof des Halsey Court, als Mr. und Mrs. Molloy ihn überquerten. Er sah noch düsterer aus als sonst, und auch die Zahl der Haushalte in der unmittelbaren Nachbarschaft, in denen ein Kohlgericht zum Mittagessen serviert werden würde, schien sich erhöht zu haben.

Als Chimp Twist seine Besucher begrüßte, hatte er eine feierliche Miene aufgesetzt, die dem sensationellen Charakter der Neuigkeit entsprach, die er ihnen mitzuteilen gedachte. »Setz dich, Dolly. Hiev deinen Kadaver in einen Stuhl, Soapy. Ihr seid also beide gekommen. Eigentlich hatte ich nur mit Soapy gerechnet.«

Mr. Molloys Miene verriet Erstaunen, und Dolly raffte sich zu einer Erklärung auf. »Ich hab' Chimp gestern von dir und der Cork erzählt, Liebling, und er ist dadurch möglicherweise auf die Idee gekommen, daß es aus ist zwischen dir und mir. Wir haben ihn aber beide in falschem Verdacht gehabt, Chimp. Er hat mir alles erklärt. Es sieht so aus, als könnte er der Cork Ölaktien andrehen.«

»So? Stimmt das wirklich?« erkundigte sich Mr. Twist. Aus seinen Worten sprach so große Bewunderung für Mr. Molloys offensichtlich unerschöpflichen Reichtum an Ausreden, daß sich Dolly zu einer weiteren Klarstellung veranlaßt sah.

»Du meinst, er wollte mir einen Bären aufbinden? Hat er nicht. Erzähl's selber, Soapy.«

»Ich habe der Cork gestern nachmittag ein Paket Silver River verkauft«, erklärte Mr. Molloy voller Stolz. »Heute krieg' ich den Scheck von ihr.«

»Über fünftausend Pfund.«

»Fünftausend Pfund«, wiederholte Mr. Molloy und ließ dabei jede Silbe auf der Zunge zergehen.

Chimp Twist zuckte zusammen. Der Gedanke, daß ein anderer, noch dazu jemand wie Soapy Molloy, den er auf den Tod nicht ausstehen konnte, zu einer solchen Summe kam, bereitete ihm Bauchschmerzen. Nur die Überzeugung, etwas in petto zu haben, neben dem fünftausend Pfund ein Klacks wären, half ihm, Haltung zu bewahren.

Mit einer abwertenden Handbewegung wischte er die Freude der Molloys über ihren bescheidenen Erfolg hinweg und kam auf die Sache zu sprechen, bei der wirklich etwas zu holen war. »Ich glaub', ihr zwei habt gestern eine kleine Überraschung erlebt.«

»Du meinst den Kerl mit den strohblonden Haaren? Überraschung ist der richtige Ausdruck«, bestätigte Mrs. Molloy. »Als der Kerl im Garten rumstand und behauptete, er wär' J. Sheringham Adair, hat's uns beinah umgehauen. Was ist denn das für ein Vogel?«

»Frag mich was Leichteres. Ich weiß über ihn nur eins«, erwiderte Chimp, wobei ihm die Erinnerung an die Geschehnisse am Nachmittag des vorigen Tages einen leichten Schauer über den Rücken jagte, »nämlich, daß er jemand ist, der mich nicht leiden kann.«

»'n bißchen arg wenig, meinst du nicht auch?« bemängelte Dolly.

Chimp zuckte bedauernd mit den Schultern. »Ich hab' mir den Kopf zerbrochen, wo ich den Kerl hintun soll, doch kann ich beim besten Willen nicht sagen, wo er mir schon einmal über den Weg gelaufen ist. Aber wenn ein Typ mit irgendwelchen Dingern nach dir schmeißt und dann die Treppe raufkommt, um dich ganz fertigzumachen, dann kann man ja wohl zu Recht behaupten, daß der Kerl einen nicht mag.«

Mr. Molloy zog die Augenbrauen hoch. »Mit irgendwelchen Dingern herumschmeißt? Mit was denn?«

»Ich hab' sie mir noch nicht so genau angeguckt, aber sie sehen aus wie Ziegelbrocken. Ich kann dir sagen, als der die Treppen raufkam, war ich wie der Blitz im Schrank, und nur weil ich im Schrank war, konnte ich hören, was die kleine Benedick ihm erzählte.«

»Was denn?«

»Das von den Diamanten.«

»Was für Diamanten?«

»Das will ich ja euch gerade verklickern. Also sperrt mal die Lauscher auf.«

Chimps Besucher taten, wie ihnen geheißen, mit jener hellwachen Aufmerksamkeit, die das Wort »Diamanten« bei einer bestimmten Berufsgruppe stets weckt. Als Chimp die Schilderung des mitgehörten Gesprächs beendet hatte, strahlten Dollys Augen wie zwei Sterne, und Mr. Molloy atmete so schwer, daß er an einen Senator erinnerte, der mit einem Asthmaanfall kämpft. Die Nachricht, daß sie in einem Haus wohnten, in dem man jederzeit über kleine Päckchen mit Diamanten stolpern konnte, hatte sie stark beeindruckt.

»Das gibt's doch nicht! Der alte Cakebread ein Lord!« brach Dolly schließlich das beinahe andächtige Schweigen. »Ich werd' dir mal was sagen, Soapy! Ab sofort werd' ich mich verstärkt um den alten Knaben kümmern. Wenn dann sein Gedächtnis wieder funktioniert, will ich seine kleine Freundin sein, vor der er keine Geheimnisse hat.«

»Nicht schlecht«, krächzte Mr. Molloy immer noch ganz außer Atem.

»Und in der Zwischenzeit suchst du die Dinger.«

»Jawohl.«

»Irgendwo müssen sie ja sein.«

»Eben.«

»Und vielleicht findest du sie.«

»Kannst dich darauf verlassen, daß ich das ganze Haus auf den Kopf stelle. Diamanten sind so ganz nach meinem Geschmack.«

»Ich hab' auch nichts gegen sie.«

»Dann wollen wir mal zum geschäftlichen Teil übergehen«, schlug Mr. Molloy vor, der inzwischen seinen Asthmaanfall überwunden hatte.

Mrs. Molloy konnte ihm nicht ganz folgen. »Zum geschäftlichen Teil?«

»Wer wieviel kriegt, Mäuschen«, klärte er sie auf. »Du darfst nicht vergessen, daß es nur fair ist, Chimp seinen Anteil zu geben.«

»Ach so«, sagte Dolly, die diese Nebensächlichkeit völlig übersehen hatte. »Du meinst also, daß er was dafür kriegen soll, daß er uns den Tip gegeben hat.«

»Der Meinung bin ich«, bekräftigte Mr. Molloy. »Voll und ganz. Chimp ist uns eine große Hilfe gewesen, wirklich eine große Hilfe«, wiederholte er, wobei er seinen alten Freund wohlwollend anlächelte, vielleicht eine Spur zu gönnerhaft, was ein Mann, der im Begriff ist, eine gute Tat zu tun, aber wohl kaum vermeiden kann. »Ich glaube, daß Chimp ein Anteil zusteht.«

»Du hast wahrscheinlich recht«, stimmte Dolly zu. Ihr schien die Großzügigkeit ihres Gatten zwar unangebracht, doch wollte sie sich nicht kleinlich zeigen. »An wieviel hast du denn gedacht? Fünfundzwanzig Prozent?«

»Ich würde dreißig vorschlagen. Wir sollten uns erkenntlich zeigen, Mäuschen. Wenn man's genau nimmt, dann wären wir ohne den guten alten Chimp nie auf diese Sache gekommen.«

»Stimmt eigentlich. Chimp ist also mit dreißig Prozent dabei.«

»So sehe ich es auch.«

»Ein hübsches Sümmchen.«

»Kein schlechtes Geschäft für ihn.«

»Ein Geschäft unter Freunden eben.«

»Unter guten alten Freunden.«

»Er war mir schon immer sympathisch.«

»Mir auch. Ich kenne niemanden, den ich mehr schätze als den guten alten Chimpie«, erklärte Mr. Molloy, auch diesmal wieder etwas zu gönnerhaft.

Ein unangenehm lautes, krächzendes Geräusch beendete die kleine Pause, die nach diesen Lobreden entstanden war. Der gute alte Chimpie räusperte sich. »Einen Moment!« gebot er. »Ei-nen Moment! Ei-nen Moment!«

Bis dahin war das Gespräch in einer so freundlichen und von gegenseitiger Achtung durchdrungenen Atmosphäre verlaufen, daß dieser Einwurf einen Mißklang hervorrief.

Die beiden Besucher konnten nicht umhin festzustellen, daß ein scharfer Ton in Chimps Stimme lag. Außerdem sah er wie ein Affe aus, der ein Affenpärchen dabei ertappt, wie es ihm seine Bananen wegstibitzt.

»Ist etwas nicht in Ordnung, Chimpie?« erkundigte sich Mr. Molloy fürsorglich.

Mr. Twists Bart schien von der Stimmung seines Trägers angesteckt. Es sah so aus, als würden die Spitzen sich sträuben und zittern.

»Ja«, lautete die kurze Antwort. »Eure Zahlen.«

Für eine Frau, die gerade noch ihre Zuneigung beteuert hatte, sah ihn Dolly Molloy nun nicht sehr liebevoll an. Ihre Stirn legte sich in Falten. »Meine Güte!« rief sie gereizt. »Da haben wir's wieder. Er spielt verrückt. Jedesmal, wenn wir was Geschäftliches besprechen, reißt er die Klappe so weit auf, daß es ein Wunder ist, daß er sich dabei nicht selbst verschluckt. Was hast du denn gegen dreißig Prozent?«

»Ja, Chimpie, was stört dich daran?« fragte Mr. Molloy mit leichtem Tadel in der Stimme. »Ist doch viel Geld.«

»Nicht so viel wie neunzig.«

»Neunzig?« schrie Mr. Molloy auf, als hätte ihn ein Hund ins Bein gebissen.

»Neunzig?« wiederholte Mrs. Molloy, die ebenfalls zupackende Reißzähne an ihrer Wade verspürt zu haben schien.

Chimp Twist strich über seinen Schnurrbart, als wolle er ihn beruhigen und ihm versichern, daß bald alles in Ordnung käme. »Genau das hab' ich gesagt. Ich bin der Initiator dieser Sache. Ohne mich würde es sie überhaupt nicht geben. Ich erwarte deshalb von euch nur, daß ihr mich ein klein bißchen unterstützt und mir ein wenig die Arbeit abnehmt, und für diesen Hilfsdienst kommt ihr mit zehn Prozent noch sehr gut weg.«

»Das kommt überhaupt nicht in die Tüte«, entgegnete Mrs. Molloy. »Darüber kann ich nur lachen.«

Chimp sah sie wenig freundlich an. »Du findest das alles lustig?«

Dolly erwiderte, daß sie diesen Eindruck vermitteln wolle, und das süffisante Lächeln ihres Gatten bewies ihr, daß auch er Chimps Ansinnen komisch fand.

»Das, was du uns bietest, ist einfach lachhaft, Chimpie«, unterstützte er seine Angetraute. »Du vergißt nämlich dabei eines: Meine Frau und ich sind bereits in diesem Haus drin, und du stehst noch draußen vor der Tür.«

»Genau das hast du vergessen, alter Hohlkopf«, pflichtete Mrs. Molloy bei. »Nur unserer Großzügigkeit und Güte hast du es zu verdanken, daß wir dir überhaupt etwas abgeben.«

»Aber da ist auch noch ein Punkt, den ihr dauernd vergeßt«, zog Mr. Twist einen weiteren Trumpf aus dem Ärmel. »Ein Anruf von mir bei der Cork, in dem ich ihr verklickere, was für Aktien sie da kauft, genügt, und ihr fliegt da raus. Wenn sie großzügig ist, dürft ihr vielleicht vorher noch packen. Wie gefällt euch meine Idee?«

Mrs. Molloy war entsetzt. »Das würdest du doch nicht machen?«

»Doch.«

»Das wär' aber gemein. Paßt so gar nicht zu einem Gentleman. Ich hätte nicht gedacht, daß du zu so was fähig wärst, Chimpie.«

»Ich bin zu allem fähig«, versicherte Mr. Twist.

Als Mrs. Molloy die Sprache wiedergefunden hatte, die ihr nach diesem Ausblick auf das, wozu menschliche Niederträchtigkeit in der Lage sein kann, momentan abhanden gekommen war, machte sie eine bedeutungsschwere Äußerung, die zwar aus höchstens zehn, zwölf Wörtern bestand, aber doch eine vernichtende Kritik an Mr. Twists Aussehen, Verhalten, Charakter, Schnurrbart und Herkunft darstellte. Ein sensibler Mensch hätte sie als sehr verletzend empfunden, doch Chimp Twist schenkte ihr keine Beachtung, denn Ähnliches hatte er schon zu oft hören müssen.

»Damit erreichst du überhaupt nichts«, wies er sie zurecht.

»Stimmt, Mäuschen«, sah sich Mr. Molloy gezwungen zu bestätigen. »Es hat keinen Zweck, sich Gemeinheiten an den Kopf zu werfen.«

»Aber du wirst dich doch hoffentlich nicht auf diesen Quatsch mit dem besseren Trinkgeld einlassen«, forderte die bebende Dolly.

Mr. Molloy war keine Kämpfernatur; er schien bereits zu resignieren. »Ich weiß nicht, was uns sonst noch übrigbleibt, Mäuschen.«

»Das ist eben der Unterschied zwischen uns zwei.«

»Aber ich muß ihm recht geben, Liebes. Wenn er die Cork anruft, fliegen wir auf. Man kann ihr zwar einiges auf die Nase binden, doch ganz so dumm ist sie auch wieder nicht. Wenn ihr jemand ein bißchen was über die Aktien erzählt, wird sie Fragen stellen. Und ich kann es mir nicht leisten, daß sie Fragen stellt. Vergiß nicht, daß ich den Scheck noch nicht habe.«

»So spricht die Vernunft«, kommentierte Chimp.

»Hör mir mal zu«, giftete Dolly. »Wie willst du denn überhaupt an die Klunker herankommen, wenn nicht durch mich und Soapy?«

Chimp Twist zwirbelte selbstgefällig seinen Schnurrbart.

»Nichts einfacher als das. Ein Kinderspiel. Du hast mir selbst von diesem Institut erzählt, das die Alte leitet, und als ich im Schrank saß, hab' ich gehört, wie das Mädchen diesem Kerl ein paar Informationen gab. Ich weiß also, wie der Laden läuft. Ich muß nur dort auftauchen und sagen, ich wär' ein Millionär aus Amerika, der sich für ihren Kram interessiert und sich den Laden mal angucken will, und sie wird mir den roten Teppich genauso ausrollen wie für Soapy. Wie gefällt dir das?«

»Nicht sehr gut.«

»Wieso?«

»Du kommst nicht mal zur Haustür rein.«

»Wer sollte mich davon abhalten?«

Mr. Molloy hatte sich diese Frage auch schon gestellt. Er sah seine Felle bereits davonschwimmen und glaubte nicht mehr daran, daß es sich lohnen würde weiterzukämpfen. Seine Einschätzung der Lage fiel wenig ermutigend aus, und deshalb konnte er nicht verstehen, worauf sich die Zuversicht seiner Gattin gründete. Er hatte jedoch andererseits schon häufig erlebt, daß sie sich Situationen gewachsen zeigte, die ihn überfordert hatten, und deshalb blieb ihm eine schwache Hoffnung.

»Ich werd' dir sagen, wer dich davon abhalten wird«, rief Dolly und zeigte sich wieder einmal des Vertrauens würdig, das ihr Ehemann in sie gesetzt hatte. »Der Gorilla mit den strohblonden Haaren. Er ist der erste, der dir über den Weg läuft, wenn du dort auftauchst, und was passiert dann? Er wird Hackfleisch aus dir machen, so wie er es das letzte Mal vorgehabt hat.«

Chimp stand mit offenem Mund da; die Spitzen seines Schnurrbartes waren vor Schreck nach unten geklappt. Mit diesem Hindernis hatte er nicht gerechnet.

»Ich persönlich hoff' nur darauf«, fuhr Dolly fort, »daß du kommst und den Millionär markierst, weil für mich und Soapy die Sache dann ganz einfach wird. Wir brauchen nämlich nur noch einen Kranz zu kaufen und auf deine Beerdigung zu gehen und können danach die Diamanten suchen, ohne daß uns dabei jemand in die Quere kommt. Komm ruhig nach Shipley Hall und leiste uns Gesellschaft. Jede Stunde geht ein Zug.«

Dollys Worte zeigten Wirkung. Chimp Twist zupfte wieder an seinem Schnurrbart, diesmal jedoch aus Nervosität. Mr. Molloys finstere Miene war verflogen; sein Blick war nun erfüllt von Bewunderung und Liebe.

Dolly zog sich mit dem Lippenstift die Lippen nach. »Erinnerst du dich an gestern abend, Soapy?« fragte sie nach einer Weile. »Als wir diesen Kerl da am Teich stehen sahen. Ein richtiger Kleiderschrank.«

»Ja, ja.«

»Du hast noch gesagt, der muß Boxer oder so was sein.«

»Karatekämpfer.«

»Ach ja, Karatekämpfer. Das sind doch die, die mit der Hand Ziegelsteine durchhauen.«

Chimp Twist hatte genug gehört. Er mußte sich geschlagen geben. »Also, was schlagt ihr vor?« fragte er mißmutig.

»Fifty-fifty«, antwortete Dolly wie aus der Pistole geschossen. »Einverstanden?«

Mr. Twist war zwar überhaupt nicht begeistert von diesem Angebot, doch erklärte er sein Einverständnis. Gleich danach verabschiedeten sich Mr. und Mrs. Molloy, nun wieder freundlich lächelnd.

»Du warst zu gnädig mit ihm, Mäuschen«, sagte Soapy, als sie über den Hof gingen. »So, wie du ihn in die Enge getrieben hast, hättest du ihn auf dreißig herunterhandeln können.«

»Ich bin doch nicht blöd!«

»Hab' ich auch nicht gesagt«, beeilte sich Mr. Molloy zu versichern. »Du warst phantastisch. Es ist nur, daß mir der Gedanke, mit diesem kleinen Gauner halbe-halbe machen zu müssen, etwas gegen den Strich geht.«

»Bist du denn noch ganz richtig?« rief Mrs. Molloy erstaunt. »Du glaubst doch nicht etwa, daß er wirklich was kriegt? Wo hast du denn deinen Verstand, Liebling? Wenn wir die Dinger haben, verschwinden wir natürlich sofort. Ich hab' ihm nur die Hälfte angeboten, damit er glücklich ist.«

Mr. Molloy war's zufrieden. Es kam ihm selbst dumm vor, daß er die Klugheit dieser wunderbaren Frau auch nur einen Augenblick lang hatte in Zweifel ziehen können.

Wichtige Gespräche dauern ihre Zeit, auch wenn sie viel glatter verlaufen als jenes, das im dritten Stock des Halsey Building stattgefunden hatte. Es war bereits Mittag, als Soapy und Dolly in Shipley wieder aus dem Zug stiegen. Nach den Aufregungen des Vormittags waren beide reif für das Mittagessen.

Würden sie mit dem Taxi fahren, konnten sie noch gerade rechtzeitig zum Essen in Shipley Hall sein, doch Soapy mißfiel diese Vorstellung. Genau wie Eustace Trumper war ihm ein gesegneter Appetit in die Wiege gelegt worden, und seine persönliche Meinung über die Ugube und ihre Kost war wenig schmeichelhaft. Es kostete ihn kaum Mühe, seine Gattin davon zu überzeugen, daß sich ihnen eine gute Gelegenheit böte, auf Mrs. Corks Gastfreundschaft einmal zu verzichten, und so saßen beide gegen ein Uhr im Crown's Inn in der High Street vor ihrem ersten Steak; das zweite wurde bereits in der Küche zubereitet.

Eine Zeitlang waren beide nicht in der richtigen Stimmung, sich zu unterhalten. Aber nachdem der erste Hunger gestillt war, änderte sich das, und das Gespräch kreiste – wie konnte es unter den gegebenen Umständen anders sein – um den blonden Kuckuck im Nest von Shipley Hall.

»Am besten, wir kümmern uns als allererstes um ihn«, erwiderte Dolly auf die Bemerkung ihres Mannes, Jeff möge an einer Gabel Spinat ersticken. »Wir können nichts machen, bevor wir ihn uns nicht vom Hals geschafft haben. Wenn er uns dauernd dazwischenfunkt, können wir nicht suchen.«

»Hm«, stimmte Mr. Molloy zu und verleibte sich in der Manier eines Senators, der einen Grundstein legt, einen Bissen Fleisch ein. »Aber wie werden wir ihn los?«

»Ganz einfach. Wir sagen der Cork, er wär' kein Detektiv.«

»Aber wird sie denn nicht fragen, warum wir es ihr nicht schon gestern gesagt haben?«

»Weil wir's da auch noch nicht wußten. Er hat uns an der Nase herumgeführt mit seiner Geschichte, daß er das Geschäft gekauft hat. Wir haben sie ihm einfach geglaubt. Aber dann ist sie uns etwas komisch vorgekommen, und deshalb sind wir heute früh nach London gefahren und haben mit dem richtigen J. Sheringham Adair geredet, der natürlich aus dem Häuschen war darüber, daß sich da jemand für ihn ausgibt. Völlig logisch und plausibel, oder?«

»Völlig.«

»Ich geh' zu ihr, sobald wir dort sind. Ich denke, daß wir diesem Vogel so um drei ade sagen können. Schöne Aussichten, nicht wahr?«

»Mäuschen«, hob Mr. Molloy an, um sich sofort wieder zu unterbrechen. Er hatte seiner Angetrauten ein hohes Lob zollen wollen, doch das zweite Steak wurde serviert. Kaum war die Bedienung gegangen, ging die Tür auf, und der Strohblonde, über den sie sich gerade unterhalten hatten, kam herein.

Jeff, zuvorkommend wie immer, hatte keine Zeit verloren und war zum Crown's Inn geeilt, um für Lionel Green kräftigere Kost zu besorgen. Als er ihn während des vor kurzem beendeten Essens im

Speisesaal von Shipley Hall beobachtet hatte, war ihm aufgefallen, wie lustlos er an den Karotten und Erbsen herumstocherte. Deshalb hatte er sich zu unverzüglichem Handeln entschlossen. Lionel Green war ihm nie sympathisch gewesen, und er sah auch keinen Grund, warum sich das in Zukunft ändern sollte, doch gibt es eben Situationen im Leben, in denen uns das Mitgefühl mit dem Nächsten unsere Vorteile vergessen läßt.

Zugegeben, bei seinem Entschluß hatte auch der Gedanke Pate gestanden, sich selbst im Crown's Inn etwas zu stärken. Nach dem ersten Mittagessen als Gast von Mrs. Cork hatte auch er, wie Mr. Molloy, keine besonders gute Meinung von den Kochkünsten der Ugube. Diese einfachen Menschen mochten zwar, wie seine Gastgeberin behauptet hatte, die kräftigsten sein, die es gibt, doch hatte er den Eindruck, bei ihnen werde für den Zuwachs an Muskelkraft ein zu hoher Preis gezahlt.

Nachdem er in der Küche eine größere Bestellung von Schinken-Sandwiches aufgegeben hatte, wollte er in der Gaststube warten, bis sie fertig waren. Sein Erscheinen dort ließ in Mrs. Molloys Augen Kampfeslust aufblitzen. Mr. Molloy, der sich über sein zweites Steak beugte, bemerkte ihn nicht sofort. Erst als seine Gemahlin »He!« rief, wurde er auf ihn aufmerksam.

Der Ausruf »He!« klingt nie besonders höflich; Mrs. Molloy unternahm auch keinen Versuch, ihn abzuschwächen. Er kam über ihre Lippen mit der Wirkung eines Peitschenhiebs und erregte sofort Jeffs Aufmerksamkeit.

Als er zu ihrem Tisch ging, genügte ihm ein Blick, um festzustellen, daß Mrs. Molloys Laune nicht die beste war. Schon während des Gespräches am gestrigen Abend hatte er das Gefühl gehabt, daß sie eine gewisse Abneigung gegen ihn hege, doch hatte er gehofft, sie durch eine plausible Erklärung seiner Anwesenheit abzubauen. Dies war ihm allem Anschein nach nicht gelungen, denn offene Feindseligkeit blitzte ihm aus ihren Augen entgegen. Selbst wenn er die Sprache dieser Augen nicht verstanden hätte, wäre sie ihm klar geworden, als sie ihn ansprach: »Ah, der Schlauberger! Unser Schlauberger höchstpersönlich!«

Es war unmöglich, ihre Bemerkung als Kompliment aufzufassen. Ihre starren Gesichtszüge und ihr lauernder Blick ließen auch nicht die

Vermutung aufkommen, es handle sich um ein scherzhaftes Wortgeplänkel. Mrs. Molloy war eine attraktive Frau, doch gab es Zeiten, wo sie eher aussah wie eine Kobra, die im nächsten Moment zustößt.

Wenn Jeff deswegen beunruhigt war, dann nur einen Augenblick. Er war ein intelligenter junger Mann, der sofort erkannte, daß etwas schiefgegangen war und daß er mit dieser neuen Situation fertig werden mußte. Freundlich lächelnd wünschte er einen guten Tag und fügte einen kleinen Seitenhieb hinzu. »Hier sind Sie also! Wir haben Sie beim Essen vermißt.«

»Ach wirklich?«

»Ja, wirklich. Wir fragten uns alle schon, ob etwas passiert sei.«

»So? Es ist auch was passiert. Soll ich's Ihnen erzählen?«

»O ja, bitte.«

»Wir waren bei J. Sheringham Adair in seinem Büro und haben mit J. Sheringham Adair gequatscht. Als wir J. Sheringham Adair gesagt haben, daß hier ein Kerl rumläuft, der behauptet, daß er seine Detektei übernommen hat, sagte J. Sheringham Adair nur: ›Totaler Schwachsinn.‹«

»Deutliche Worte.«

»Er hat auch gesagt: ›Ich habe meine Detektei niemand verkauft.‹ Was sagen Sie dazu? Am besten fangen Sie gleich mit dem Packen an.«

»Packen?«

»Damit Sie schnell verduften können, wenn ich es der Cork verrate.«

»Das würden Sie nicht tun!«

»Warum nicht?«

»Nun ja, weil Sie sich damit erstens einmal eines angenehmen Gesellschafters berauben würden in einem Haus, in dem, wie es mir nach meinen Beobachtungen während meiner kurzen Anwesenheit scheint, es an netten Gesprächspartnern eher mangelt. Stellen Sie sich doch nur einmal vor, Sie wären allein mit all den Verrückten da oben.«

Mr. Molloy erschien diese Bemerkung wenig taktvoll. »Sie hat doch mich«, stellte er klar.

Jeff bezog diesen Punkt in seine Überlegungen ein. »Stimmt eigentlich. Sie hat ja noch Sie. Trotzdem –«

»Schwafeln wir nicht hier rum«, beendete Mrs. Molloy dieses Thema. »Ich hab' keine Lust dazu. Kümmern Sie sich nicht um mich.

Ich komm' prima zurecht. Ich will Ihnen nur zwei Dinge sagen. Das eine ist: ›Hauen Sie ab‹, und das andere: ›So schnell wie möglich.‹«

»Aber warum wollen Sie mich denn unbedingt loswerden? Wie könnte Ihnen meine Anwesenheit denn schaden?«

»Wir haben's mit einem Komiker zu tun, Soapy. Meinst du nicht auch?«

»Mit einem großen sogar.«

»Ich sag's Ihnen«, fuhr Mrs. Molloy fort, »wir wissen Bescheid über die Klunker.«

»Klunker?«

»Die Diamanten, Sie Schnelldenker«, rief Dolly ungehalten. »Wir sind auch hinter ihnen her, genau wie Sie.«

»Aber sie gehören Ihnen doch nicht.«

»Bald gehören sie uns.«

»Nicht doch! Das hört sich ja nach unrechtmäßiger Veränderung von Besitzverhältnissen an.«

»Nennen Sie's, wie Sie wollen.«

»Na, na, na!« entfuhr es Jeff. Er starrte die beiden an wie einer, dem es wie Schuppen von den Augen gefallen ist. Weder Dolly, die seinen Blick erwiderte, ohne mit der Wimper zu zucken, noch Mr. Molloy, der sich weiter an seinem Steak zu schaffen machte, hatten ein deformiertes Ohr, geschweige denn zwei. Trotz allem erkannte er, daß er vor zwei hochkarätigen Gaunern stand, und er ärgerte sich ein wenig, daß er sie nicht eher durchschaut hatte. Inspektor Purvis, der Held seiner Romane, hätte es wohl bereits bei ihrem ersten Zusammentreffen getan.

Dolly kam wieder zum Thema zurück. »Ziehen Sie Leine, Sie Schwachkopf.«

»Sie haben also tatsächlich die Absicht, mich vor Mrs. Cork zu entlarven?«

»Was sollte mich daran hindern?«

»Ihre Herzensgüte, hätte ich gemeint. Ihre nette, freundliche Art. Beide scheinen jedoch im Moment nicht gerade stark ausgeprägt.«

»Sie haben es erfaßt.«

»Dann muß ich wohl oder übel auf die Tatsache hinweisen, daß, wenn Sie mich bei Mrs. Cork anschwärzen, ich ihr erzählen werde, daß ich Sie beide hier in diesem Gasthaus beim Verzehr eines Steaks angetroffen habe. Sie kennen doch ihre strengen Prinzipien. Wir werden die Fahrt nach London gemeinsam antreten können.«

Jeff hatte damit einen Volltreffer gelandet. Dolly verschlug es die Sprache, nicht jedoch Soapy. Da er aber mit vollem Mund redete, war nur das letzte Wort zu verstehen: »... abstreiten.«

Dolly hatte sich von dem Schock erholt und warf ihrem Ehegefährten einen dankbaren Blick für die zur rechten Zeit erhaltene Unterstützung zu.

»Jawohl, wir werden ganz einfach alles abstreiten. Glaub' nicht, daß Mrs. Cork was auf die Aussage von einem Kerl gibt, der ein Hochstapler ist.«

»Sie wird aber nicht nur die Aussage eines Hochstaplers hören, sondern auch die des Wirts. Der Inhaber dieses gastronomischen Betriebs wird meine Beobachtungen bestätigen. Er wurde bereits von Mrs. Cork davor gewarnt, den Insassen ihrer Anstalt tierisches Eiweiß zu servieren; es wird für ihn eine böse Überraschung sein, daß ein Paar, das er für Durchreisende hielt, in Wirklichkeit Mitglieder ihres Klubs sind. Er hat viel zu viel Angst vor unserer Gastgeberin, als daß er es wagen würde, die Wahrheit zu beschönigen. Er wird singen wie eine Lerche.«

Dolly sah ihren Gatten an, auf einen weiteren rettenden Einfall hoffend, doch dieser hatte seine Geistesblitze bereits alle verschossen. Aus seinem Gesichtsausdruck ließ sich entnehmen, daß er sich geschlagen gab.

Dolly wurmte es zwar zutiefst, doch mußte auch sie sich geschlagen geben. »Eins zu null für Sie«, stellte sie zerknirscht fest.

»Ich für meinen Teil würde sagen, es steht eins zu eins«, erwiderte Jeff. »Es scheint so, als wären wir aufeinander angewiesen. Ich kann Sie nicht entlarven als das, was Sie sind, und umgekehrt können Sie es auch nicht. Ich möchte daher vorschlagen, daß wir uns gegenseitig tolerieren und keiner dem anderen Scherereien macht. Nun muß ich mich aber verabschieden, denn ich habe noch einiges zu erledigen.«

Er hatte sich nämlich eben erinnert, daß die Sandwiches eigentlich fertig sein müßten, und wollte unter allen Umständen vermeiden, daß dieses feine Pärchen mitbekam, wie er sie in Empfang nahm.

Die beiden schwiegen eine Weile recht nachdenklich.

Mr. Molloy raffte sich als erster zu einem Kommentar auf. »Die

Tatsache läßt sich nicht leugnen«, konstatierte er bedauernd, »daß dieser Grünschnabel auf alles eine Antwort weiß.«

Mrs. Molloy kochte vor Wut. Jeff hatte ihr, schon an der Tür, noch einmal freundlich zugelächelt, und dieses unverschämte Grinsen war für sie zu viel gewesen. »Ich werd' dieser Schießbudenfigur zeigen, wo's lang geht, und wenn's das letzte ist, was ich mache.«

»Aber wie, Mäuschen?« begehrte Mr. Molloy zu wissen.

»Mach dir keine Sorgen. Ich werd' ihn mir mal richtig vorknöpfen.«

Mr. Molloy war beunruhigt, denn er gehörte zu den Menschen, die stets das Schlimmste befürchten, und er wußte ja um die Impulsivität seiner Gattin. Wenn sie ein Vorhaben wie das eben angedeutete in die Tat umsetzte, stand zu befürchten, daß sie die Verhältnismäßigkeit der Mittel nicht mehr bedachte.

»Was meinst du mit ›vorknöpfen‹?«

»Was damit gemeint ist.«

»Du willst ihn doch nicht um die Ecke bringen?«

Mrs. Molloy mußte herzlich lachen über diese absurde Idee. Ihre Laune hatte sich sichtlich gebessert.

Mr. Molloy begann damit, am letzten Stück Fleisch herumzusäbeln.

Dreizehntes Kapitel

Anne Benedick trat auf die Terrasse und schlenderte in den Garten hinunter, in Richtung des kleinen Teiches, an dem Jeff vor einer Woche die Wasserläufer beobachtet hatte.

Schon als Kind hatte sie sich gern an den Teich zurückgezogen, wenn etwas sie bedrückte, so wie es jetzt wieder der Fall war. Zum Glück handelte es sich nicht um zentnerschwere Lasten, die ihr zu schaffen machten; sie hatte nur das Gefühl, daß sich die Beziehung zu dem Mann, den sie zu heiraten gedachte, nicht so entwickelte, wie sie es sich vorgestellt hatte.

Als sie erfahren hatte, daß Lionel zu Besuch komme, hatte sie sich darauf gefreut, an seiner Seite auf den schattigen Wegen und in den

Wäldchen, die es auf dem Besitz der Uffenhams so zahlreich gab, spazierenzugehen. Für sie war es deshalb eine herbe Enttäuschung gewesen, als er sagte, er werde für die Dauer seines Besuches ihre Gesellschaft meiden müssen.

Als er ihr die Gründe nannte, die ihn zu dieser Entscheidung veranlaßt hatten, waren sie ihr ganz vernünftig vorgekommen; dennoch erschienen ihr diese Vorsichtsmaßnahmen übertrieben und eines Mannes nicht ganz würdig, von dem sie sich ein so äußerst vorteilhaftes Bild gemacht hatte.

Und dann war da auch noch die Sache mit der ausgestopften Antilope.

Sie versuchte, dieses Gefühl aus Einsamkeit und Ernüchterung über zerstörte Illusionen zu überwinden, als ihr Jeff vom Bahnhof her entgegenkam. Er hatte den Vormittag und den frühen Nachmittag in London zugebracht.

Mehrere Gründe hatten ihn zu der Fahrt nach London veranlaßt. Der wichtigste war zweifellos, daß er endlich mit seinem Nachbarn ins reine kommen wollte. Er hatte zuerst einen Besuch bei ihm ins Auge gefaßt, war dann allerdings nach reiflicher Überlegung zu dem Ergebnis gekommen, daß eine schriftliche Entschuldigung bei J. Sheringham Adair diesen Zweck ebenfalls erfüllen würde. Auf alle Fälle war sie leichter zu formulieren als eine, die er in Anwesenheit dieses – wahrscheinlich noch verärgerten – Mannes improvisieren mußte.

Er wollte außerdem ein Exemplar von Mrs. Corks Buch *Eine Frau in der Wildnis* kaufen, auf das ihn Lord Uffenham neugierig gemacht hatte, weil es ihm für den Notfall nützlich schien, eines zu besitzen. Eine große Schachtel Pralinen stand ebenfalls auf seinem Einkaufszettel. Und schließlich war noch die Versicherungsfrage zu regeln.

Zwei, drei Tage nach seiner Unterhaltung mit den Molloys im Dorfgasthaus hatte Jeff erstmals über eine Unfallversicherung nachgedacht. Auslöser dafür war, daß eine schwere Messinguhr, von oben kommend, nur wenige Zentimeter neben ihm zerschellte, als er unten in der Halle stand und auf Anne wartete, mit der er sich zu einem kleinen Spaziergang verabredet hatte. Damals war ihm bewußt geworden, daß er sich nun, da offene Feindschaft zwischen ihm und einer so entschlossenen und einfallsreichen Kontrahentin wie Mrs.

Molloy herrschte, in einer recht heiklen Situation befand.

Im Laufe der letzten Tage hatte Jeff einen beträchtlichen Respekt vor dieser Frau entwickelt. Die männliche Hälfte des Molloy-Duos war für ihn nur ein aufgeblasener Wichtigtuer; die weibliche hingegen erfüllte ihn mit einem Gefühl, das beinahe mit Ehrfurcht zu vergleichen war. Es war ihm immer noch ein Rätsel, wie sie von den in Shipley Hall versteckten Schätzen überhaupt etwas hatte erfahren können. Die Tatsache, daß sie davon wußte, grenzte für ihn an Hellseherei. Und zu ihren übersinnlichen Fähigkeiten kam nun anscheinend auch noch die zu schnellem und rigorosem Handeln.

Zugegeben, er hatte nicht gesehen, daß sie oben stand, nachdem er vor Schreck beinahe seine Zigarette verschluckt und sich beim plötzlichen Hochschauen fast den Halswirbel ausgerenkt hatte, aber eine Uhr, die zuletzt auf einer alten Kommode auf dem Treppenabsatz im ersten Stock stand, fällt nicht von allein in die Halle hinunter. Er hatte keinen Moment daran gezweifelt, daß Dolly Molloy den Anstoß zu ihrem freien Fall gegeben hatte. Möglicherweise tat er ihr damit unrecht, aber die Wahrscheinlichkeit war seiner Einschätzung nach gering.

Er erinnerte sich daran, daß seit dem Abbruch der diplomatischen Beziehungen schon zu viele Gegenstände – Vasen, Ziegelsteine, Kannen und Ähnliches – in seiner unmittelbaren Umgebung auf dem Boden gelandet waren. Und es stand auch außer Zweifel, daß der lockere Teppichstab, den er auf dem Weg in den Speisesaal gerade noch rechtzeitig entdeckt und dadurch den Treppensturz des Jahrhunderts vermieden hatte, von jemandem aus seiner Halterung gelokkert worden sein mußte, der wußte, daß er jeden Moment die Treppe hinuntergehen würde.

Es schien ihm, daß ihm angesichts der Konfrontation mit einer Frau von der Entschlossenheit und der Tatkraft einer Lady Macbeth außer dem Tragen eines Sturzhelms nur die Wahl zwischen zwei Möglichkeiten blieb – die erste, die er überhaupt nicht einmal in Erwägung ziehen wollte, nämlich ihren Rat zu befolgen und Shipley Hall zu verlassen, und die zweite, so bald wie möglich nach London zu fahren und eine hohe Unfallversicherung abzuschließen.

Die Mitteilung an Mrs. Cork, daß es ihm gelungen war, Fingerabdrücke ihres Butlers sicherzustellen, und er sie mit denen aus der

Kartei von Scotland Yard vergleichen wollte, wo man einem guten Freund immer gern einen kleinen Dienst erweisen würde, hatte den Vorwand für seine Fahrt geliefert. Er trat sie mit dem angenehmen Gefühl an, den Anschlägen seiner Gegnerin damit zwar nicht zu entfliehen, aber für den Fall, daß sich ihre Treffsicherheit erhöhte, zumindest mit einem finanziellen Trostpflaster rechnen zu können.

Kaum zurück in Shipley Hall, stand Anne auf dem Weg vor ihm – noch dazu allein. Er befand sich bereits in Hochstimmung, doch nun steigerte sie sich noch. Daß er ihr hier im Garten begegnete, unmittelbar nach seiner Ankunft, schien ihm ein Wink der Vorsehung zu sein.

In der letzten Woche hatte Jeff viele angenehme Gespräche mit Anne geführt, und sie hatten ihn in seiner Ansicht bestätigt, daß das Schmeicheln mit netten Worten die richtige Methode sei. Er beschleunigte seinen Schritt und begann ihr Nettigkeiten zu sagen, sobald sie sie vernehmen konnte.

»Hier sind Sie also! Ich hatte damit gerechnet, erst eine mühsame Suche nach Ihnen veranstalten und am Ende feststellen zu müssen, daß Sie bei Mrs. Cork sind und ihr langweiliges Geschwafel über Elefanten mitstenografieren.«

Er bemerkte, daß sie ihn, wie schon bei ihrem ersten Zusammentreffen, mit einer Mischung aus Interesse und Neugier ansah.

»Irgendwie ist es komisch. Als Sie gerade zu laufen anfingen, meinte ich, mir komme endlich die Erleuchtung. Ich meinte, mich erinnern zu können, wo ich Sie schon einmal gesehen habe.«

»Sie glauben immer noch, mich schon einmal gesehen zu haben?«

»Ich bin mir sicher, daß es so ist.«

»Und daß ich Ihnen entgegengelaufen bin, schien Sie auf die richtige Spur zu bringen?«

»Ich dachte es.«

»Dann renne ich für Sie noch ein bißchen herum.«

»Machen Sie sich keine Mühe. So wichtig ist es nun auch wieder nicht.«

»Im Gegenteil. Es ist überaus wichtig, denn Sie würden sich sonst einer Ihrer schönsten Erinnerungen berauben. Im Leben der meisten Menschen ist die erste Begegnung mit mir ein denkwürdiges Ereignis. Sie erinnern sich immer wieder gern an diesen Moment, weil er ihnen neue Kraft gibt, wenn etwas sie bedrückt. Sind Sie jetzt, da Sie Zeit hatten, darüber nachzudenken, sicher, daß Sie noch nie in St. Moritz waren?«

»Ziemlich sicher. Ist es wirklich so schön dort?«

»Einfach herrlich. Viele Urlauber gibt es dort, besonders im Winter.«

Annes Gemütsverfassung hatte sich gebessert. Das war immer so, hatte sie bemerkt, wenn sie mit Jeff zusammen war. Sie konnte sich nicht daran erinnern, jemals einem Mann begegnet zu sein, mit dem sie sich auf Anhieb so gut verstand. Ihr kam es manchmal so vor, als habe ihm jemand erzählt, worüber sie sich mit Vorliebe unterhielt, welche Bücher sie gern las und was sie sonst noch alles mochte. Daß sie vor kurzem noch recht niedergeschlagen war, hatte zum Teil auch damit zu tun, so gestand sie sich freimütig ein, daß Jeff nach dem Frühstück plötzlich verschwunden war. »Was haben Sie eigentlich den ganzen Tag gemacht? Ich befürchtete schon, Sie hätten die Ugube-Diät abgebrochen.«

»Ncin, nein«, beschwichtigte Jeff. »Sie macht mir gar nichts aus, denn im Grunde lebe ich mehr in einer geistigen Welt und merke kaum, was ich esse. Ich mußte dringend nach London. Ich habe Ihnen Pralinen mitgebracht.«

»Sehr nett von Ihnen. Aber natürlich streng verboten.«

»Dachte ich mir. Dann müssen Sie sie eben unter der Bettdecke essen. Fast wie damals im Internat.«

»Ich war nie in einem Internat; ich hatte Privatunterricht. Warum mußten Sie denn so dringend nach London?«

Die Antwort auf diese Frage fiel Jeff leicht. Er sagte, er habe einige persönliche Dinge erledigen müssen. Mehr Schwierigkeiten bereitete ihm dagegen die Frage, ob er, nachdem Mrs. Molloy ihm ihre räuberischen Absichten und die ihres Gatten offengelegt hatte, Anne über die veränderte Situation informieren oder sie verschweigen sollte.

Diese Frage begann sich allmählich zu einem Problem auszuwachsen. Bei zwei Besuchen bei Lord Uffenham wegen des versprochenen Weins hatte er Mrs. Molloy angetroffen, und das gute Einverständnis, das zwischen den beiden zu bestehen schien, ließ keinen Zweifel daran, daß, wenn sich der alte Herr erinnern sollte, wo er die Diamanten versteckt hatte, dieses blonde Gift die erste sein würde, die es erfuhr.

Er mußte Lord Uffenham vor Dolly warnen. Aber wenn er es tat, mußte er Anne auch bekennen, daß er sie an der Nase herumgeführt hatte, und man wußte ja nie, wie Mädchen in einer solchen Situation reagierten. Alles in allem war es wohl das Beste, wenn er schwieg. »Wie haben Sie den Tag verbracht?« fragte er deshalb.

»Nicht so toll.«

»Sagen Sie bloß, Sie mußten an einem so schönen Nachmittag arbeiten?«

»Nein, zum Glück nur bis Mittag.«

»Was ist denn dann schiefgelaufen?«

»Onkel George hat mir einigen Kummer gemacht.«

»Hatte er wieder eine seiner Inspirationen?«

»Ja. Er glaubte, er habe die Diamanten in dem ausgestopften Antilopenkopf in Mrs. Corks Arbeitszimmer versteckt.«

»Unmöglich.«

»Warum? Er könnte durchaus auf diesen ausgefallenen Platz gekommen sein.«

»Aber diese Trophäe hing doch bestimmt nicht dort, als er das Haus noch nicht vermietet hatte. Ich nehme an, Mrs. Cork hat das Ding mitgebracht.«

»Jetzt verstehe ich. Nein, die Antilope gehört nicht zu den Opfern der Schießwut von Mrs. Cork. Sie gehörte schon immer zum Inventar des Hauses. Mein Großvater schoß sie.«

»War er auch Jäger?«

»Ein passionierter Jäger. Keine Antilope war vor ihm sicher.«

»Die Antilopen haben es wirklich nicht leicht«, sagte Jeff nachdenklich. »Kommen überhaupt nicht zur Ruhe. Man kann sich direkt vorstellen, daß sie einander getröstet haben mit der Überlegung, daß für Ihren Großvater auch irgendwann einmal das letzte Halali geblasen wird. Und kaum war ihm das Gewehr aus der Hand genommen, taucht die Cork auf.«

»Leider.«

»Wo ist mein Schreibblock? Ich muß mir eine Notiz machen – Antilope untersuchen.«

»Sie hätten keine Angst, ins Arbeitszimmer von Mrs. Cork zu gehen und in der Antilope herumzuwühlen?«

»Natürlich nicht.«

»Wissen Privatdetektive überhaupt, was Angst ist?« wollte Anne wissen.

Urplötzlich war sie wieder da, ihre schlechte Laune. Als sie nämlich Lionel gebeten hatte, die kühne Tat zu wagen und den Antilopenkopf zu durchsuchen, hatte er sich strikt geweigert, auch nur einen Schritt in Richtung der Höhle der Löwin zu tun. Lionel wußte von den Diamanten und war auch von ganzem Herzen dafür, daß sie gefunden würden, denn er gehörte zu den jungen Männern, die vorzugsweise eine Frau mit viel Geld heiraten wollen, doch gab es bestimmte Risiken, die er nie auf sich nehmen würde, auch wenn eine hohe Belohnung winken würde. Anne, die selbst über eine gehörige Portion Mut verfügte, verachtete Männer, die feige waren.

Einen Augenblick lang hatte sie sich gefragt, ob ihr Onkel mit seiner Einschätzung von Lionel recht gehabt hatte. Sie hatte diesen Gedanken zwar sofort wieder verworfen, doch ein kleiner Stachel war zurückgeblieben.

Jeffs uneingeschränkte Bereitschaft, die gefährliche Mission zu übernehmen, hatte sie, ohne daß sie es wollte, veranlaßt, die beiden Männer zu vergleichen, und, wie bereits erwähnt, dazu geführt, daß ihre schlechte Laune zurückkehrte.

»Machen Sie sich keine Umstände«, wehrte sie ab. »Ich habe es schon gemacht.«

»Sie?«

»Bevor ich in den Garten kam.«

Jeff glaubte, eine kleine Rüge sei angebracht, wie sie vielleicht ein Ritter seinem Burgfräulein erteilt hätte, nachdem er ausgezogen war, um sie vor dem bösen Drachen zu retten, und gewahren mußte, daß sie ihn bereits getötet hatte.

»Das war völlig verkehrt. Die groben Arbeiten sollten Sie ruhig mir überlassen.«

»Aber Sie waren ja nicht hier.«

»Sie wußten aber, daß ich zurückkommen würde. Aus Ihrem wenig fröhlichen Gesicht schließe ich, daß Sie nichts gefunden haben.«

»Nichts. Und das Schlimmste war, daß Mrs. Cork ausgerechnet in diesem Moment hereinkam.«

»Ach du liebe Zeit! Hatten Sie wenigstens eine Ausrede parat?«

»Natürlich. Ich sagte, ich hätte nachgesehen, ob sich nicht schon Motten darin eingenistet hätten.«

»Nicht gerade überzeugend.«

»Den Eindruck hatte ich auch.«

»Mir wäre bestimmt etwas Besseres eingefallen.«

»Das glaube ich nicht.«

»Sie dürfen es.«

»Was hätten Sie denn an meiner Stelle gesagt?«

»Ich hätte – leicht scherzhaft – gesagt: ›Hallo, Mrs. Cork...‹«

»Und weiter?«

»›Hallo, Mrs. Cork...‹ Nein«, sagte Jeff schließlich nach einigem Überlegen, »ich glaube nicht, daß mir etwas Besseres eingefallen wäre. Hat sie Ihnen die Ausrede abgekauft?«

»Es hatte so den Anschein. Aber ich werde das Gefühl nicht los, daß sie sich fragt, ob mich Onkel George mit seinem ausgefallenen Verhalten angesteckt hat. Es hat mich sowieso gewundert, daß sie mich nicht fristlos entlassen hat. Ich kann mir vorstellen, daß es für eine Frau ein unangenehmes Gefühl sein muß, wenn es so aussieht, als wären ihr Butler und ihre Privatsekretärin verrückt geworden.«

»Eigentlich kein Grund zur Besorgnis, wo doch die komplette Besatzung dieses noblen Instituts eine Meise hat. Käme ein Fremder zufällig hier vorbei, wenn Männlein und Weiblein einen Stammestanz üben, könnte er auf den Gedanken kommen, die Marsmenschen seien gelandet. Ist Ihnen diese spindeldürre Bohnenstange mit der Nickelbrille schon einmal aufgefallen?«

»Mr. Shepperson? Der verfolgt mich noch im Traum.«

»Mich auch.«

»Und dazu noch Mrs. Barlow.«

»Wer ist denn das?«

»Die sehr Mollige mit dem Doppelkinn.«

»Ich weiß, wen Sie meinen. Nicht zu übersehen. Es ist schon erhebend und lehrreich, aber auch mitleiderregend, die Anhänger dieser Urwaldlehre zu beobachten. Ich bedaure nur, daß der Butler nicht an den rhythmischen Übungen teilnimmt. Wäre bestimmt komisch, bei seinen Flurschadentretern!«

»Machen Sie sich nur über die großen Füße meines Onkels lustig.«

»Gern. Am besten machen wir's gemeinsam. Dieser alte Fettsack hetzt Sie in ein solches Abenteuer!«

»Sind Sie der Meinung, daß wir uns schon lange genug kennen, daß Sie es sich erlauben dürfen, meinen Onkel als Fettsack zu bezeichnen?«

»Mir kommt es so vor, als würde ich Sie mein ganzes Leben lang kennen. Ich bin sicher, daß es Ihnen, wenn Sie darüber nachdenken, auch so vorkommen wird, als wären wir schon jahrelang verheiratet, ohne es zu wissen.«

Das Wort »verheiratet« wirkte ernüchternd auf Anne. Sie hatte Lord Uffenhams Bemerkung im Auto, daß dieser junge Mann in sie verliebt sei, eine Zeitlang aus ihrem Gedächtnis gestrichen und sich ganz der angenehmen Plauderei gewidmet. In der letzten Zeit geschah es recht selten, daß sie Gelegenheit zu leichter Konversation fand. Die männlichen Bewohner von Shipley Hall waren ernste, solide Männer und von solchem Sendungsbewußtsein erfüllt, daß sie sich nicht zu lustigem Wortgeplänkel hergaben. Und Lionel war in dieser Beziehung auch schon immer etwas zurückhaltend gewesen.

Sie sah nun ein, daß es ein Fehler gewesen war, die Barrieren zwischen ihr und Jeff fast völlig abzubauen. Sie hatte ihm damit Hoffnungen gemacht, die nie erfüllt werden würden. Sie tat so, als fröstele sie.

»Ist Ihnen kalt?« fragte Jeff besorgt, wie sie es erwartet hatte.

»Etwas.«

»Warum gehen wir dann nicht ins Haus? Ich kann mich drinnen genauso gut unterhalten wie draußen! Manche Leute sagen, sogar noch besser.«

Sie gingen durch den Garten zurück zum Haus. Hinter der Mauer, die den Garten von der großen Rasenfläche abgrenzte, wurden Kopf und Schultern von Mrs. Molloy sichtbar, die anscheinend damit beschäftigt war, mit den Ranken einer Hängepflanze zu spielen, die in einer antiken Vorbildern nachempfundenen Steinvase wuchs.

Jeff kam der Gedanke, daß dies eine gute Gelegenheit sein könnte, die versteckte Warnung auszusprechen, die seiner Meinung nach dringend erforderlich war. »Da ist ja Mrs. Molloy«, machte er Anne auf sie aufmerksam.

»Ach ja.«

»Schauen Sie nicht zu ihr hinüber, aber sagen Sie mir, was Sie von ihr halten.«

»Sie scheint ganz nett zu sein.«

»Kommt sie Ihnen nicht ein bißchen zwielichtig vor?«

»Kein bißchen. Ihnen etwa?«

»Sehr sogar.«

»Anscheinend kommt einem Detektiv jeder Mensch zwielichtig vor.«

»Das geschulte Auge des Detektivs ermöglicht ihm natürlich, hinter die Fassade zu blicken. Ihm kann man so leicht nichts verbergen. Ich habe das Gefühl, ich muß den beiden ein wenig auf die Finger sehen. Ich meine, sie sind Gauner.«

»Mr. Trumper glaubt das auch.«

»Diese halbe Portion glaubt das auch?«

»Er kam neulich zu mir und bat mich, Mrs. Cork dahingehend zu beeinflussen, daß sie keine Ölaktien von Mr. Molloy kauft. Leider habe ich keinerlei Einfluß auf Mrs. Cork. Aber reden Sie weiter. Ich verstehe nicht, wie sie uns schaden könnten, auch wenn sie ganz durchtriebene Gauner wären.«

»Und die Diamanten?«

»Was meinen Sie damit?«

»Stellen Sie sich einmal vor, sie wären auch hinter ihnen her.«

»Aber sie wissen ja nichts von ihnen.«

»Es könnte aber sein, daß sie es bald erfahren. Mrs. Molloy sitzt recht oft mit Ihrem Onkel in der Küche zusammen. Sehr leicht möglich, daß er eine Bemerkung fallen läßt.«

»Das würde er nicht.«

»Weiß man's?«

»Würde er nie machen. Er ist doch kein Trottel.«

»Wer sagt Ihnen das?«

Für Anne schien der Zeitpunkt gekommen, diesem jungen Mann einen Denkzettel zu verpassen. Er war ihr sympathisch, sehr sympathisch sogar, aber sie hatte den Eindruck, daß man ihn an die Kandare nehmen mußte. Sie ging noch einige Schritte, blieb dann plötzlich stehen, sah ihn kühl an und holte Luft, um ihm eine Strafpredigt zu halten.

In diesem Moment geriet die antike Vase in Bewegung und fiel mit einem dumpfen Knall neben ihr auf den Weg. Anne schrie kurz auf und verschob ihre Belehrung.

Jeff machte sich bittere Vorwürfe. Er hätte es besser wissen und vermeiden müssen, näher als fünfzig Meter an Mrs. Molloy und eine Vase heranzugehen. Die beiden waren eine höchst gefährliche Kombination, insbesondere, wenn er sich in Gesellschaft von Anne Benedick befand. Seine Empfindungen für Anne waren inzwischen so stark, daß es ihn beunruhigt hätte, wenn ihr das Blütenblatt einer Rose ins Haar gefallen wäre. Daß sie beinahe von einer steinernen Vase getroffen worden wäre, brachte ihn derart aus der Fassung, daß sich die Welt um ihn herum zu drehen schien und er nicht mehr wußte, was er tat.

Eine vorwurfsvolle Stimme riß ihn aus seiner Konfusion. »Würde es Ihnen etwas ausmachen, mich loszulassen?«

Jetzt erst bemerkte er, was er getan hatte. Er hatte Anne beschützend an sich gezogen. »Entschuldigung«, stammelte er und ließ sie los.

Anne, die im ersten Moment ganz bleich geworden war, errötete leicht. »Vielen Dank.«

Beide schwiegen danach. Jeff fühlte sich etwas außer Atem. Zum ersten Mal zog er in Erwägung, sich die von Lord Uffenham vertretene Lehrmeinung zu eigen zu machen, denn etwas schien an ihr doch dran zu sein. Als er Annes schlanken Körper umfaßt hatte, war das wie die Erfüllung einer langgehegten Sehnsucht gewesen.

Mrs. Molloy kam durch die Tür in der Mauer gestürzt; ihre Miene drückte tiefe Betroffenheit aus. »Mein Gott!« rief sie. »Es ist Ihnen doch hoffentlich nichts passiert, oder? Ich würd' es mir nie verzeihen können!«

Nichts entsprach der Feierlichkeit des Augenblicks besser als ihre rührende Besorgtheit, doch Jeff sah sie so angewidert an wie eine Speikobra, jenes Reptil, das er noch nie gemocht hatte.

»Ich muß irgendwie an das Ding drangekommen sein, und dann ist es umgefallen. Es tut mir schrecklich leid!«

»Ist ja nichts passiert«, sagte Anne. »Ich bin nur ziemlich erschrocken.«

»Das glaub' ich. Sie müssen ja beinahe einen Herzschlag gekriegt haben.«

»So schlimm war's nun auch wieder nicht. Ich bin nur zusammengefahren«, versicherte Anne. »Aber jetzt müssen Sie mich entschuldigen. Ich muß ins Haus. Es kann sein, daß Mrs. Cork mich braucht.« Sie war immer noch etwas rot, als sie ging.

Dolly drehte sich zu Jeff um und sah sein versteinertes Gesicht.

»Ha!« schleuderte Jeff ihr entgegen.

Dolly lachte. Ihr Lachen klang durchaus melodisch, doch Jeff bemerkte es nicht.

»Sie kleines blondes Biest!« beschimpfte er sie.

Der ärgerliche Ton in seiner Stimme war nicht zu überhören, doch Dolly schien sich immer noch zu amüsieren.

»Wie weit sind Sie denn schon mit dem Packen?« erkundigte sie sich. »Machen Sie, daß Sie bald fertig sind. Es kann ja nicht immer danebengehen. Früher oder später fällt Ihnen was auf die Rübe.«

»Von wegen!« rief Jeff, machte auf dem Absatz kehrt und ließ sie einfach stehen. Er war sich bewußt, daß diese Erwiderung kaum als der Situation angemessen bezeichnet werden konnte, doch war ihm auf Anhieb keine bessere eingefallen. Er bedauerte, daß seine gute Erziehung ihn daran hinderte, diesem blonden Luder die Quittung zu verpassen, die ihr ganzes Verhalten verdiente.

Dolly ging zur Terrasse, wo sie Soapy, in einem Krimi schmökernd, zurückgelassen hatte, und war erstaunt, als sie seinen Liegestuhl leer vorfand. Sie wandte sich deshalb an Mrs. Barlow, die Dame mit dem Doppelkinn, die auf dem Rasen Atemübungen veranstaltete. »Haben Sie meinen Mann gesehen, Mrs. Barlow?«

»Ich glaube, er wurde ans Telefon gerufen, Mrs. Molloy.«

Genau in dieser Sekunde erschien der Vermißte in der Terrassentür. Er wirkte gehetzt. Er lief auf Dolly zu, sichtlich verstört. »Mäuschen!«

»Was ist los, Liebling?«

Mr. Molloy warf Mrs. Barlow einen flüchtigen Blick zu. Sie war immer noch damit beschäftigt, tief ein- und auszuatmen, aber auch wer diese Übungen so intensiv wie sie betreibt, hat Ohren. Er zog seine Frau in die andere Ecke der Terrasse. »Ich hab' gerade mit Chimp gesprochen.«

»Mit dem? Vermute, daß er über unsere Abmachung noch mal nachgedacht hat und jetzt Theater macht wegen den Bedingungen.«

Mr. Molloy schüttelte den Kopf. Er legte eine Kunstpause ein. Ihm lag es nicht, schlechte Nachrichten zu überbringen. »Nein, das ist es nicht«, sagte er schließlich. »Ich fürchte, ich hab' eine böse Überraschung für dich, Liebes. Chimp ist unten im Dorfgasthof. Er hat die Absicht geäußert, morgen früh hier anzutanzen.«

Vierzehntes Kapitel

Dolly sah ihren Gatten ungläubig an. Wie von ihm vorausgesagt, hatte die Nachricht sie völlig unvorbereitet getroffen. »Was!«

»Leider wahr.«

»Er kommt her?«

»Gleich morgen früh.«

»Aber was ist mit dem blonden Kerl?«

Mr. Molloy blickte noch sorgenvoller drein. »Es sieht so aus, als hätten wir schlechte Karten, Mäuschen. Der Blonde ist für Chimp keine Gefahr mehr. Das Schlimmste, was uns passieren konnte, ist passiert: Er hat Chimp einen Brief geschrieben, und es sieht so aus, daß Chimp total auf dem Holzweg war, als er glaubte, der Knabe habe es auf ihn abgesehen. Es ist eine lange Geschichte, und ich hab' nicht alles genau kapiert, aber soweit ich Chimp richtig verstanden habe, hat der Kerl nicht mit Ziegelsteinen um sich geschmissen, sondern mit Kuchenstücken, die er loshaben wollte, weil er sie wegen der Köchin nicht stehen lassen wollte. Und als er dann zu Chimp hochging, wollte er sich nur entschuldigen. Das klingt alles ganz idiotisch, doch so stand's in dem Brief, den er in den Briefkasten von Chimp geworfen hat.«

»Schöne Scheiße!«

»Du sagst es. War schon schlimm genug, daß wir auf den blonden Knaben aufpassen mußten. Wenn jetzt auch noch Chimp hier rumschleicht und aufpaßt, daß wir ihn nicht übers Ohr hauen, dann können wir gleich einpacken. Du kennst ihn doch. Der hat doch auch noch im Hinterkopf Augen.«

Dolly überlegte. Sie hatte den schweren Schicksalsschlag bereits verwunden und machte sich Gedanken über die Zukunft, schmiedete

Pläne. »Wir müssen Chimp ausschalten, ganz einfach.«

»Aber wie?«

»Ich lass' mir was einfallen. Mach mal einen kleinen Spaziergang und laß mich allein, damit ich in Ruhe nachdenken kann.«

Mr. Molloy tat, wie ihm geheißen. Während er auf dem Rasen seine Runden drehte, warf er seinem in Gedanken versunkenen Ehegespons ab und zu einen erwartungsvollen Blick zu. Er fragte sich, ob sie wirklich einen Ausweg finden, ob es ihr gelingen würde, auch diese schwierige Situation zu meistern. Ihr Einfallsreichtum, so hatte er immer wieder beobachten können, schien unermeßlich, seinem hingegen waren enge Grenzen gesetzt. Bei einem Zuhörer, der ein bißchen auf den Kopf gefallen war, konnte er viel erreichen, wenn ihm nur eine halbe Stunde zur Verfügung stand, in der er über das Ölgeschäft reden und eindrucksvoll mit den Händen gestikulieren konnte. Aber außer dieser einen Begabung verfügte er über keine weiteren, und er wußte das selbst nur zu gut.

Er hatte seine sechste Runde noch nicht ganz vollendet, als er bemerkte, daß Dolly die Terrasse verlassen hatte und über den Rasen auf ihn zukam. Sein Herz machte einen Freudensprung, als er das Strahlen in ihrem Gesicht sah, denn es verriet ihm, daß sie die Lösung gefunden hatte. Und er empfand, wie schon häufiger in der Vergangenheit, ein erhebendes Gefühl bei dem Gedanken, daß es ausgerechnet ihm vergönnt gewesen war, die Liebe dieser Frau zu erringen. »Sag bloß, dir ist schon etwas eingefallen«, sagte er bewundernd.

»Natürlich. Köpfchen muß man haben.«

»Mäuschen, eine wie dich gibt es nur einmal auf der Welt. Sag's mir, ich bin gespannt wie ein Regenschirm.«

Dolly errötete leicht ob dieses Kompliments. Sie liebte diesen Mann, und seine Worte waren Musik in ihren Ohren. »Also. Du hast gesagt, Chimp ist im Gasthof?«

»Genau.«

»Dann gehst du hin und triffst dich mit ihm, und zwar so bald wie möglich. Und wenn du hinkommst, mußt du ziemlich geschafft aussehen, so, als wärst du fix und fertig. Du mußt richtig zittern.«

»So ähnlich?«

»Nein, nicht so. Das sieht ja aus, als ob du Schüttelfrost hast. Nein, ganz natürlich, so wie es einem eben geht, wenn man gerade erfahren hat, daß der alte Lord Cakebread wieder weiß, wo die Klunker sind, sie aus dem Versteck geholt und jetzt in seinem Zimmer rumliegen hat, morgen früh der Cork kündigen will und mit den Dingern in seiner Hosentasche verschwinden wird.«

»Diese Geschichte soll ich also Chimp verkaufen?«

»Sehr richtig.«

»Aber was bringt uns das?«

»Streng doch deinen Grips mal ein bißchen an. Wenn Lord Cakebread die Dinger wirklich hätte und morgen früh abhauen will, würde das doch bedeuten, daß wir sie uns noch heute unter den Nagel reißen müßten, oder?«

»Zweifellos richtig.«

»Das würde aber auch bedeuten, daß einer von uns in das Zimmer schleichen und es durchsuchen muß.«

»Auch richtig.«

»Und du kannst das nicht sein, weil du Schiß davor hast.«

»Was?«

»Das sollst du doch nur Chimp so sagen.«

»Ach so, das ist der Trick bei der Geschichte.«

»Genau. Nun könnte er dich aber fragen, warum ich's nicht mache. Du sagst ihm, du wolltest mir eins auswischen. Du sagst, Lord Cakebread hat mir gesagt, wo die Dinger sind, und ich hab's dir gesagt, und du hast sofort die Gelegenheit gesehen, etwas auf die hohe Kante zu schaffen, ohne daß ich es weiß. Erzähl Chimp, daß ihr zwei euch die Dinger holt und mir dann weismacht, daß ihr sie nicht gefunden habt.«

Mr. Molloy nickte. »Ja, ich glaube, er wird darauf reinfallen. Wenn Chimp auf etwas reinfällt, dann ist es eine Geschichte, bei der der eine den anderen ausschmiert. Das wirkt bei ihm wie Baldrian bei Katzen. Aber wie geht's weiter?«

»Dann sagst du ihm einfach, er muß es machen.«

»Bei Lord Cakebread einbrechen?«

»Ja. Nur daß es in dem Sinn gar kein Einbruch ist. Sag ihm, daß er einfach in das Zimmer hineinspazieren kann, wenn der Butler nicht da ist, weil er kurz vor dem Abendessen viel zu tun hat. Lord Cakebread kann also gar nicht plötzlich auftauchen und ihm die Tour vermasseln. Und dann erzählst du ihm, wo das Zimmer ist.«

»Wo ist es denn?«

»Im Erdgeschoß, auf der anderen Seite, dort, wo der Lieferanteneingang ist. Er kann es überhaupt nicht verwechseln, denn vor dem Fenster steht eine Regentonne und links davon ein kleiner Grabstein mit der Aufschrift ›Unserem treuen Freund Rex‹. Dort ist ein Hund begraben, vermute ich«, sagte Dolly, da es ihr unwahrscheinlich schien, daß die sterblichen Hüllen von Familienangehörigen überall auf dem Grundstück bestattet wurden.

Mr. Molloy war erstaunt über ihre genauen Ortskenntnisse. »Wieso weißt du das alles?«

»Vor ein paar Tagen bin ich doch sehr früh aufgestanden, du erinnerst dich bestimmt noch, und dort ein bißchen herumspaziert, und da hab' ich den alten Knaben am Fenster stehen sehen, wie er seine Morgengymnastik macht. Er hatte nur seine Hosen und Hosenträger an«, berichtete Dolly, deren Stimme unbewußt in den Flüsterton übergegangen war, denn der seltene Anblick von Lord Uffenham mit entblößtem Oberkörper und blaßlila Hosenträgern hatte sie tief beeindruckt. »Er sah aus wie King Kong. Das wär's also. Du erzählst Chimp, daß der alte Knabe die Klunker irgendwo in seinem Zimmer hat, wo das Zimmer ist und wann er bestimmt nicht drin ist, und daß du nicht selber die Dinger suchen kannst, weil du nicht den Nerv dazu hast. Alles klar?«

Mr. Molloy zögerte. Es widerstrebte ihm, mit Nein zu antworten, weil er dann wahrscheinlich aus Gründen, die ihm im Moment noch nicht bekannt waren, als der Dumme dastehen würde. Er hatte diese Erfahrung schon öfter gemacht, wenn er Zweifel an der Durchführbarkeit der von seiner Gattin erdachten Pläne angemeldet hatte.

Andererseits blieb für ihn völlig im dunkeln, was sie mit dieser Geschichte bezweckte. »Nun ja, bis dahin ist eigentlich alles ganz klar, Liebes«, druckste er herum. »Aber für mich sieht es so aus, als ob überhaupt nichts passiert. Er bricht in das Zimmer ein, stöbert überall herum, findet nichts, weil nichts da ist, und verschwindet wieder aus dem Zimmer. Was kommt dabei heraus? Außer daß wir Chimp in der Gegend herumscheuchen natürlich. Aber was bringt es uns? Ich dachte, du denkst dir aus, wie wir es verhindern, daß er sich hier im Haus einnistet.«

»Hab' ich doch.«

»Versteh' ich nicht.«

Dolly kam der Gedanke, ihm zu erwidern, er könne nur dann etwas erkennen, wenn man ihn mit der Nase darauf stoße, doch sie verwarf diesen Gedanken wieder, zum einen, weil sie ihren Angetrauten liebte, zum anderen, weil jetzt nicht der richtige Zeitpunkt für eine solche Bemerkung war. »Nun paß mal auf. Was passiert, wenn Lord Cakebread ins Zimmer kommt und ihn erwischt?«

»Kann er ja nicht. Du hast selbst gesagt, daß er anderweitig beschäftigt sein wird.«

»Ich hab' nichts davon gesagt. Ich hab' nur gesagt, du sollst Chimp sagen, daß er anderweitig beschäftigt ist. Wenn du mich anrufst und mir sagst, daß er angebissen hat, gehe ich sofort zu Lord Cakebread und erzähl' ihm, er soll ein bißchen aufpassen, weil ich erfahren hab', daß sich heute abend irgendein schräger Vogel in seinem Zimmer umsehen will. Was passiert dann? Er legt sich auf die Lauer und schnappt sich Chimp. Entweder verprügelt er ihn, oder er schmeißt ihn nur raus. Aber egal, was er mit ihm macht, Chimp kann dann ruhig morgen früh hier auftauchen und behaupten, er wär' ein Millionär, der sich für diesen Ugube-Schwachsinn interessiert und Mitglied dieses idiotischen Vereins werden möchte. Wenn er das probiert, meldet sich Lord Cakebread zu Wort und sagt zu Mrs. Cork: ›Von wegen Millionär! Er ist ein Einbrecher‹, und Mrs. Cork nimmt ihr Gewehr und sagt zu ihm, daß er innerhalb einer Minute zu verschwinden hat, wenn er nicht eine Ladung Schrot in den Hintern kriegen will. Bist du nun endlich dahintergekommen?«

Mr. Molloy warf sich ihr zwar nicht demütig zu Füßen, doch verspürte er den starken Drang dazu. Nie mehr, so schwor er sich, würde er Zweifel an der Folgerichtigkeit des von seiner Frau vorgeschlagenen Handelns anmelden, auch wenn sie für ihn aufgrund seiner langsameren Auffassungsgabe nicht unmittelbar zu erkennen war. Seine Augen leuchteten. »Mäuschen, du bist Spitze!«

»Danke für die Blumen.«

»Und dein Plan auch.«

»Besten Dank.«

»Er kann überhaupt nicht schiefgehen.«

»Mein' ich auch.«

»Chimp wird sich schleunigst aus dem Staub machen.«

»Wird ihm nichts anderes übrigbleiben.«

»Dann geh' ich wohl am besten gleich ins Gasthaus und unterhalt' mich mit ihm.«

»Gute Idee. Mach schnell. Ruf mich sofort an, wenn alles geklappt hat, damit ich Cakebread impfen kann.«

Mr. Molloy eilte davon; die Begeisterung über diesen ausgezeichneten Plan schien ihm Flügel verliehen zu haben.

Es war auch noch keine halbe Stunde vergangen, als er Dolly benachrichtigen konnte, daß Mr. Twist den ausgelegten Köder geschluckt habe, und diese sich auf den Weg zu Lord Uffenham machte.

Der glasige Blick des Edelmannes – er hatte sich gerade eine Denkpause gegönnt – verschwand sofort, als er Dolly in die Küche kommen sah, die er, seitdem sie häufig seine Gesellschaft suchte, in den Rang einer guten Freundin erhoben hatte. Er rappelte sich hoch und wollte ihr gerade ein Glas Port anbieten, als er bemerkte, daß sie mit geballten Fäusten und wild funkelnden Augen dastand. Offensichtlich hatte etwas diese liebe kleine Person in Aufregung versetzt, und sofort empfand er Mitleid mit ihr. Dolly weckte in ihm stets den Beschützerinstinkt. Sie schien ihm so schwach, so zerbrechlich, so hilflos bei der Bewältigung der Probleme, die das Leben so mit sich bringt.

»Kann ich Ihnen helfen?« erkundigte er sich zuvorkommend in bester Cakebread-Manier.

Dolly räusperte sich erst einmal. »Und ob Sie das können. Ich bin außer mir.«

»Was ist denn geschehen?« fragte er und fügte noch ein für Cakebread untypisches »liebe Mrs. Molloy« hinzu. Wie wir bereits gesehen haben, war es nicht üblich, daß er sich in seiner Rolle als Butler durch private Kontakte ablenken ließ, doch im vorliegenden Fall überwog seine Sorge.

»Ich werd's Ihnen erzählen«, erwiderte eine immer noch recht aufgeregte Dolly. »Ich hab' gerade erfahren, daß heute abend ein Detektiv Ihr Zimmer durchsuchen soll.«

»Ein Detektiv? Warum denn?«

»Weil vermutet wird, daß Sie dort gestohlene Sachen verstecken. Das hat mich so aufgeregt, weil dadurch so was wie Zweifel an Ihrer Aufrichtigkeit geäußert werden.«

Da Lord Uffenham von Anne wußte, daß Mrs. Molloy es gewesen war, die als erste Zweifel an seiner Aufrichtigkeit angemeldet und dafür gesorgt hatte, daß ein Detektiv nach Shipley Hall geholt wurde, hätte er hier und jetzt die Gelegenheit gehabt, ihr dies vorzuhalten. Er hatte seiner kleinen Freundin diese Tat, die sie nach seiner Meinung nie begangen hätte, wenn sie ihn damals schon so gut gekannt hätte wie jetzt, längst verziehen. »Sie meinen den jungen Adair, wie er sich nennt?«

Dolly hielt es für ratsam, die Überraschte zu spielen. Sie erinnerte sich daran, daß sie eigentlich nicht wissen sollte, daß ihr Gegenüber über den jungen Adair informiert war. »Sie wissen Bescheid über den Jungen?«

Lord Uffenham lachte behäbig. »Ja, natürlich. Ich weiß alles.«

»Sie sind mir aber einer!«

»Das hat man mir schon häufiger gesagt«, erwiderte Lord Uffenham, ohne jedoch genauere Angaben zu machen. »Hab' nichts dagegen, daß Adair mein Zimmer durchsucht.«

»Er ist es aber nicht, sondern ein anderer. Ich hab' mich nämlich gerade mit Mr. Trumper unterhalten. Er scheint nicht recht zufrieden mit Adair, hält ihn für zu jung und zu grün. Er hat deshalb, ohne Mrs. Cork ein Wort davon zu sagen, selber einen Schnüffler engagiert, und er soll Ihr Zimmer durchstöbern.«

Lord Uffenhams gute Laune war urplötzlich verschwunden. »So eine stinkende Ratte! Wann?«

»Sagte ich doch. Heute abend. Es kann jeden Moment passieren. Er macht es jetzt, weil er glaubt, daß Sie dabei sind, das Abendessen vorzubereiten. Wenn Sie mich fragen, sollten Sie sich in Ihrem Zimmer verstecken und ihn in flagranti erwischen und windelweich prügeln.«

»Werd' ich auch.«

»Können Sie sich denn irgendwo verstecken?«

»Hinter dem Paravent.«

»Phantastisch!« rief Dolly und klatschte in mädchenhafter Begeisterung in die Hände. »Legen Sie sich dort auf die Lauer und schießen Sie erst, wenn Sie das Weiße in seinen Augen sehen.«

Einige Minuten später traf Lord Uffenham, nachdem er sich im Speisesaal vergewissert hatte, daß alles in Ordnung war und er eine

Zeitlang nicht benötigt würde, beim Gang durch die Halle Mr. Trumper, der auf dem Weg ins Billardzimmer war, um dort eine Partie zu spielen. Er sah ihn mit einem so frostigen und durchdringenden Blick an, daß der kleine Mann gelähmt schien wie ein Kaninchen beim Anblick der Schlange. Dieser Butler rief bei Eustace Trumper stets gewisse Schuldgefühle hervor, vergleichbar in etwa mit denen, die man empfindet, wenn man darauf aufmerksam gemacht wird, daß man die Farbe der Krawatte nicht passend zum Anzug gewählt oder das Buttermesser für das Hauptgericht verwendet hat.

Fünfzehntes Kapitel

Kurz nach sieben Uhr schlenderte Chimp Twist durch das hohe, schmiedeeiserne Tor von Shipley Hall; er summte eine Melodie vor sich hin und war mit sich und der Welt zufrieden. Ihm gefiel die hügelige Parklandschaft ringsum sehr. Er lauschte entzückt dem Gesang der Vögel. Auch ein Insekt, das sich in seinem Schnurrbart verfing, wurde vorsichtig von ihm entfernt; es hätte sich ja um ein nützliches handeln können. Kurz gesagt, Chimp Twist war bester Laune. In dieser Gemütsverfassung hätte er sogar einem kleinen Jungen über den Kopf gestreichelt und ihm einen Shilling geschenkt, dann aber sehr wahrscheinlich mit ihm um dieses Geldstück geknobelt und es zurückgewonnen.

Der Brief, der am späten Vormittag in seinen Briefkasten geworfen worden war, hatte bei dem kleinen affengesichtigen Halunken ein Gefühl der Erleichterung ausgelöst. Seit dem Gespräch mit den Molloys, an dessen Ende er die Ausführung ihres gemeinsamen Vorhabens ganz ihnen überlassen mußte, hatte ihn der Gedanke gequält, wie er seine alten Freunde daran hindern könnte, ihn zu übervorteilen, denn das würden sie ohne weiteres tun, wenn sich die Gelegenheit dazu ergab, mit jener Unverfrorenheit, die er bei den beiden schon so oft beobachtet hatte.

Gelänge es den beiden, das Versteck der Diamanten ausfindig zu machen, würden sie sie an sich nehmen, solange er nicht an Ort und

Stelle war und ihnen auf die Finger sehen konnte. Wenn es ein Pärchen gab, dem ein Partner unbedingt auf die Finger sehen mußte, dann waren es Mr. und Mrs. Molloy. Er traute keinem der beiden über den Weg.

Inzwischen aber war dieser Brief angekommen und hatte alle Hindernisse für einen Besuch in Shipley Hall ausgeräumt. Und die Krönung war die Plauderei mit Soapy, die vor kurzem im Dorfgasthaus stattgefunden hatte.

Die ganze Sache, dachte er bei sich, als er durch den von der Abendsonne durchfluteten Park ging, war schon beinahe wieder zu einfach, um Spaß zu machen. Und als er dann vor Lord Uffenhams Fenster angelangt war und bemerkte, daß es offenstand und somit auch für den ungelenkigsten Einbrecher kein Problem darstellte, erreichte seine Zuversicht einen neuen Höhepunkt.

Bis zu diesem Augenblick war Einbruch eine Erwerbstätigkeit, die Chimp Twist noch nie ausgeübt hatte. Er hatte seinen Lebensunterhalt stets mit geistiger Arbeit bestritten. Daß die Umstände ihn nun zwangen, vorübergehend einer handwerklichen Beschäftigung nachzugehen, kümmerte ihn nicht weiter. Sein Herz schlug vielleicht etwas schneller, aber das war auch schon alles.

Nachdem er durchs Fenster ins Zimmer eingestiegen war, ging er als erstes zur Tür, öffnete sie einen Spalt und lauschte angestrengt. Irgendwo, ganz weit weg, sang eine Frauenstimme ein Lied; ein Eingeweihter hätte nun gewußt, daß Mrs. Corks Köchin damit begonnen hatte, den Spinat zu kochen. Ansonsten war alles ruhig. Er ließ die Tür offen, damit er hören konnte, wenn jemand kam. Erfreut stellte er fest, daß der Gang mit Fliesen belegt war. Wenn sich also jemand nähern sollte, würden ihn die hallenden Schritte früh genug warnen und ihm einen rechtzeitigen Rückzug ermöglichen.

Das Zimmer, in dem er sich befand, war um einiges komfortabler ausgestattet, als er es von der Schlafkammer eines Butlers erwartet hatte. Diese Tatsache war damit zu erklären, daß Lord Uffenham, als er die Bedienstetenstelle in seinem eigenen Haus annahm, seiner Nichte klipp und klar erklärte, daß, wenn er sich schon in Zukunft herumkommandieren lassen und das Silber putzen müsse, er wenigstens nicht in einem spartanisch eingerichteten Verschlag wohnen wolle. Er hatte deshalb aus dem ganzen Haus Bilder und Schmuckgegenstände, aber auch einen bequemen Sessel, einen Teppich und sogar eine Chaiselongue, auf der er sein Mittagsschläfchen halten konnte, in diesen Raum verfrachtet, der dadurch wie ein Boudoir wirkte.

Trotz alledem zweifelte Chimp Twist nicht daran, daß er im richtigen Zimmer gelandet war, denn draußen vor dem Fenster stand die Regentonne, von der Soapy gesprochen hatte, und seitlich davon der Grabstein, der Zeugnis von der Treue und Freundschaft eines gewissen Rex ablegte. Für ihn blieb also nichts weiter zu tun, als mit der Suche zu beginnen und auf Erfolg zu hoffen.

Lautlos und emsig machte er sich an die Arbeit wie ein Zollbeamter, der die vollgepackten Koffer eines Auslandsreisenden, der seinen Angaben zufolge nichts zu verzollen hat, gewissenhaft filzt. Er öffnete Schubladen, sah unter Schränken und Stühlen und hinter Bildern nach. Er tastete auch die Polsterung der Chaiselongue ab, um sicherzugehen, daß dort nichts verborgen war.

Diese Beschäftigung forderte, noch dazu bei dem herrschenden schwülen Wetter, ihren Tribut, und es dauerte nicht lange, bis Chimp eine kleine Pause einlegen und sich den Schweiß von der Stirn wischen mußte. Dabei fiel sein Blick zufällig auf den Wandschirm in der anderen Ecke des Zimmers, unter dem ein riesiges Paar Schuhe hervorschaute.

Chimp wunderte sich über die Größe der Schuhe, doch beunruhigten sie ihn nicht weiter. Der Bewohner dieses Zimmers hatte sie eben dort abgestellt. Einen Augenblick später, nach genauerem Hinsehen, bemerkte er über den Schuhen jedoch die unteren Regionen zweier Hosenbeine. Es fuhr ihm siedend heiß über den Rücken, und seine Knie wurden weich, als er darüber hinaus erkannte, daß in diesen Hosenbeinen die unteren Extremitäten eines Menschen steckten. Es handelte sich bei den Schuhen, kurz gesagt, nicht um ein Paar zum Wechseln, das hier auf seinen Einsatz wartete, sondern um solche, die zum gegenwärtigen Zeitpunkt von ihrem Besitzer benützt wurden.

Er hatte sich noch immer nicht von dem Schock über diese unheilvolle Entdeckung erholt, als der Paravent von einer mächtigen Pranke beiseite geschoben wurde und vor ihm der größte Mann stand, den er je zu Gesicht bekommen hatte. »Na, du miese Ratte?« ließ sich dieses bedrohliche Individuum vernehmen.

Lord Uffenham hatte beabsichtigt, schon früher einzugreifen, doch wie immer, wenn er wie angewurzelt an einem Ort stand, hatte er seine Gedanken schweifen lassen. Der Schatten am Fenster hatte ihm zwar angezeigt, daß sein ungebetener Besucher eingetroffen war, doch hatte er erst noch einige Überlegungen über Privatdetektive anstellen müssen – wie sie dazu kamen, diesen Beruf zu ergreifen, was sie in ihrer Freizeit machten, wie hoch das Jahreseinkommen eines durchschnittlich verdienenden Privatdetektivs sein konnte... Nun aber wollte er sich mit diesem Eindringling befassen.

Auf die Bemerkung »Na, du miese Ratte?« läßt sich nur schwer eine sofortige und passende Erwiderung finden. Chimp Twist versuchte es nicht einmal. Er stand kreidebleich da und starrte diesen großen Mann an, der bei jeder Bewegung, die er machte, noch größer zu werden schien und in diesem kleinen Zimmer wie ein Koloß wirkte. Und wie so oft, wenn er nachdachte oder nervös war, griff seine Hand automatisch zum Schnurrbart und zwirbelte ihn.

Dieser Reflex mißfiel Lord Uffenham. Das Bartzwirbeln erinnerte ihn an Lionel Green, und an den wollte er unter keinen Umständen erinnert werden. »Laß das!« gebot er streng.

»Bitte?« fragte Chimp ganz unterwürfig in seinem Bemühen, den Koloß nicht zu reizen.

»Laß das Ding in Ruhe«, präzisierte Lord Uffenham und betrachtete mit wachsender Neugier den unansehnlichen Bewuchs an Chimps Oberlippe. »Hast ihn schon lange, diesen Schnurrbart?« erkundigte er sich in der Manier eines Arztes, der an einen Patienten mit einer seltenen Krankheit die ersten Fragen stellt.

Chimp war ein wenig überrascht, aber sehr erleichtert über diesen unerwartet freundlichen Beginn des Gesprächs und erwiderte, daß besagte Verunstaltung seines Gesichts neueren Datums sei. Er habe sich vor einigen Jahren dazu entschlossen, sich diesen Schnurrbart wachsen zu lassen.

»Warum stehen die Spitzen so ab?« fragte Lord Uffenham, immer stärker ins Einzelne gehend.

Jedes andere Thema als das seiner Anwesenheit in diesem Zimmer war Chimp recht. Er beantwortete die Frage beinahe fröhlich. »Wachs.«

»Du schmierst Wachs drauf?«

»Ja, Wachs.«

»Bienenwachs?«

»Ja, und deshalb stehen sie so ab.«

»Das sieht ja scheußlich aus. Wenn ich so einen Bart hätte, würd' ich ihn sofort abrasieren. Und nun«, sagte Lord Uffenham und lockerte seine Muskeln, »werd' ich dir sämtliche Gräten brechen, du häßlicher Gartenzwerg!«

Trotz der bis dahin in freundlichem Ton verlaufenen Unterhaltung hatte Chimp nie die Möglichkeit außer acht gelassen, daß sich die Dinge in diese Richtung entwickeln könnten. Während er die Fragen seines Gegenübers beantwortete, hatte er stets ein Auge darauf gehabt, daß ihm jener nicht zu nahe kam und nicht zwischen ihm und der Tür stand.

Als Lord Uffenham sein weiteres Vorgehen ankündigte, befand sich Chimp in einer außerordentlich günstigen strategischen Position und entzog sich seiner Vernichtung durch die Flucht, und er tat es, ohne Zeit zu verlieren. Lord Uffenham war verärgert. Er schalt sich einen Dummkopf, weil er es zugelassen hatte, daß ihn seine Wißbegierde davon abhielt, sich auf sein Hauptanliegen zu konzentrieren. Es war nun offensichtlich, daß die Gelegenheit verstrichen war, diesen schmierigen Schnüffler am Schlafittchen zu packen und ihm den Kragen umzudrehen, wie er es geplant und worauf er sich so gefreut hatte. Eine solche Gelegenheit erhält man wohl nur einmal im Leben, und er hatte die seine nicht genützt.

Lord Uffenham entschloß sich, nicht länger dem nachzutrauern, was hätte sein können.

Sechzehntes Kapitel

Einem Menschen, der sich in einer so schwierigen Lage befindet wie Chimp Twist, fällt es nicht leicht, kühlen Kopf zu behalten. Wenn es Chimp geschafft hätte, Ruhe und Gleichmut zu bewahren, wäre er sicher, nachdem er aus Lord Uffenhams Zimmer gestürzt war, auf dem Gang nach links gegangen und hätte so den ehrenvollen Rückzug durch den Lieferanteneingang antreten können, der nur wenige rettende Meter entfernt war.

In seiner Konfusion wandte er sich aber nach rechts und schlug so den Weg ein, der in den Haupttrakt führte. Er war noch nicht weit gegangen, als ihn eine hohe grüne Tür am Weiterkommen hinderte.

Aber nicht lange. Er wußte nicht, was ihn jenseits dieses Hindernisses erwartete, hatte aber eine lebhafte Vorstellung von dem, was diesseits lag, und zögerte deshalb nicht, sich gegen die Tür zu werfen. Sie gab nach, öffnete sich in den Angeln quietschend, und er befand sich in einem großen Raum mit Stühlen, kleinen Tischen, Eichenbänken an den Wänden, einer großen Tür auf der einen und einer breiten Treppe auf der anderen Seite. Mit anderen Worten, er war in die Eingangshalle gelangt, und hier hielt er einen Moment inne, um zu überlegen.

Er war erfreut, daß ihm die Zeit dazu blieb, erfreut und überrascht. Es war ihm unerklärlich, weshalb er keine Schritte hörte, die ihm folgten, und die grüne Tür nicht aufging und Lord Uffenham schnaufend in ihr erschien. Er fragte sich, was mit ihm los war.

Lord Uffenham war ihm tatsächlich einige Schritte nachgelaufen. Er gehörte jedoch zu den Menschen, die nicht für schnelle Bewegungen geschaffen sind, und hatte deshalb von Anfang an wenig Hoffnung gehabt, in diesem Wettlauf besser abzuschneiden denn als zweiter Sieger. Als sein Kontrahent ein höllisches Tempo vorlegte und er seine Gelenke knirschen und knacken hörte, brach er die Verfolgung ab, ging in die Küche und genehmigte sich ein Glas Port.

Chimp stand da und verschnaufte, während sein Blick hin- und herwanderte. Endlich war er allein, doch war nicht abzusehen, wie lange dieser Zustand andauern würde. Zu seiner Linken war eine Tür, durch die jederzeit jemand hereinkommen konnte, deshalb schien es ihm ratsam weiterzugehen.

Da fiel sein Blick auf zwei kleine Fenster, in denen Blumentöpfe standen. Die Fenster befanden sich rechts und links der großen, massiven Tür, und durch sie waren der blaue Himmel und Bäume und Sträucher zu erkennen. Ganz allmählich dämmerte ihm, daß es sich bei der Tür um den Haupteingang von Shipley Hall handelte und er nur die Türklinke herunterdrücken mußte, um ins Freie zu kommen.

Er rannte zur Tür und war im Begriff, sie zu öffnen, als er von draußen Stimmen hörte. Doch nicht genug damit; als er den Rückzug antrat, hörte er jemand fröhlich pfeifen, und die Tür neben der grünen, durch die er gekommen war, öffnete sich. Dieser Jemand war Mr. Trumper, der nach seiner unangenehmen Begegnung mit Lord Uffenham nun wieder guter Dinge, weil ihm beim Billard einige kunstvolle Stöße gelungen waren, auf sein Zimmer gehen und sich für das Abendessen umziehen wollte.

Chimp schien es, als wäre er von allen Seiten eingekreist, und er wollte sich schon in das Unvermeidliche ergeben, als er in diesem übervölkerten Haus doch noch ein freies Plätzchen entdeckte: die Treppe. Diese Leere würde er füllen; er huschte wie der Affe, mit dem er so große Ähnlichkeit hatte, in langen Sätzen die Stufen hinauf, so daß Mr. Trumper, aus dem Billardzimmer kommend, nur noch einen Schatten wahrnahm.

Sofort dachte er an einen Einbrecher. Nach kurzem Nachdenken verwarf er diesen Gedanken jedoch wieder, denn Einbrecher trieben ihr Unwesen ja in der Nacht. Außerdem würden sie nicht so schnell die Treppe hochstürzen, sondern, so hatte man ihm erzählt, langsam und vorsichtig herumschleichen.

Nachdem sich seine ersten Befürchtungen so als grundlos erwiesen hatten, fing er wieder an zu pfeifen und grüßte mit einer angedeuteten Verbeugung Mrs. Cork, die gerade in Begleitung von Mrs. Barlow durch den Haupteingang gekommen war.

»Ach, Eustace«, rief sie, »einen Moment! Ich wollte Sie schon rufen lassen. Wir haben keine Ameiseneier für den Goldfisch mehr. Würden Sie gleich morgen früh welche im Dorf besorgen? Soweit ich weiß, bekommt man sie in dem kleinen Lebensmittelgeschäft.«

»Aber natürlich, Clarissa, gern. Stets zu Ihren Diensten«, erwiderte Mr. Trumper.

Mrs. Barlow bemerkte, sie habe sich schon oft gewundert, wieso Goldfische in Gefangenschaft eine Vorliebe für Ameiseneier entwikkelten, obwohl sie in freier Wildbahn in einem ganz anderen Element lebten als Ameisen. Ihr Kommentar führte dazu, daß Mrs. Cork, die über einen reichen Schatz an Geschichten aus dem Tierreich verfügte, von einem Emu berichtete, der Aspirintabletten gefressen und den sie selbst damit gefüttert habe. Diese interessanten Ausführungen bewirkten schließlich auch, daß Mr. Trumper nicht mehr an den die Treppe hinaufhuschenden Schatten dachte.

Chimp, inzwischen in den oberen Regionen angekommen, mußte feststellen, daß seine beherzte Flucht dorthin zwar ein kluger taktischer Schachzug gewesen war, der es ihm erspart hatte, mitten in die Creme der Gesellschaft von Shipley Hall hineinzuplatzen und viele neue Bekanntschaften zu machen, was stets unangenehm ist; sie war jedoch nicht, wie er gehofft hatte, das Ende seiner Absetzbewegungen, sondern nur ein neuer Anfang. Schritte im Stockwerk über ihm deuteten auf die Anwesenheit eines weiteren der viel zu zahlreichen Bewohner von Shipley Hall hin, und in seiner nervösen Verfassung schien es ihm, als bewege sich diese Person auf ihn zu.

Da nun jeden Moment jemand die Treppe herunter- oder heraufkommen konnte, sah er sich gezwungen, in unmittelbarer Nähe einen Zufluchtsort zu suchen, und der einzige, der sich ihm anbot, war das Zimmer, vor dem er stand. Eigentlich widerstrebte es ihm, wieder in ein fremdes Gemach einzudringen, denn der Besuch in dem von Lord Uffenham war ihm noch in lebhafter und äußerst unangenehmer Erinnerung, doch in seiner prekären Situation blieb ihm keine andere Wahl.

Er öffnete die Tür einen Spalt und lugte hinein. Der Raum war leer. Es kam ihm wie ein Wunder vor, daß es in diesem Haus überhaupt noch ein Fleckchen gab, das nicht bereits besetzt war, doch es war tatsächlich der Fall. Er stahl sich ins Zimmer, schloß leise die Tür hinter sich und lauschte abermals.

Es dauerte nicht lange, und er vernahm Schritte, die immer näher kamen. Ihm wurde siedend heiß bei dem Gedanken, daß der rechtmäßige Bewohner dieses Zimmers es ausgerechnet jetzt aufsuchen könnte. Und er hatte sich nicht getäuscht. Nachdem Mr. Trumper alles gehört hatte, was über Emus und Goldfische zu sagen war, hatte er seinen Weg nach oben fortgesetzt. Einen Augenblick war Chimp wie gelähmt; nur seine Augen irrten suchend umher. Plötzlich entdeckte er einen schmalen Kleiderschrank.

Der Anblick dieses Einrichtungsgegenstands war für ihn wie der des Gelobten Landes. Wie wir bereits wissen, hatte Chimp einen Schrankkomplex und fühlte sich außerhalb von Schränken nie so richtig wohl. Dieser Kleiderschrank zog ihn an wie ein Magnet. Er war zwar etwas klein, doch noch nie zuvor, nicht einmal, als er Jeff die Treppe im Halsey Building hocheilen sah, hatte er ein stärkeres

Bedürfnis verspürt, sich wegzuschließen, als in diesem Moment.

Dreißig Sekunden später saß er im Kleiderschrank. Er hätte es auch in zwanzig geschafft, doch hatte er wertvolle Zeit dadurch verloren, daß er erst noch nachsah, ob in der Tür ein Schlüssel steckte. Dort steckte allerdings keiner, und so mußte er ohne ihn hineinkriechen. Er machte es sich gerade einigermaßen bequem in den beengten räumlichen Verhältnissen und hielt die Tür von innen fest, damit sie nicht von allein aufging, als er feststellen mußte, daß seine Eile keineswegs fehl am Platz gewesen war, denn Mr. Trumper betrat fröhlich pfeifend sein Zimmer.

Eustace Trumper war bester Laune. Beim Billard waren ihm aufeinanderfolgend über hundert Karambolagen gelungen, was auch für einen Virtuosen im Umgang mit dem Queue stets ein berechtigter Grund zur Freude ist, und außerdem hatte ihn Mrs. Cork gebeten, ins Dorf zu gehen und Ameiseneier zu besorgen. Diese Tatsache trug in besonderem Maße zu seiner Hochstimmung bei.

Jeder Verliebte freut sich, wenn er der Dame seines Herzens kleine Gefälligkeiten erweisen darf, und Mr. Trumper empfand es als vielversprechend, daß die Frau, die er liebte, auf seine Dienste zurückgriff. Zwölf Jahre lang, seit dem Dahinscheiden ihres Gatten, der sich durch einen Sturz in den Brunnen am Trafalgar Square im Zuge einer feuchtfröhlichen Silvesternacht eine Lungenentzündung geholt und sich von ihr nicht mehr erholt hatte, umwarb er sie nun schon auf seine schüchterne Art, und dieser Botengang gab ihm neue Hoffnung. Die Frau, die heute darum bittet, für sie Ameiseneier zu besorgen, sagt vielleicht morgen schon ja. So zumindest sah Mr. Trumper die Sache.

Weiterhin fröhlich pfeifend entledigte er sich seiner Kleider, wusch sich kurz am Waschbecken und zog sich ein neues Hemd an. Erst als es ans Binden der Krawatte ging, unterbrach er seine musikalische Darbietung, denn dieser Vorgang erforderte seine ungeteilte Aufmerksamkeit. Und ausgerechnet jetzt gelang es Chimp Twist, den schon seit geraumer Zeit ein Fussel an der Nase kitzelte, nicht mehr, ein heftiges Niesen zu unterdrücken. In der Stille des Zimmers wirkte es wie eine Detonation. Mr. Trumper sprang vor Schreck zehn Zentimeter in die Höhe, und als er landete, zitterte er am ganzen Körper. Die Krawatte war ihm aus den Händen geglitten.

Da er bis dahin mit anderen, angenehmeren Gedanken beschäftigt war, hatte er den mysteriösen Schatten, der die Treppe hinaufgehuscht war, völlig verdrängt. Nun kam er ihm wieder zu Bewußtsein, und er erkannte, daß sein erster Verdacht sich bestätigte. Es war zwar sehr ungewöhnlich, daß Einbrecher zu dieser frühen Stunde ihrer Tätigkeit nachgingen, doch die Gestalt, die er gesehen hatte, mußte zu einem Vertreter dieses wenig liebenswerten Berufszweiges gehört haben – allem Anschein nach ein gesundheitsbewußt lebender Räuber, dem die späte Arbeitszeit nicht behagte und der beizeiten sein Tagespensum erledigte, um so früh wie möglich ins Bett zu kommen und den erholsamen Schlaf vor Mitternacht zu nützen.

Seine Überlegungen basierten auf der Tatsache, daß das Geräusch aus dem Kleiderschrank gekommen war. Ehrliche Menschen, so seine Ansicht, verstecken sich nicht in Kleiderschränken, und damit hatte er natürlich völlig recht. Mit der einfachen Frage: »Verstecken Sie sich in Kleiderschränken?« lassen sich in dieser Welt die Schafe von den Böcken scheiden; sie ist die Gretchenfrage. Wer sie mit Ja beantwortet, wird von uns scheel angesehen, und das nicht ohne Grund.

In diesem Punkt war sich Eustace Trumper völlig sicher. Weniger sicher war er sich hingegen bezüglich der Entscheidung, was er als nächstes unternehmen sollte.

Die Menschheit läßt sich ganz grob in zwei Kategorien einteilen – diejenigen, die bei der Entdeckung eines Einbrechers im Kleiderschrank die Tür aufreißen und ihn stellen, und diejenigen, die es unterlassen. Eustace Trumper gehörte zu der zweiten. Was Lord Uffenham zu sofortigem Handeln veranlaßt hätte, bewog ihn nur zu angestrengtem Nachdenken.

Das Beste war natürlich, sich leise an den Schrank heranzuschleichen und den Schlüssel umzudrehen. Einem Einbrecher konnte nichts Dümmeres passieren, als sich in einen Schrank einsperren zu lassen. Aber schon von seinem augenblicklichen Standpunkt aus konnte er sehen, daß kein Schlüssel im Türschloß steckte. Damit war ihm diese Handlungsmöglichkeit verwehrt, und eine Alternative dazu fiel ihm nicht ein – zumindest keine, die ohne Eingehen eines gewissen persönlichen Risikos zu konkreten Ergebnissen geführt hätte.

Als er eine Weile unschlüssig dagestanden hatte, dämmerte ihm ganz allmählich, daß ja noch andere und jüngere Männer im Haus waren und er sich des Risikos, in Unannehmlichkeiten verwickelt zu werden, entledigen konnte, indem er einem von ihnen die Erledigung dieser Angelegenheit übertrug. Eustace Trumper hatte gegen ein persönliches Risiko nichts einzuwenden, vorausgesetzt, jemand anders mußte es tragen, und als diesen Jemand hatte er J. Sheringham Adair auserkoren.

Der große Vorteil bei einem im Haus residierenden Detektiv war, daß man unangenehme Dinge auf ihn abschieben und sehen konnte, wie er damit fertig wurde. Mr. Trumper glaubte zu wissen, daß sich Jeffs Zimmer ein Stockwerk höher befand; ein Hausmädchen, dem er begegnete, als er sich auf den Gang schlich, bestätigte diese Vermutung. Dritte Tür links, hatte der dienstbare Geist gesagt, und dorthin begab er sich nun. Einen Augenblick hatte er daran gedacht, das Mädchen ins Vertrauen zu ziehen und ihm vom Inhalt seines Kleiderschranks zu erzählen, dann aber davon Abstand genommen. Auf Hausmädchen war in einem solchen Notfall bestimmt nicht zu zählen, denn im allgemeinen fehlt es ihnen an Körperkraft und dem nötigen Durchsetzungsvermögen.

Die dritte Tür links war zwar sein Ziel gewesen, doch gelangte er nicht bis dorthin, denn hinter der zweiten Tür auf diesem Gang befand sich das von allen Bewohnern dieses Flügels gemeinsam genutzte Badezimmer, und aus ihm erschallte fröhlicher Gesang. Mr. Trumper erkannte in dem Sänger sofort den Mann, den er suchte. Am Morgen des gestrigen Tages hatte er Jeff nämlich schon einmal, auf dem Spaziergang zwischen den Rhododendren, singen hören, ein Erlebnis, das man nicht so schnell vergißt. Er hielt daher an, beugte sich hinunter zum Schlüsselloch und hauchte: »Äh... hallo!«

Die einzige Reaktion auf seine Bemühungen waren plätscherndes Wasser und die Fortsetzung der Arie. Mr. Trumper war sich zwar bewußt, daß er in dem Bestreben, das Individuum im Schrank im darunterliegenden Stockwerk nicht vorzeitig zu warnen, nur im Flüsterton gesprochen hatte, aber dennoch verärgert darüber, daß man ihm kein Gehör schenkte. Er hielt nichts von Privatdetektiven, die Gesangsdarbietungen gaben, und sah in diesem Verhalten etwas Ungebührliches und eine gewisse Respektlosigkeit gegenüber dem Auftraggeber. Seiner Ansicht nach wird ein Detektiv nicht engagiert, damit er sich wie ein Kanarienvogel aufführt.

Aus diesem Grund versuchte er noch einmal, diesmal etwas lauter und energischer, auf sich aufmerksam zu machen. »Mr. Adair.«

Wieder kam keine Antwort.

»Mr. Adair!«

Endlich war ihm mehr Erfolg beschieden. Eine vergnügte Stimme rief: »Ja bitte?«

»Hier ist Trumper, Mr. Adair.«

»Es dauert nicht mehr lange.«

»Ich will kein Bad nehmen –«

»Ach so. Ich komme gleich. Entschuldigen Sie einen Augenblick. Muß noch etwas meine Stimmbänder trainieren.«

Mr. Trumpers Hoffnungen auf Unterstützung waren geschwunden. Auch wenn es ihm gelang, den Badenden von seiner Kehlkopfakrobatik abzuhalten und ihm die Situation zu schildern, würde es wohl noch einige Zeit dauern, bis er sich abgetrocknet und angezogen hatte und sich mit dem Einbrecher befassen konnte. Es gibt zwar nichts Besseres als ein erfrischendes Bad, um einen jungen Mann für die Begegnung mit einem Kriminellen zu rüsten, doch Mr. Trumper wünschte sich jemanden, der gestiefelt und gespornt bereitstand. Unter den gegebenen Umständen war keine Zeit zu verlieren.

In diesem Moment kam Lionel Green, in einen knallbunten Bademantel gehüllt und mit Badetuch und Waschzeug bewaffnet, aus der vierten Tür. Er würdigte Mr. Trumper, den er nicht leiden konnte, nur eines kurzen Blickes. »Abend«, grüßte er ihn knapp.

Er versuchte die Tür zum Badezimmer zu öffnen, fand sie allerdings verschlossen und verlieh seinem Mißfallen darüber hörbaren Ausdruck. Es widerstrebte ihm zwar, ein Stockwerk tiefer zu gehen und dort das Badezimmer zu benützen, doch er machte sich auf den Weg dahin.

Mr. Trumper folgte ihm. »Lionel, einen Moment«, rief er ihm nach. »Einen Moment. Ich muß mit Ihnen sprechen.«

Siebzehntes Kapitel

Daß Lionel Green Mr. Trumper nicht leiden konnte, lag daran, daß er ihn verdächtigte, ihm im Auftrag seiner Tante nachzuspionieren, und ihn für den Informanten hielt, der ihr zugetragen hatte, daß er ab und an im Crown's Inn einen Imbiß zu sich nahm. Er versuchte daher nicht, seine Verärgerung darüber zu verbergen, daß ihm dieser Giftzwerg seine Zeit stehlen wollte. »Was gibt's?« fragte er ungehalten.

Mr. Trumper registrierte den wenig freundlichen Ton, doch angesichts der Dringlichkeit der Angelegenheit beschloß er, sich nicht daran zu stoßen. »Lionel, es ist etwas Ungeheuerliches geschehen. In meinem Kleiderschrank ist ein Einbrecher.«

Lionel zog die Augenbrauen hoch. »Ein Einbrecher?«

»Ja, ein Einbrecher.«

»Ein Einbrecher in Ihrem Kleiderschrank?«

»Jawohl.«

»Das kann nicht sein.«

»Doch.«

»Unsinn. Das bilden Sie sich nur ein.«

Das Gefühl schwindender Hoffnung und der Eindruck, nicht beachtet zu werden, dessen er sich bereits während seiner Unterhaltung mit Jeff nicht hatte erwehren können, drängten sich Mr. Trumper abermals auf. Dies war nicht das Mitgefühl und die Hilfsbereitschaft, die er erwartet hatte. »Ich habe es mir nicht eingebildet«, widersprach er ungehalten. »Ich habe ihn gehört.«

»Wie gehört?«

»Was meinen Sie mit ›wie gehört‹?«

»Was hat er denn gemacht, daß Sie ihn gehört haben?«

»Er hat ein Geräusch gemacht.«

»Was für ein Geräusch?«

Diese Frage veranlaßte Mr. Trumper, sein Gedächtnis zu erforschen. Bis dahin hatte er nämlich noch nicht den Versuch unternommen, das ungewöhnliche Geräusch aus seinem Kleiderschrank zu analysieren. Gezwungen, es irgendwie zu beschreiben, entschloß er sich, es nachzuahmen, nur um festzustellen müssen, daß ihn sein Gesprächspartner ungläubig anstarrte.

»So kann es nicht geklungen haben«, entschied Lionel. »Ein solches Geräusch gibt es nicht.«

In seiner Verzweiflung und Verärgerung schien Mr. Trumper in die ersten Schritte eines Stammestanzes zu verfallen. »Hängen Sie sich doch nicht daran auf, wie es geklungen hat«, schrie er erregt. »Was spielt das denn für eine Rolle, wie es geklungen hat? Wichtig ist doch nur, daß da jemand in meinem Kleiderschrank ist, der ein Geräusch gemacht hat. Welches Geräusch er genau gemacht hat, ist doch völlig unwichtig.«

»Woher wissen Sie denn, daß jemand im Kleiderschrank ist?«

»Ich habe Ihnen doch schon die ganze Zeit gesagt, daß das Geräusch aus dem Kleiderschrank kam.«

»Wahrscheinlich kam es draußen vom Gang.«

»Das Geräusch kam aus dem Kleiderschrank, wenn ich's Ihnen sage.«

»Sie glauben, daß es aus dem Kleiderschrank kam«, verbesserte ihn Lionel. »Haben Sie in den Schrank geschaut?«

»Nein.«

»Warum nicht?«

»Ich – äh – fühlte mich nicht dazu berechtigt. Das ist eine Aufgabe für jüngere Männer.«

Wieder hob Lionel die Augenbrauen. »Wollen Sie damit sagen, daß ich es tun soll?«

»Ja, das will ich.«

»Ich werde es aber nicht tun. Ich habe keine Zeit dazu. Sie wissen ja selbst, wie ungehalten Tante Clarissa ist, wenn jemand zu spät zum Essen kommt. Ich werde es gerade noch schaffen, ein Bad zu nehmen.«

»Sie haben Angst!« rief Mr. Trumper, alle Höflichkeit vergessend.

»Ach was!« erwiderte Lionel, drehte sich um und ging weiter.

Mr. Trumper stand, vor Wut schäumend, wie angewurzelt an seinem Platz. Allein Lionels Benehmen hätte genügt, ihn bis zur Weißglut zu reizen, ansonsten empfand er nur Verachtung für diesen jungen Schnösel. Er war überzeugt, daß die Begründung, die er ihm für seine Weigerung zu helfen genannt hatte, nicht die richtige war. Mrs. Cork mochte ihren Neffen, das wußte er, doch festigte sich in ihm die Überzeugung, daß dieser Neffe kein gestandenes Mannsbild war und sehr schnell kalte Füße bekam.

Er kochte immer noch hilflos vor sich hin, als Anne die Treppe herunterkam. Privatsekretärinnen haben gewöhnlich ein kleines Zimmer irgendwo unter dem Dach.

»Hallo, Mr. Trumper«, sprach sie ihn an. »Sie sehen so besorgt aus. Was ist denn los mit Ihnen?«

Für Mr. Trumper bedeutete ihr Erscheinen eine deutliche Verbesserung seiner Gemütsverfassung. Er glaubte zwar nicht, daß sie ihm in irgendeiner Weise tatkräftig an die Hand gehen würde, denn Privatsekretärinnen zählten seiner Ansicht nach wie Hausmädchen zu den Wesen mit sehr geringem Mut zur Tat, doch würde sie ihm zuhören und mit ihm fühlen, und ein mitfühlender Zuhörer war genau das, was er brauchte. Bisher war er nur auf einen Badewannentenor mit tauben Ohren und einen arroganten Feigling getroffen, der sich seinen Pflichten entzog mit dem lächerlichen Hinweis auf die Verärgerung der Tante, wenn er zu spät zum Abendessen käme.

»Ach Miss Benedick! Ich möchte Ihnen keinen Schrecken einjagen, aber in meinem Kleiderschrank ist ein Einbrecher.«

Er hatte nicht vergeblich auf ihre weibliche Anteilnahme gehofft. Anne sah ihn mit großen Augen an. Endlich geschieht mal etwas Aufregendes in Shipley Hall, dachte sie. »Ein Einbrecher?«

»Ja.«

»Woher wissen Sie das?«

»Ich habe ihn gehört.«

»War es vielleicht nur eine Sinnestäuschung?«

Für einen Mann, der von einem im Kleiderschrank sitzenden Einbrecher erzählt, besteht ein gewaltiger Unterschied zwischen dieser Frage und der lapidaren Feststellung, er habe sich alles nur eingebildet.

»Ich versichere Ihnen, ich habe mich nicht getäuscht. Er hat ein Geräusch von sich gegeben.«

»Was für ein Geräusch denn?«

Als Lionel Green diese Frage stellte, war Mr. Trumper erbost darüber gewesen und möglicherweise aus diesem Grund als Imitator eines niesenden Einbrechers gescheitert. Sein jetziger, nochmaliger

Versuch war um einiges gelungener. Man konnte zwar immer noch nicht erkennen, um welches Geräusch es sich handelte, doch fehlte ihm diesmal das Element des Unwirklichen, das Lionel in seiner Skepsis bestärkt hatte, und es klang zumindest einigermaßen real.

Anne wirkte nachdenklich. »Sie glauben also nicht, daß es eine Katze gewesen sein könnte?«

»Wieso eine Katze?«

»Weil Katzen so schreien, wenn man ihnen aus Versehen auf den Schwanz tritt. Aber natürlich sind Sie nicht auf die Katze getreten«, fügte Anne besänftigend hinzu, denn sie sah, daß ihr Gesprächspartner keine weiteren Zweifel an seiner Schilderung würde ertragen können.

Mr. Trumper griff sich an den Kopf. Einen Augenblick lang hatte er das alptraumhafte Gefühl, als wolle er sich in einen Abgrund stürzen und könne sich nicht von dieser Tat abhalten, obwohl ihm die schrecklichen Konsequenzen in aller Deutlichkeit bewußt waren. »Hätten Sie etwas dagegen, wenn wir nun nicht mehr über Katzen sprechen?« bat er weinerlich. »Dadurch werden wir nur von der Hauptsache abgelenkt. Miss Benedick, ich versichere Ihnen feierlich, daß ein Mann in meinem Kleiderschrank ist. Ich habe ihn«, ergänzte er, und sein Gesicht hellte sich plötzlich auf, denn nun war ihm klar, wie er den entscheidenden, noch fehlenden Beweis für seine Geschichte beibringen konnte, »sogar gesehen.«

»Sie haben im Kleiderschrank nachgesehen?«

Mr. Trumper schüttelte den Kopf. Er erkannte, daß ihm der Verlust gerade eben gewonnenen Terrains drohte.

»Nein. Ich beziehe mich auf einen früheren Zeitpunkt«, beeilte er sich, die Dinge richtigzustellen. »Als ich aus dem Billardzimmer kam, sah ich den Schatten eines Mannes sehr schnell die Treppe hochlaufen.«

»Nein wirklich?« Anne schien beeindruckt. Das hörte sich nun endlich glaubhaft an. »Was haben Sie dann gemacht?«

»Nichts. Er war weg wie der Blitz, und ich vermutete natürlich, daß es sich um einen Gast des Hauses handelte. Aber nun bin ich davon überzeugt, daß es der Einbrecher war. Nachdem er die Treppe hochgerannt war, muß er sich in meinem Zimmer versteckt haben.«

»Im Kleiderschrank versteckt?«

»Genau das meine ich.«

»Was geschah, als Sie dieses Geräusch hörten?«

»Ich war völlig überrascht und ein wenig erschrocken.«

»Sie sind also nicht zum Schrank und haben nachgesehen?«

Mr. Trumper war offensichtlich nicht wohl in seiner Haut bei diesem Gedanken. »Nein, ich habe nicht nachgesehen.«

»Ich frage mich, ob er noch dort ist.«

»Daran besteht kein Zweifel. Wenn er das Zimmer verlassen hätte, hätte ich ihn gesehen.«

»Dann ist wohl das Naheliegendste, daß wir die Meute zusammentrommeln«, schlug Anne vor.

»Wie bitte?«

»Wenn wir uns Verstärkung holen, ein, zwei kräftige Männer. Wie wär's mit Mr. Adair?«

»Ich habe bereits versucht, ihn zu holen, aber er war im Bad und sang, und ich konnte mich ihm nicht verständlich machen. Und als ich Lionel Green darauf ansprach, tat er so, als glaube er mir nicht. In Wirklichkeit hatte er aber nur Angst.«

Anne zuckte zusammen. »Nein!«

Mr. Trumper blieb bei seiner Aussage. »Angst hatte er, schreckliche Angst. Er wollte mit der Sache überhaupt nichts zu tun haben und schlich einfach davon.«

Anne biß sich auf die Lippe. Es ist äußerst unangenehm für eine mutige junge Frau, wenn sie feststellen muß, daß dem Mann, mit dem sie sich verlobt hat, gerade die Eigenschaft fehlt, die sie an Männern so bewundert. Sie hätte viel dafür gegeben, wenn sie die von Mr. Trumper geäußerte Unterstellung hätte zurückweisen können; doch sie wußte, daß dies nicht möglich war. Sie erinnerte sich an die Sache mit der ausgestopften Antilope. Der Mann, der sich weigert, in das Arbeitszimmer seiner Tante zu gehen und in einem ausgestopften Antilopenkopf etwas zu suchen, schiebt auch nichtige Gründe vor, um nicht einen Einbrecher aus einem Kleiderschrank holen zu müssen.

Wie schon zuvor, so kam ihr auch diesmal wieder der fürchterliche Verdacht, daß Lionel nicht der war, für den sie ihn hielt, sondern das genaue Gegenteil davon. Sie versuchte, diesen Gedanken zu verdrängen, aber es gelang ihr nicht ganz. Der Stachel saß zu tief in ihrem Herzen.

»Der Kerl ist ein Feigling«, setzte Mr. Trumper seine Beschimpfung fort. »Und außerdem hat er mich in eine unangenehme Lage gebracht. Ich möchte mich fertig anziehen, und wie kann ich das, wenn jeden Moment ein Einbrecher aus dem Kleiderschrank steigen kann?«

Anne hatte Verständnis für diese berechtigte Klage. Unter solchen Umständen war es jemandem, der auf korrekte Kleidung achtete, nicht möglich, sich fein zu machen. Sie überlegte. »Sie sagten, Mr. Adair sei noch im Bad?«

»Ja. Er versicherte mir zwar, es werde nicht mehr lange dauern, doch drängte sich mir der Eindruck auf, er wolle noch geraume Zeit in der Wanne plätschern. Jedenfalls können wir nicht so lange warten, bis er sich abgetrocknet und angezogen hat. Ich wünsche, daß sofort etwas unternommen wird. Meine Krawatte ist noch im Schlafzimmer, desgleichen mein Jackett. Außerdem habe ich mich noch nicht kämmen können.«

Anne nickte und dachte weiter nach, wie die kleinen Falten auf ihrer Stirn bewiesen.

»Ich weiß, was wir tun können«, sagte sie schließlich. »Wir gehen zu Mrs. Cork.«

Diese Idee traf Mr. Trumper ziemlich unvorbereitet. »Mrs. Cork?« wiederholte er und ließ sich den Vorschlag durch den Kopf gehen. Er vertrat den Standpunkt, Frauen sollten aus solchen Sachen herausgehalten werden.

»Ja, ich weiß, sie ist nur eine Frau«, wandte Anne ein, als könne sie seine Gedanken lesen. »Aber spielt das eine Rolle – ich meine, wo sie doch eine so außergewöhnliche Frau ist?«

Mr. Trumper konnte ihr in diesem Punkt nicht widersprechen.

»Nach dem, was sie alles schon erlebt hat, ist das doch genau ihr Fall«, fuhr Anne fort. »Manchmal kommt es mir so vor, als hätte sie die letzten Jahre hauptsächlich damit verbracht, Löwen, Leoparden, Kannibalen und was sonst noch alles aus ihrem Zelt zu verscheuchen.«

Eustace Trumper mußte ihr beipflichten. Mrs. Cork hatte ihn schon oft mit ihren fesselnden Berichten über ihre Abenteuer in der Wildnis in ihren Bann geschlagen und in ihm den Eindruck erweckt, als sei ihr Zelt auf den Expeditionen zumindest zeitweise so etwas wie ein Treffpunkt alles Schrecklichen gewesen. Fast sah es so aus, als hätten die Löwen zueinander gesagt: »Kommt, laßt uns mal bei der Cork vorbeischauen«, wenn sie am Abend nichts Besseres vorhatten. Und gleiches galt auch für Kannibalen und Leoparden.

»Sie haben völlig recht«, ließ sich Mr. Trumper vernehmen. Er war erfreut, daß sich für das Problem, das unüberwindlich schien, eine Lösung anbahnte. »Ich schlage vor, wir gehen sofort zu ihr.«

»Auf in den Kampf!« rief Anne gutgelaunt.

Achtzehntes Kapitel

Die Suite von Mrs. Cork befand sich im ersten Stock und umfaßte ein riesiges Schlaf- und ein ebenso großes Wohnzimmer. Die Großwildjägerin lebte auf ihren Safaris zwar in einfachsten Verhältnissen, doch wenn es die Umstände erlaubten, gönnte sie sich auch einigen Luxus. Seitdem sie Herrin von Shipley Hall geworden war, hatte sie versucht, sich mit schönen und teuren Dingen zu umgeben, und es war ihr gelungen. Hätte ein Leopard sie hier in ihrem neuen Quartier besucht, wäre er an der Türschwelle stehen geblieben und hätte sich, eine Entschuldigung stammelnd, schnell wieder zurückgezogen.

Mrs. Cork hatte ihre Toilette schon lange beendet, als sich Anne und Mr. Trumper entschlossen, zu ihr zu gehen, denn sie machte wenig Aufhebens um ihre äußere Erscheinung. Sie saß nun in einem Sessel und schmökerte in ihrem Lieblingsbuch *Eine Frau in der Wildnis.* Sie war gerade dabei, sich, wie es bei Schriftstellern, die ihre eigenen Werke lesen, häufiger geschieht, zu der gelungenen Darstellung zu beglückwünschen, als es an der Tür klopfte und Anne, gefolgt von Mr. Trumper im Hemd, das Zimmer betrat.

Sie sah ihn verwundert an. Mr. Trumper gehörte zu den Männern, die stets dem Anlaß entsprechend korrekt gekleidet waren; ohne Jackett und Krawatte wirkte er fast wie ein Nudist. Clarissa Cork kam es so vor, als wäre er beim Baden überrascht worden. »Eustace!« rief sie.

Mr. Trumper errötete ob des Tadels, der in ihrer Stimme lag. Es war nicht notwendig, daß sie ihn auf seine ungewöhnliche Aufmachung hinwies. »Ich weiß, Clarissa, ich weiß. Aber wenn Sie die näheren Umstände erfahren –«

Anne kam ihm zu Hilfe. »In Mr. Trumpers Kleiderschrank ist ein Einbrecher, Mrs. Cork.«

»Ein Einbrecher?«

»Ja«, bestätigte Mr. Trumper und fragte sich, ob es auf der Welt wohl einen Menschen gebe, der, wenn er ihm von dem Einbrecher in seinem Kleiderschrank erzählte, nicht die Frage: »Ein Einbrecher?« stellte.

Mrs. Corks Interesse war geweckt. »Haben Sie ihn gesehen?«

»Nun ja«, Mr. Trumper druckste herum. »Ja und nein.«

Mrs. Cork begann, was die Ermittlung der Tatsachen betraf, mit Schwierigkeiten zu rechnen. »Erzählen Sie mir die ganze Geschichte«, forderte sie ihn deshalb auf, »und zwar von Anfang an.«

»Und vergessen Sie keine Einzelheit, und sei sie für Sie auch noch so unwichtig«, fügte Anne hinzu. »Besonders nicht das seltsame Geräusch.«

Mr. Trumper versicherte ihr, daß er das seltsame Geräusch in seiner Schilderung nicht vergessen werde. Es kam ihm so vor, als werde er es nie vergessen können, als würde es ihn für den Rest seines Lebens in seinen Träumen verfolgen und im Laufe der Jahre immer lauter werden.

»Er hat ein seltsames Geräusch von sich gegeben?« erkundigte sich Mrs. Cork, als hätte sie dieses Faktum veranlaßt, die Angelegenheit ernster zu nehmen. »Was für ein Geräusch?«

Übung macht den Meister. Diesmal gelang Mr. Trumper eine so realistische Nachahmung, daß seine beiden Zuhörerinnen zu der Überzeugung kamen, daß dieses Geräusch von einem Menschen verursacht worden sein mußte.

»So, so«, meinte Mrs. Cork nach kurzem Nachdenken. »Ich glaube, der Mann muß so etwas wie einen Anfall gehabt haben. Sie waren erschrocken, vermute ich?«

»Sehr sogar, Clarissa. Mir blieb beinahe das Herz stehen.«

Mrs. Cork empfand ein gewisses Mitleid mit dem kleinen Mann. Der jahrelange Umgang mit einheimischen Trägern und die damit verbundene Notwendigkeit, dauernd darauf zu achten, daß sie keinen Unfug anstellten, hatten dazu geführt, daß sie nach außen herrisch und rücksichtslos wirkte, doch unter dieser rauhen Schale verbarg sich ein weicher Kern, und diesen weichen Kern rührte Eustace Trumper mit schöner Regelmäßigkeit an. Er erschien ihr, genau wie Dolly Molloy Lord Uffenham, schwach und zerbrechlich. Verärgerung über den Eindringling, der ihn erschreckt hatte, erfüllte ihre Brust. Sie ging hinüber zum Sekretär und holte aus einer Schublade einen Revolver, den besten Freund einer Frau in der Wildnis. »Und das Geräusch kam aus dem Kleiderschrank?« fragte sie noch einmal, nachdem sie sich vergewissert hatte, daß die Waffe geladen war.

»Aus dem Kleiderschrank, Clarissa.«

»Mr. Trumper nimmt an, daß der Mann sich dort versteckt hat, nachdem er die Treppe hochgerannt ist«, ergänzte Anne. »Sie sagten doch, Sie hätten kurz vorher jemand die Treppe hochhuschen sehen, dem aber keine Bedeutung zugemessen, nicht wahr, Mr. Trumper?«

»Richtig. Aus diesem Grund sagte ich, als Sie mich fragten, ob ich ihn gesehen hätte, ja und nein. Ich bin mir immer noch nicht sicher, ob es sich um eine und dieselbe Person handelt, doch scheint es keine andere Erklärung zu geben.«

»Mr. Trumper kam aus dem Billardzimmer –«

»Genau. Ein Mann rannte die Treppe hoch, und gleich darauf sind Sie mit Mrs. Barlow in die Halle gekommen.«

»Sie konnten nicht erkennen, wer es war?«

»Es war niemand, den ich kenne. Soweit ich es in der Kürze der Zeit beurteilen konnte.«

Mrs. Cork überlegte. »Könnte es Mr. Adair gewesen sein? Er hat die Angewohnheit, die Treppen hochzurennen«, sagte sie, ihre Mißbilligung nicht verhehlend. Wie Mr. Trumper hatte sie sehr genaue Vorstellungen davon, wie sich ein Detektiv verhalten sollte. Nach Mr. Trumpers Ansicht sollte er nicht im Bad singen, und nach der von Mrs. Cork sollte er sich in bewohnten Gegenden an Geschwindigkeitsbegrenzungen halten.

»Nein, Mr. Adair war es nicht.«

»Vielleicht war es Cakebread?«

»Ich bezweifle, daß er so schnell die Treppe hochlaufen würde.«

»Das ist wahr. Dann muß es wohl ein Einbrecher gewesen sein. Was aber ein Einbrecher um diese Tageszeit hier im Haus zu suchen hat, ist mir ein Rätsel.«

Wieder verbarg sie ihre Mißbilligung nicht, aber das war ja auch nur natürlich bei einer Frau mit so festen Ansichten. Selbst im wildesten Afrika hatte sie sich darauf verlassen können, ihr Zelt bis Sonnenuntergang für sich allein zu haben. Kein Leopard mit noch so schlechten Manieren hätte es sich einfallen lassen, sie vor dieser Zeit zu besuchen.

»Wir sollten uns die Sache einmal ansehen. Bleiben Sie hinter mir, Eustace.«

»Wie Sie wünschen, Clarissa.«

»Das ist alles höchst ärgerlich«, bemerkte Mrs. Cork. »Man dürfte doch erwarten können, hier in Kent vor solchen Überraschungen sicher zu sein.«

Ein Stirnrunzeln verdüsterte immer noch ihre Miene, als sie an der Spitze des kleinen Zuges den Gang entlangschritt. Anne empfand bei der Entschlossenheit, die ihre Haltung und der feste Griff verrieten, mit dem sie den Revolver hielt, fast ein wenig Mitleid mit dem unbekannten Übeltäter.

Wenn es sich bei ihm nicht um einen mit geringen geistigen Fähigkeiten ausgestatteten Vertreter seines Berufszweiges handelte, so Annes Überlegung, dann mußte er schon längst erkannt haben, daß ihm das Glück an diesem Abend nicht hold war. Trotz ihrer gesunden Neugier hoffte sie, daß der Mann so vernünftig gewesen war, sich aus dem Staub zu machen.

Doch Chimp Twist hatte sich nicht aus dem Staub gemacht. Er saß immer noch zusammengekauert im Kleiderschrank wie die Made im Apfel. Auch wenn sich jemand gern in einem Kleiderschrank versteckt, so hat doch dieser Zufluchtsort für ihn den großen Nachteil, daß es ihm nur schlecht möglich ist festzustellen, was draußen vor sich geht. Daß nach seinem Niesen die Tür nicht sofort aufgerissen worden und seit einiger Zeit kein Geräusch im Zimmer zu hören war, konnte sich Chimp nur mit dem glücklichen Umstand erklären, daß er das Zimmer eines Gehörgeschädigten aufgesucht hatte. Nur wer derartig behindert war, hatte sein Niesen nicht wahrnehmen können; daß jemand, der es gehört hatte, seine natürliche Neugier so weit bezähmen und seiner Ursache nicht auf den Grund gehen könnte, kam ihm überhaupt nicht in den Sinn.

Er durfte also vermuten, daß dieser Jemand seine Toilette irgendwann beenden und dann hinunter zum Essen gehen würde. In der Zwischenzeit blieb ihm nichts anderes übrig, als zu warten, bis der Gong ihm die Erlaubnis gab, seinen Zufluchtsort zu verlassen. Um sich die Zeit zu vertreiben, ließ er noch einmal vor seinem geistigen Auge Revue passieren, was sich in den letzten Stunden ereignet hatte.

Für ihn stand einwandfrei fest, daß er durch die Geschichte, die ihm Soapy im Gasthaus erzählt hatte, in eine Falle gelockt worden war. Daß Lord Uffenham über seinen Besuch informiert gewesen war und ihm aufgelauert hatte, beseitigte jeden Zweifel daran. Er konnte nun alle Einzelheiten dieses teuflischen Plans nachvollziehen, als wären sie ihm von den Molloys selbst dargelegt worden, und je genauer er das feingestrickte Netz betrachtete, in dem er sich verfangen hatte, desto größer wurde sein Groll.

Chimp Twist hatte überhaupt nichts gegen eine kleine Schummelei unter Freunden einzuwenden, denn es war bei geschäftlichen Transaktionen, bei denen es um hohe Summen ging, nur verständlich, daß die Beteiligten ihre Interessen zu wahren versuchten. Ihn aber in eine Lage zu bringen, in der er in einem kleinen Schlafzimmer auf jemand wie Lord Uffenham traf, war eine ganz andere Sache.

Sein Groll richtete sich hauptsächlich gegen Dolly; nur ihrem Gehirn konnte dieser gemeine Plan entsprungen sein. Chimp ließ sich von niemandem irre machen in seiner Bewunderung für Soapy und seine Begabung, noch so schwierigen Kunden wertlose Ölaktien zu verkaufen, aber er wußte auch, daß Soapy nie in der Lage sein würde, sich eine solche Gemeinheit auszudenken. Der ganze Plan verriet die Handschrift einer Frau, und diese Tatsache genügte, ihn, der noch nie viel vom weiblichen Geschlecht gehalten hatte, einen weiteren Schritt tun zu lassen auf dem Weg zum eingefleischten Frauenfeind.

Er stellte sich gerade vor, welches Paradies die Welt ohne Frauen wäre, und hoffte, nie mehr mit einer reden zu müssen, ausgenommen vielleicht ab und zu mit einer Barfrau, als er so abrupt aus seinen Träumen von einem Eden ohne Evastöchter gerissen wurde, daß er sich den Kopf an der Schrankwand stieß.

»Kommen Sie heraus!« befahl ihm eine tiefe Stimme, die er aber dennoch ohne Schwierigkeiten als eine weibliche erkennen konnte.

Neunzehntes Kapitel

In der nach dieser unmißverständlichen Aufforderung eintretenden Stille war nur das wild klopfende Herz von Mr. Trumper zu hören. Es war nur zu einem geringen Teil Angst, die es schneller schlagen ließ; den viel größeren Anteil hatte die plötzlich in ihm erwachte Bewunderung für die furchtlose Frau, hinter der er stand. Es war das erste Mal, daß er Mrs. Cork in voller Aktion sah. Berichte von weiblichen Heldentaten beeindrucken uns zwar, doch nie so stark wie der mit eigenen Augen wahrgenommene Anblick der Heldin bei der Tat.

Erst jetzt erkannte Eustace Trumper die ganze Größe von Clarissa Cork. Sie war eine wundervolle Frau, und er wartete gespannt auf die Reaktion des unsichtbaren Missetäters.

Sie erfolgte nicht sogleich. Chimp Twist war, obwohl viele seiner Bekannten gern erst einen Beweis dafür gefordert hätten, auch nur ein Mensch, und ein Charakteristikum des Menschen, das sich in aussichtsloser Lage zeigt, ist die Hoffnung. Es konnte ja durchaus möglich sein, daß dieser Befehl nicht ihm galt. Chimp erinnerte sich daran, daß Hunde gelegentlich in fremde Zimmer laufen und von ihren Frauchen dann aufgefordert werden herauszukommen. Er blieb also dort, wo er war, und hielt den Atem an.

Mrs. Cork schätzte seine Zurückhaltung nicht. Ihre Geduld verlangte nach unverzüglicher Befolgung ihrer Aufforderungen.

»He, Sie da im Schrank. Ich bin Mrs. Cork, die Besitzerin dieses Hauses. Wenn Sie nicht in drei Sekunden herauskommen, werde ich schießen.«

Die Art und Weise, wie sie ihr Anliegen vorbrachte, war recht förmlich, doch läßt sich eine gewisse Steifheit bei Anlässen wie diesem wohl nicht vermeiden. Wichtig war nur, soweit es Chimp betraf, daß sie ihre Absichten unmißverständlich zum Ausdruck gebracht hatte und er dadurch von der Notwendigkeit schnellen Handelns überzeugt wurde. Drei Sekunden sind ein äußerst knapp bemessener Zeitraum, um aus einem Kleiderschrank herauszuklettern, doch für Chimp genügte er. Er sprang wie von der Tarantel gestochen aus seinem Versteck, und Mrs. Cork visierte ihn streng über den Revolver an.

»Das ist schon besser«, begrüßte sie sein promptes Erscheinen. »Was soll das alles?«

Wenn sie die gleiche Frage – selbstverständlich in dem jeweiligen Stammesdialekt – Kannibalen gestellt hatte, die sie in ihrem Zelt entdeckt hatte, waren diese stets so perplex gewesen, daß ihnen kein Laut über die Lippen kam und sie nicht wußten, in welche Richtung sie schauen sollten. Im vorliegenden Fall hatte sie es jedoch mit einem nicht so leicht zu verblüffenden und intelligenten Mann zu tun. Chimp Twist hatte in seinem Leben schon zu viele brenzlige Situationen durchstehen müssen, als daß er noch schnell in Panik geriet. Die Zeit, die ihm zum Überlegen zur Verfügung gestanden hatte, war sehr kurz gewesen, doch hatte sie ihm genügt, um einen Ausweg aus seinem Dilemma zu finden. »Sehr erfreut, Sie kennenzulernen, Mrs. Cork«, sagte er wohlerzogen. »Ich hoffe, Sie und Ihre Begleiter nicht allzu sehr erschreckt zu haben.«

Daß ein entdeckter Einbrecher so freundliche Begrüßungsworte von sich gibt, ist nicht üblich, und Mrs. Corks unverändert starrer Blick zeigte, was sie davon hielt. Sie wollte den Eindringling schroff zurechtweisen, doch ließ er sie nicht zu Wort kommen. »Hätte meine Ankunft natürlich vorher bei Ihnen ankündigen sollen, wollte jedoch erst noch ein paar Takte mit dem Kerl reden.«

»Mit mir?« rief Mr. Trumper erstaunt.

»Nicht mit Ihnen«, stellte Chimp, immer noch die Freundlichkeit in Person, richtig. »Mit dem Kerl, der hier herumläuft und sich für mich ausgibt. Mrs. Cork, hier vor Ihnen steht der richtige J. Sheringham Adair. Ich hörte, Sie wollten meine Dienste in Anspruch nehmen. Traf zufällig vor ein paar Tagen einen alten Freund, Mr. Molloy, und der hat es mir erzählt. Er hat mir aber noch etwas sehr Interessantes verraten: daß hier nämlich ein komischer Vogel herumschwirrt, der sich J. Sheringham Adair nennt und behauptet, mir die Detektei abgekauft zu haben. Das hat mich natürlich stutzig gemacht. Wer der Kerl ist und was hier gespielt wird, weiß ich nicht. Nach Aussage von Molloy wurde er von einer Miss Benedick engagiert, die Sie zu mir geschickt haben. Ich würde mich später gern einmal mit ihr unterhalten.«

»Hier ist sie schon.« Mit diesen Worten zeigte Mr. Trumper auf Anne, bei der ein aufmerksamer Beobachter in den letzten Minuten

Anzeichen innerlicher Unruhe bemerkt hätte.

»Guten Abend, Miss Benedick.«

»Guten Abend.«

»Schönes Wetter heute.«

»Sehr schönes.«

»Hoffe nur, daß es noch ein bißchen hält. Und nun, Miss Benedick«, fuhr Chimp fort, »erzählen Sie mir doch mal, was passiert ist, als Sie in mein Büro kamen. Dieser Kerl war schon dort, vermute ich. Was hat er gemacht?«

»Er saß am Schreibtisch.«

»Der hat vielleicht Nerven. Und er hat sich Ihnen als J. Sheringham Adair vorgestellt?«

»Ja.«

»Und was dann?«

»Dann habe ich ihm erklärt, weshalb ich gekommen bin.«

»Nun, da haben wir's, Mrs. Cork. So war es also, und deswegen bin ich hier. Ich wollte mir den Knaben mal vorknöpfen. Vielleicht ist er ein Dieb, der das Haus ausbaldowern will, vielleicht aber nur ein Witzbold, der sich aus irgendeinem Grund für mich ausgibt. Ich weiß es noch nicht. Wenn er es nur aus Spaß gemacht hat, dann werd' ich nicht so hart mit ihm umspringen«, versicherte Chimp großmütig. »Wir werden ihn natürlich rauswerfen müssen, aber was mich betrifft, werd' ich keine weiteren Konsequenzen ziehen.« Er lächelte Mrs. Cork an, mußte jedoch zu seinem Leidwesen feststellen, daß sich ihr steinerner Blick nicht verändert hatte.

»Das alles«, begann sie frostig und hob kurz den Revolver, um zu zeigen, daß sie ihn noch immer in der Hand hielt, »genügt nicht als Erklärung, weshalb Sie hier im Haus herumschleichen und sich im Kleiderschrank von Mr. Trumper versteckt haben. Sie haben ihn fürchterlich erschreckt.«

»Ja, das haben Sie«, pflichtete Mr. Trumper bei.

»Ist das *Ihr* Zimmer? Ach du liebes Bißchen! Ich dachte, es wäre das von diesem Hochstapler.«

Mrs. Cork blieb hart. »Warum?«

»Wie bitte?«

»Was brachte Sie auf den Gedanken, das Zimmer gehöre dem Hochstapler, wie Sie ihn nennen?«

»Ich habe herumgefragt, Erkundigungen eingezogen, wie wir Detektive es eben machen. Ich wollte aus dem Schrank springen und ihn überraschen. Es sieht so aus, als wäre ich falsch informiert worden. Na so was! Entschuldigen Sie, Mr. Trumper, daß ich Sie erschreckt habe.«

»Nicht der Rede wert.«

»Es war keinesfalls meine Absicht.«

»Schon gut, schon gut«, wehrte Mr. Trumper ab, gerührt über so viel Besorgtheit um seine Person. Im Gegensatz zu Mrs. Cork hegte er keinerlei Zweifel am Wahrheitsgehalt von Mr. Twists Geschichte, und er bereute bereits, daß er diesen unbescholtenen Privatdetektiv in falschem Verdacht gehabt hatte.

»Trumper«, sagte Chimp nachdenklich. »Es gab da mal einen Trumper, dem ich wichtige Unterlagen wiederbeschaffen mußte. Ein Verwandter von Ihnen?«

»Halte ich für unwahrscheinlich. Nur ganz wenige meiner Verwandten leben noch. Zwei Vettern in Oxford.«

»Ein schönes Städtchen.«

»Ich habe dort studiert.«

»Wirklich? Der geheime Wunsch eines jeden Studenten bei uns in den Staaten.«

»Sie sind aus den USA? Ich war noch nie jenseits des großen Teiches.«

»Sollten Sie aber unbedingt nachholen.«

»Ich war schon oft nahe daran.«

»Dann schieben Sie es nicht länger auf.«

Während dieses höflichen Wortgeplänkels hatten sich die Falten auf Mrs. Corks Stirn vertieft. Ihr mißfiel dieser kameradschaftliche Ton. Ihrer Meinung nach nahm Eustace das Eindringen dieses Mannes einfach so hin wie einen ganz normalen Besuch am späten Nachmittag, als wäre es eine gesellige Zusammenkunft. Sie selbst hielt den Zeitpunkt für denkbar ungeeignet, sich über die Vergangenheit und über Zukunftspläne zu unterhalten. »Es ist mir immer noch nicht klar geworden, weshalb Sie sich nicht wie jeder andere Besucher anmelden konnten, um sich mit dem Mann zu unterhalten, der sich, wie Sie sagen, für Sie ausgibt«, wollte sie wissen.

»Daß er Lunte riecht und abhaut? Sind Sie bei Trost?«

»Ich wäre Ihnen dankbar, wenn Sie davon Abstand nehmen würden, mich zu fragen, ob ich bei Trost wäre. Darf ich darüber hinaus darauf hinweisen, daß Ihre Geschichte zwar durchaus der Wahrheit entsprechen kann, wir uns aber einzig und allein auf Ihr Wort verlassen müssen?«

»Ist das so? Und was ist mit meinem alten Freund Molloy?«

»Ich vermag Ihnen nicht zu folgen.«

»Macht nichts.«

»Ich glaube, Clarissa, er meint, daß Mr. Molloy sich für ihn verbürgen würde«, schaltete sich Mr. Trumper ein. Sein Ton war etwas weniger freundlich als zuvor. Wie bereits erwähnt, begegnete er dem großsprecherischen Börsenmakler nicht ohne Vorbehalte, und seiner Ansicht nach war es kein Ruhmesblatt für Chimp, mit einem solchen Menschen befreundet zu sein.

»Jetzt verstehe ich«, meldete sich Mrs. Cork wieder zu Wort. »Ja, so können wir der Sache auf den Grund gehen. Am besten suchen wir Mr. Molloy sofort auf. Sein Zimmer befindet sich hier auf diesem Gang.«

Als der Zug bei den Molloys Einlaß begehrte, hatten diese sich bereits umgekleidet und legten eine Patience. Genau gesagt, Dolly legte eine Patience, während Soapy ihr in der Rolle des Kiebitzes über die Schulter sah und ihr riet, die Kreuzzehn auf den Pikkönig zu legen. Dieses Bild trauter Zweisamkeit wurde jäh zerstört, als Mrs. Cork, Chimp Twist vor sich herscheuchend, und die übrigen das Zimmer betraten.

»Entschuldigen Sie die Störung, Mr. Molloy, aber ich habe gerade diesen Mann –«

»Diesen Herrn«, wagte Chimp sie zu verbessern.

»– in Mr. Trumpers Kleiderschrank entdeckt«, fuhr Mrs. Cork fort, ohne den Einwurf zu beachten. »Er behauptet, ein Freund von Ihnen zu sein.«

»Und das bin ich auch. Ich kenne ihn schon seit Jahren.« Chimp fing an zu lachen, als wäre ihm gerade etwas Lustiges eingefallen. »Ich könnte Ihnen da einige Sachen über meinen Kumpel Molloy erzählen, die Sie sicher interessieren würden.« Er betonte diese Worte mit einem bedeutungsvollen Blick, doch wäre das nicht mehr notwendig gewesen.

Sowohl Dolly als auch Soapy, der oft etwas langsam von Begriff war, verstanden ihn sofort. Dolly sah Soapy an, und die Botschaft in ihren Augen lautete: »Vorsicht! Ein falsches Wort, und dieser Fiesling läßt die Katze aus dem Sack, was deine Silver-River-Aktien angeht.«

Soapy sah Dolly an, und sein Blick signalisierte, daß auch er so dachte. Ihm blieb deshalb nur eine Möglichkeit. »Aber natürlich!« rief er hocherfreut und eilte mit ausgestreckter Hand auf ihn zu. »Natürlich ist er ein alter Freund von mir. Wie geht's dir denn, altes Haus?«

Chimp übersah die ihm entgegengestreckte Hand, erwiderte jedoch, daß es ihm gut gehe, und fügte hinzu, daß Soapy gut aussehe. Soapy sagte, daß es ihm gut gehe und er sich riesig freue, Chimp wiederzusehen, worauf Chimp beteuerte, wie riesig er sich darüber freue, Soapy wiederzusehen.

Kurz gesagt: Für Mrs. Cork, die nicht in der Lage war, die Zwischentöne herauszuhören, sah alles ganz nach dem unverhofften Zusammentreffen alter Freunde aus, und es schien ihr deshalb nicht länger angebracht, Zweifel an der Echtheit der Geschichte anzumelden, die ihr da aufgetischt wurde. »Das hier ist also Mr. Adair, der Privatdetektiv?« erbat sie eine letzte Bestätigung.

»Wie er leibt und lebt. J. Sheringham Adair, einer der Größten in seiner Sparte.«

»Aber wer ist der andere?«

»Das würden wir auch sehr gern wissen«, sagte Soapy.

Dolly wandte sich an Chimp. »Du hast Mrs. Cork doch erzählt, daß er mir und Soapy vorgeflunkert hat, er hätt' dir das Geschäft abgekauft?«

»Selbstredend.«

»Und wir haben's ihm geglaubt«, stellte Soapy fest. »Hat man da noch Töne?«

Dolly bemerkte, daß sich wohl jeder hätte täuschen lassen, und Soapy unterstützte sie, indem er darauf hinwies, daß dieser Hochstapler seine Rolle ausgezeichnet spiele.

Mrs. Corks Miene war nun düsterer als je zuvor. »Ich werde mich sofort um diesen jungen Mann kümmern. Was Sie betrifft, Mr. Adair, so hoffe ich, daß Sie von nun an darauf verzichten, sich in einem Kleiderschrank zu verstecken, auch wenn Sie noch so lautere Motive verfolgen sollten. Sie werden selbstverständlich von mir ein Zimmer bekommen. Wo logieren Sie im Moment? Im Gasthaus? Dann bleiben Sie am besten gleich hier, und ich lasse Ihr Gepäck von dort holen. So können Sie gleich dem Vortrag über die Ugube-Lebensphilosophie beiwohnen, den ich nach dem Essen in der Bibliothek halten werde.«

Chimp war bei diesem Vorschlag leicht zusammengezuckt. »Wenn es Ihnen zu viele Umstände macht, kann ich durchaus noch einmal im Gasthaus übernachten.«

»Ich werde unverzüglich veranlassen, daß ein Zimmer für Sie gerichtet wird«, ließ sich Mrs. Cork nicht beirren. »Miss Benedick –« Sie war im Begriff, Anne zu beauftragen, das Nötige zu veranlassen, doch da war keine bezaubernde Stimme, die »Ja, Mrs. Cork?« antwortete. Anne war verschwunden.

Sie eilte in diesem Moment gerade die Treppe hinauf, um Jeff zu suchen. Die Ankündigung ihrer Arbeitgeberin, sie wolle sich um den jungen Mann kümmern, hatte in ihr eine böse Vorahnung aufkommen lassen. Wie sich Mrs. Cork um einen jungen Mann kümmern würde, der sich unter dem Vorwand, Privatdetektiv zu sein, in ihr Haus eingeschlichen hatte, wußte sie nicht, doch war sie überzeugt, sie müsse ihn warnen, vielleicht sogar überreden zu fliehen, solange noch Zeit dazu war.

Mrs. Cork brummte verärgert und schritt von dannen. Mr. Trumper trottete ihr hinterher.

Wer nach ihrem Abgang ins Zimmer gekommen wäre, gesehen hätte, welche Blicke Chimp Twist Soapy Molloy zuwarf, und dann immer noch der Meinung gewesen wäre, dem Zusammentreffen guter alter Freunde beizuwohnen, der hätte sich dringend eine Brille verschreiben lassen sollen. Nun, dieser Eindruck wäre sowieso spätestens dann verflogen, als Chimp seinem Herzen Luft machte, eine Ansprache hielt und unter anderem eine sehr präzise Charakterbeschreibung von Mrs. Molloy lieferte.

Für Soapy und Dolly war jedoch nicht dieses Glanzstück an Rhetorik das Wichtigste an seinem Vortrag, sondern die Sätze, in denen er seine Absicht kundtat, die geschäftlichen Verbindungen zu ihnen abzubrechen und sich selbständig zu machen.

»Ich würde es an deiner Stelle nicht tun«, riet ihm Mr. Molloy, der vorhersah, daß dieser Schritt die schwierige Ausgangslage nur noch weiter komplizieren würde.

»Ich werd's aber machen!« schrie der zutiefst Gekränkte, und die Spitzen seines Schnurrbartes zitterten bei dem Gedanken an all das Unrecht, das ihm widerfahren war.

Mr. Molloy schüttelte den Kopf über so viel Unversöhnlichkeit. »Ich würde nichts überstürzen, Chimpie. Es bringt nichts, wenn du dich so aufregst. Das, was ich dir erzählt habe, war zwar nicht ganz astrein, aber Tatsache ist, daß meine Gattin sich in den letzten Tagen mit Lord Cakebread ganz gut angefreundet hat. Stimmt doch, Mäuschen?«

»Stimmt. Er und ich verstehen uns prächtig«, bestätigte Dolly.

»Es kann außerdem jeden Tag, jede Stunde, ja jede Minute passieren, daß er sich erinnert, wo er die Klunker versteckt hat, und ich verwette meinen letzten Penny darauf, daß er es meiner kleinen Frau erzählt. Wenn ich du wäre, Chimpie, würde ich das nicht tun, was du vorhast, es wäre idiotisch. Bleib mit uns am Ball, nur gemeinsam schaffen wir's. Daß wir dich ein bißchen verschaukelt haben, na ja, du weißt ja, wie so was passiert. Meine Frau ist ziemlich impulsiv und schießt manchmal ein bißchen übers Ziel hinaus. Aber es hat wirklich keinen Zweck, den Beleidigten zu spielen und uns allen die Tour zu vermasseln. Davon haben wir alle drei nichts.«

Soapy Molloy hatte den richtigen Ton getroffen. Diese offenen Worte von Mann zu Mann waren genau das, was die Situation erforderte. Für Chimp Twist war Geschäft Geschäft; in diesem Bereich ließ er sich selten von Gefühlen leiten. Wenn Dolly wirklich von Lord Uffenham ins Vertrauen gezogen werden würde – und bei ihren Talenten konnte es durchaus sein, daß sie es fertigbrachte, die benötigten Informationen aus ihm herauszulocken –, dann wollte er auch dabeisein, wenn es ans Abkassieren ging. »Ich glaub', du hast recht«, sagte er nach einer Weile. »Da ist was Wahres dran an dem, was du sagst. Aber eins sag' ich euch: Ab sofort ist Schluß mit den schlauen Ideen von Dolly. Ich hab' ihre Faxen ein für allemal dick. Haben wir uns verstanden?«

»Es wird nichts mehr in dieser Richtung passieren«, versicherte Mr. Molloy.

»Ehrenwort«, beteuerte Mrs. Molloy.

»Dann ist ja alles geklärt«, zog Chimp das Resümee.

Die geschäftlichen Verbindungen waren – zumindest für den Augenblick – gefestigt, die Unstimmigkeiten zwischen den Partnern von Molloy, Molloy & Twist ausgeräumt.

Zwanzigstes Kapitel

Anne war inzwischen zu Jeffs Zimmer gelaufen, traf ihn allerdings nicht an. Er hatte sich nach dem Bad schnell angezogen und war hinunter in den Garten gegangen, um die schönsten Stunden eines herrlichen Sommertags zu genießen. Geläutert durch seine neue Liebe hatte er in letzter Zeit eine besondere Neigung für Spaziergänge im abendlichen Dämmerlicht entwickelt.

Anne, die ihm so viel Sinne für Romantik nicht zutraute, vermutete, er sei zu ihrem Onkel in die Küche gegangen, um sich mit einem Glas Port für das Abendessen und den sich daran anschließenden Vortrag zu stärken. Sie eilte deshalb dorthin.

Lord Uffenham war jedoch allein. Regungslos stand er mit geschlossenen Augen im Raum und hielt eine Astgabel in den Händen. »Hallo, meine Liebe«, begrüßte er sie. »Schau dir mal dieses Ding hier an. Fand es neulich beim Aufräumen hinter einem Schrank. Muß über fünfzig Jahre alt sein, gehörte meinem Vater. Rutengänger brauchen es, wenn sie nach Wasseradern suchen. Man hält es so an den beiden Enden, und wenn irgendwo Wasser ist, fängt das Ding an zu zucken. Als Junge hab' ich damit herumexperimentiert, aber ob's funktioniert, kann ich dir nicht sagen.«

Anne hatte kein Interesse daran, Wasseradern zu suchen. Sie war auf der Suche nach Jeff. »Hast du Mr. Adair gesehen?« fragte sie.

»Nein. Aber wenn er dir übern Weg läuft, dann schick ihn zu mir. Ich habe Arbeit für ihn. Komisch, als ich gerade mit geschlossenen Augen so dastand, an Wasser dachte und darauf wartete, daß dieses Ding ausschlägt, kam mir das Wort ›Teich‹ in den Sinn. Das Wort ›Teich‹ muß eine Bedeutung haben.«

»Onkel, ich muß unbedingt Mr. Adair finden.«

»Er heißt nicht Adair.«

»Ich weiß es.«

»Er heißt... Nein, es ist mir entfallen«, sagte Lord Uffenham nach einer Weile. »Hättest du mich vor fünf Minuten gefragt, hätte ich es noch gewußt. Willard oder Tiller oder so ähnlich. Aber ich hab' dir erzählt, daß mir plötzlich das Wort ›Teich‹ einfiel. Es gibt hier auf dem ganzen Gelände nur einen Teich, soweit ich weiß, und es ist durchaus möglich, daß ich diese blöden Diamanten – in einer Keksdose mit einer Schnur dran – dort versenkt habe. Könnte durchaus auf diesen Platz gekommen sein, denn zuletzt gingen mir etwas die Ideen aus. Und früher bin ich dort sehr oft herumspaziert. Schnapp dir den jungen Tiller und sag ihm, er soll morgen früh gleich mal ein bißchen in dem Teich herumwaten. Braucht dann nicht mehr zu baden.«

»Aber morgen früh wird er nicht mehr hier sein.«

»Was?«

»Es ist etwas Fürchterliches passiert; deshalb muß ich ihn ja auch finden. Der Richtige ist aufgetaucht.«

»Was meinst du mit ›der Richtige‹?«

»Der richtige J. Sheringham Adair. Mr. Trumper hat ihn in seinem Kleiderschrank entdeckt. Ein kleiner Mann mit einem Schnurrbart.«

»Donnerwetter! Er ist also diese Ratte.«

»Du hast ihn schon gesehen?«

»Und ob. Habe mich lange mit ihm über seinen Schnurrbart unterhalten. Weißt du, wie er es macht, daß die Spitzen so nach oben stehen. ›Was tust du denn auf das blöde Ding drauf?‹ hab' ich ihn gefragt. ›Bienenwachs‹, hat er gesagt. Und als ich ihm den Hals umdrehen wollte, ist er gerannt wie ein Wiesel. Hat sich in Trumpers Kleiderschrank versteckt, sagst du? Wenn ich das gewußt hätte.«

»Wo hast du ihn denn gesehen?«

»Die nette Mrs. Molloy sagte mir, er wolle mein Zimmer durchsuchen, der unverschämte Kerl, und da hab' ich mich auf die Lauer gelegt, ihn überrascht, und er hat mir alles über seinen Schnurrbart erzählt. Er ist ein Spion in Diensten von Mr. Trumper.«

»Mr. Trumper hat mit ihm nichts zu tun.«

»Natürlich hat er was mit ihm zu tun. Er bezahlt ihn doch. Hat mir Mrs. Molloy so erzählt.«

»Na ja, ist ja auch egal. Ich habe keine Zeit, mich mit dir darüber zu streiten. Ich muß Jeff unbedingt finden. Wo kann er denn hingegangen sein?«

»Jeff?«

»Mr. Willard oder Tiller oder wie er heißt.«

»Ich glaube, Spiller war's.«

»Spielt doch keine Rolle im Moment. Hauptsache ist, ich finde ihn. Ich kann doch nicht zulassen, daß er Mrs. Cork ohne jede Vorwarnung vor die Flinte läuft. Das wäre schlimm.«

Lord Uffenham schien zu überlegen. »Er heißt Jeff, nicht wahr?«

»So hat er sich mir vorgestellt.«

»Redest du ihn mit Jeff an?«

»Wenn ich ihn anreden muß.«

»Es hat nicht lange gedauert, und ihr redet euch schon mit Vornamen an. Genau wie ich's vorausgesehen habe. Du hast dich in den Jungen verliebt.«

»Ach Onkel, red doch kein dummes Zeug, nicht jetzt; die Lage ist viel zu ernst. Du hättest Mrs. Cork sehen sollen, wie sie mit dem Revolver herumfuchtelte. Ich muß Jeff sagen, daß er flieht, bevor sie ihn erwischt. Wo kann er nur stecken?«

Lord Uffenham war nicht so leicht abzulenken, wenn er erst einmal zu einem Gedankengang aufgebrochen war. »Vornamen«, brummelte er nachdenklich. »Das untrügliche Anzeichen. Natürlich nur, wenn es früh genug sichtbar wird. Ich kann mich erinnern, daß, wenn mich in meinen jungen Jahren eine Frau mit ›George‹ ansprach, nachdem wir ein paarmal essen gegangen waren, das immer der Anfang vom Ende war. Du redest ihn mit ›Jeff‹ an, stimmt's? Und rennst hier rum wie ein aufgescheuchtes Huhn und schreist: ›Wo ist er denn? Ich muß ihn warnen, ich muß ihn retten!‹ Du hast dich in den Knaben verknallt.«

»Hab' ich nicht!«

»Das ist wirklich eine gute Nachricht. Ich freue mich darüber. Er ist genau der Richtige für dich. Wirst dich nie langweilen mit ihm. Deinen Klempner da hättest du schon nach einer Woche satt. Glaube übrigens, daß es für dich nicht ganz einfach sein wird, ihm zu sagen, daß du dich für einen anderen entschieden hast.«

»Ich habe mich nicht für einen anderen entschieden!«

»Aber du ganz allein hast Schuld daran«, fuhr Lord Uffenham eher besorgt als ärgerlich fort. »Habe ich dir nicht immer wieder gesagt, daß du verrückt bist, wenn du nur einen Augenblick lang glaubst, diesen Lackaffen heiraten zu können? Aber du hast steif und fest behauptet, er sei der Mann deiner Träume. Das ist das ganze Problem mit Kerlen wie Lionel Green«, schloß er seine Betrachtungen. »Wenn eine Frau einen solchen Schleimer kennenlernt, ohne daß sie ihn gleich zum Kotzen findet, meint sie: ›Das muß Liebe sein.‹«

»Bitte, Onkel, hör auf damit!«

»Womit?«

»Solchen absoluten Schwachsinn zu reden. Ich liebe Lionel.«

»Was? Noch immer? Obwohl dir dieser fabelhafte junge Spiller über den Weg gelaufen ist? Ich verstehe das nicht«, sagte Lord Uffenham kopfschüttelnd. »Das kann dann nur daran liegen, daß er sich nicht an das gehalten hat, was ich ihm gesagt habe. ›Für dich gibt es nur eines‹, habe ich ihm eingeschärft, ›zieh sie an dich und umarme sie, daß ihr die Luft wegbleibt. Nur so klappt's.‹ Ich weiß nicht, wie ich mich noch deutlicher hätte ausdrücken sollen.«

Anne fühlte, wie ihre Wangen glühten. Es war keine zwei Stunden her, daß Jeff sie beinahe so fest umarmt hatte, wie es ihr Onkel gefordert hatte. Sie hatte zwar so reagiert, wie es sich für ein wohlerzogenes Mädchen ziemte, doch kam ihr langsam schuldhaft zu Bewußtsein, daß sie nicht so entrüstet und angewidert gewesen war, wie sie es hätte sein sollen. Erst als sie wieder an Lionel und das Heiratsversprechen gedacht hatte, war bei ihr das Gefühl verflogen, ein Erlebnis gehabt zu haben, das ihr nicht gänzlich unangenehm gewesen war.

Lord Uffenham war unterdessen in dumpfes Schweigen verfallen. Er sah aus wie einer, der ein großes Geheimnis zu ergründen versucht. Nach einiger Zeit kam er aus seiner Gedankenwelt zurück in die Wirklichkeit, um eine Frage zu stellen. »Hat er dich schon geküßt?«

»Nein.«

»Ich werd' verrückt.«

»Hast du es ihm geraten?«

»Natürlich. Für mich ist dieser junge Mann wie ein Sohn – kann mich nicht erinnern, jemals einen jungen Mann kennengelernt zu haben, der mir so sympathisch war –, und ich hielt es für meine Pflicht, ihn bei seinen Bemühungen zu unterstützen.«

Anne holte tief Luft und sah ihren Verwandten wütend an. Ein

Onkel von schwächerer Natur hätte es bei diesem Blick wohl mit der Angst zu tun bekommen. »Ich verstehe. Wenn mich Mr. Spiller also plötzlich behandelt wie einen Sack Kartoffeln, dann habe ich das dir zu verdanken.«

»Ich erwarte keinen Dank von dir. Es genügt mir, wenn ich helfen kann. Bring die jungen Leute zusammen, hab' ich mir gesagt. Durch meine im Laufe eines langen Lebens gesammelten Erfahrungen weiß ich, was zu tun ist, und ich habe es dem jungen Miller gesagt.«

»Heißt er nun Miller oder Spiller?«

»Miller. Ist mir gerade wieder eingefallen.«

»Woher weißt du das?«

»Hab' es herausgefunden.«

»Warum hast du es mir nicht schon früher gesagt?«

»Hab's vergessen.«

»Wie hast du's herausgefunden?«

»Es war an dem Tag, als er ankam. Ich hab' mich in seinem Zimmer etwas umgeschaut, um zu sehen, ob auch alles Nötige da war, und da lag auf dem Nachttischchen ein Buch, und in dem Buch stand sein Name. Es war ein Name, den ich irgendwie schon einmal gehört hatte. J. G. Miller.«

»*Wie* heißt er?!« Anne war, als würde ein Stromstoß durch ihren Körper gejagt.

»Kann nichts dafür. J. G. Miller.«

Anne erholte sich nicht so schnell von diesem Schock. J.G. Miller!... Es war natürlich möglich, daß es sich um einen ganz anderen handelte, aber äußerst unwahrscheinlich. Der Nachname Miller ist ja nun nicht gerade selten, aber die Initialen! »Bist du dir sicher?«

»Völlig sicher. Warum mir der Name so bekannt vorkam, kann ich dir nicht sagen. Ich habe ein Gedächtnis wie ein Elefant, aber manchmal funktioniert's nicht so, wie ich es gern hätte. Aber jetzt, wo ich darüber nachdenke... Ich glaube, die Köchin erzählte was von einem J. G. Miller, der irgendwas gemacht hat. Und ich glaub' mich auch an ein Gespräch mit Mr. Trumper über dasselbe Thema zu erinnern.«

»Natürlich!« Anne schlug sich an die Stirn. Ihr Gedächnis, das besser funktionierte als das ihres Onkels, hatte sie nicht im Stich gelassen und ihr endlich verraten, wo sie Jeff schon einmal gesehen hatte. Nun waren alle Zweifel daran beseitigt, daß er der Mann war, den Mrs. Cork mit bloßen Händen erwürgen wollte und gegen den sie selbst eine starke Abneigung hegte, seitdem sie den Bericht über Lionels Leiden im Zeugenstand gelesen hatte.

Ihre Augen flackerten feindselig. Sie ballte die Fäuste und zitterte am ganzen Leib. Sie fragte sich, wie es hatte geschehen können, daß sie sich durch Jeffs oberflächlichen Charme so weit hatte täuschen lassen, daß er ihr auch nur für einen Momemt sympathisch erschienen war. Energischen Schrittes lief sie zur Tür, in ihrer Resolutheit an Mrs. Cork erinnernd.

»Du gehst?« erkundigte sich Lord Uffenham.

»Ja. Ich möchte mich mit Mr. J. G. Miller unterhalten.«

»Sag ihm, daß er bei Mrs. Cork auf der Abschußliste steht.«

»Das auch.«

»Vergiß auch nicht die Sache mit dem Teich.«

»Lionel wird sich morgen darum kümmern.«

»Lionel?« rief Lord Uffenham entgeistert. »Was willst du denn mit Lionel? Der hat doch Angst davor, daß er nasse Füße kriegt. Um Himmels willen, laß diesen Schwachkopf aus dem Spiel. Wenn du meine ehrliche Meinung über Lionel Green hören willst –«

Es hatte den Anschein, als sei Anne nicht dazu gewillt, denn sie ging aus dem Zimmer, ohne sie sich anzuhören. Ihr war gerade eingefallen, daß Jeff im Garten sein könnte.

Lord Uffenham sah ihr ungerührt nach; er hatte seine Pflicht als Onkel erfüllt. Er nahm die Wünschelrute in beide Hände und schloß die Augen.

Einundzwanzigstes Kapitel

Jeff hatte ursprünglich die Absicht gehabt, über den Rasen zu schlendern und eine Zigarette zu rauchen. Als er aber Mr. Shepperson erblickte, änderte er sein Vorhaben. Es hätte natürlich sein können, daß Mr. Shepperson ihn nicht mit »Ein wundervoller Abend, nicht wahr?« begrüßen und in ein Gespräch verwickeln würde, doch war das Risiko zu groß für einen Verliebten, der mit sich und seinen Gedanken allein sein wollte. Er wich deshalb aus wie eine Antilope, die Mrs. Cork erspäht hatte, und konnte so die Gefahr im Keim ersticken. Eine ganze Zeitlang war er nun schon in Gedanken versunken zwischen den Rhododendren auf- und abgegangen.

Die Gedanken Jeff Millers in den Tagen vor seiner Begegnung mit Anne hatten völlig andere Dinge zum Inhalt gehabt als seine jetzigen. Die Liebe hatte bei ihm eine verschüttete poetische Ader freigelegt, und er versuchte sich an ein Gedicht zu erinnern, das mit dem Vers »Komm in den Garten, Maud« begann. Da war kein Platz mehr für Gedanken an hinterlistige Schlitzaugen, Schreie in verlassenen Häusern und Inspektor Purvis' lakonische Feststellung: »Das ist menschliches Blut!« Er war immer noch damit beschäftigt, den zweiten und vierten Vers des Gedichtes zusammenzubekommen, als Anne aus dem Haus trat und sich suchend umsah wie eine Löwin nach Beute. Auf dem Weg von der Küche bis auf den Rasen hatte ihr Verlangen, sich mit Mr. J. G. Miller zu unterhalten, nicht nachgelassen.

Sie sah Mr. Shepperson auf sich zugehen.

»Ein wundervoller Abend, nicht wahr?« bemerkte er.

»Ja«, erwiderte Anne. »Ich bin auf der Suche nach Mr. Adair.«

»Ich glaube, Sie sollten ihn dort zwischen den Rhododendren suchen. Er spazierte über den Rasen, als ich auf die Terrasse kam, bog dann aber ab. Schade, denn ich hätte mich gern mit ihm unterhalten. Ein netter junger Mann, meinen Sie nicht auch?«

Anne schluckte. In der gegenwärtigen Situation war eine solche Wertung nur schwer zu verkraften. »Sehr nett«, stieß sie hervor.

»Wirklich. Das Abendessen wird heute später serviert?«

»Ja. Es hat da einen kleinen Zwischenfall gegeben.«

»Na so etwas«, wunderte sich Mr. Shepperson, der nach seinem Spinat verlangte.

Anne begab sich auf die Suche.

Der Weg zwischen den Rhododendren lag bereits im Dunkeln, denn die hohen Büsche verschluckten den letzten Schimmer des Abendlichts. Die Sicht war jedoch noch gut genug, daß Jeff Anne erkennen konnte, als sie durch diese hohle Gasse kam. Völlig ahnungslos bezüglich des Unwetters, das sich über ihm zusammenbraute, lief er ihr entgegen; er konnte kaum fassen, daß ihm so viel

Glück beschieden war.

Sofort fing er an, drauflos zu plaudern. »Das darf doch nicht wahr sein! Gerade sagte ich noch ›Komm in den Garten, Maud‹ vor mich hin, und da sind Sie auch schon. Manche würden es Zufall nennen, doch ich führe es auf Gedankenübertragung zurück. Sie wissen nicht, wie's weitergeht?«

»Was weitergeht?«

»Das Gedicht.«

»Nein.«

»Ich dachte immer, jeder kennt dieses Gedicht. Ihre Privatlehrer haben wohl ihr Handwerk nicht recht verstanden. Wären Sie auf ein Internat gegangen, hätte man Ihnen Ihren Tennyson schon eingetrichtert.«

Anne wurde das Gefühl nicht los, daß das Gespräch in die falsche Richtung lief. »Ich bin nicht gekommen, um mich mit Ihnen über Dichter und ihre Gedichte zu unterhalten.«

»Spielt keine Rolle, weshalb Sie hier sind. Hauptsache, Sie sind hier. Das ist das alles Entscheidende.«

»Ich muß Ihnen etwas sagen.«

»Und ich muß Ihnen noch viel mehr sagen. Wir werden uns lange und gemütlich unterhalten, wie wir es schon oft getan haben.«

Anne unternahm einen erneuten Versuch. »Mein Onkel –«

»Ein feiner Kerl!«

»– hat mir gerade etwas erzählt, was mich tief getroffen hat.«

Jeff nickte verständnisvoll. »Stimmt. Er legt nicht jedes Wort auf die Goldwaage und kann einen ganz schön schocken. Trotzdem ist er ein Gentleman von altem Schrot und Korn.«

»Hören Sie mir doch zu!«

»Ich höre Ihnen die ganze Zeit schon zu.«

»Er sagte mir, daß er in Ihrem Zimmer gewesen sei –«

»Nichts dabei. Sagen Sie ihm, er könne so tun, als wäre es sein eigenes.«

»Er hat sich darin etwas umgeschaut.«

»Aber leider keine Diamanten gefunden.«

Anne wünschte sich, daß das Licht besser gewesen wäre und er ihr Gesicht hätte sehen können. Ihre bitterböse Miene hätte ihn bestimmt zu Fragen veranlaßt und es ihr so ermöglicht, schneller zur Sache zu kommen, als es derzeit den Anschein hatte. »Hätten Sie vielleicht die Güte, mich ausreden zu lassen?«

»Aber selbstverständlich. Fahren Sie fort.«

»Vielen Dank. Mein Onkel war zufällig am Tag Ihrer Ankunft in Ihrem Zimmer. Auf dem Nachttischchen lag ein Buch. Er hat darin geblättert.«

Jeffs überschwengliche Gefühle erhielten einen leichten Dämpfer. Er ärgerte sich etwas über die Sorglosigkeit, mit der er ein Buch, in dem sein Name stand, einfach so hatte herumliegen lassen, wenn ein so furchtbar neugieriger Mensch wie der sechste Viscount Uffenham in der Nähe war. Es wurde ihm langsam klar, weshalb Anne im Verlauf des Gesprächs mehrmals nicht ganz so fröhlich wie sonst erschienen war. »Und weiter?« erkundigte er sich.

»Der Name J. G. Miller stand darin.«

»Ach ja.«

»Was heißt: Ach ja?«

»Ich habe es mir von Miller ausgeliehen. Muß es endlich einmal wieder zurückgeben. Danke, daß Sie mich daran erinnert haben.«

»Keine Ursache.« Annes Stimme klang ruhig und sanft; es war die Stimme einer jungen Frau, die sich über ein absurdes Mißverständnis amüsierte. »Sie haben sich das Buch nur ausgeliehen? Einen Augenblick lang glaubte ich, Sie seien J. G. Miller.«

»Nein, nein. Ich heiße Dalrymple, Geoffrey Dalrymple. Adair ist nur ein Künstlername, ein Pseudonym.«

»Ich verstehe.« Anne schwieg. Sie blickte zum Himmel hoch und fragte sich, wieso kein Blitz herniederfuhr und diesen Menschen in ein Häufchen Asche verwandelte. »Sie heißen also Dalrymple.«

»Ja, so ist es. Aber nennen Sie mich ruhig weiter Jeff.«

»Und Mr. Miller ist einer Ihrer Freunde?«

»Ein guter sogar. Kenne ihn schon seit Urzeiten. Ein netter Kerl.«

»Wirklich?«

»Einen Fehler hat er allerdings. Er ist ein Schwätzer. Ich will damit sagen, daß er zu viel redet. Man sollte ihn jedoch nicht nach dem beurteilen, was er so von sich gibt. Nur ein Beispiel: Wenn er sich verliebt, dann könnte seine Angebetete den Eindruck bekommen, daß er nicht mit dem Herzen bei der Sache ist, daß er es nicht ernst meint, weil er dauernd schwatzt und Süßholz raspelt, dies und jenes sagt, aber nie wirklich konkret wird. Sie könnte auf den Gedanken kommen, daß er ziemlich von sich eingenommen ist, doch in Wirklichkeit ist es Schüchternheit.«

»Schüchternheit!«

»Sie werden es nicht glauben, aber ich bin sehr schüchtern.«

»Ich dachte, Sie sprechen von J. G. Miller.«

»Tu' ich auch. Nur ein Versprecher. Aber wir beide sind uns sehr ähnlich.«

»Mein Beileid.«

»Äh?«

»Weil ich J. G. Miller für den widerlichsten Kerl halte, der auf Gottes Erdboden herumläuft.«

»Aber, aber! J. G. Miller ist kein Unsympath, sondern eine Seele von Mensch.«

»Ach wirklich? Und wie hat er sich gegenüber Mrs. Corks Neffen verhalten? Vielleicht hat er Ihnen davon erzählt.«

»Sie meinen die Verhandlung in der Sache Pennefather gegen Tarvin? Ja, ich erinnere mich, daß er etwas davon erzählt hat.«

»Dachte ich mir. Sie heißen also Dalrymple?«

»Das sagte ich Ihnen bereits.«

»Das ist aber komisch.«

»Wieso komisch?«

»Weil dann ein Fehler in der Aufstellung gewesen sein muß.«

»In welcher Aufstellung?«

»In der der englischen Rugbymannschaft beim Länderspiel gegen Schottland im März in Twickenham.«

Jeff fuhr zusammen. »Sie waren im Stadion?«

»Ja. Dort habe ich Sie zum ersten Mal gesehen. Im Programmheft wurde Ihr Name mit J. G. Miller angegeben.«

Jeff sah sich gezwungen, eine Denkpause einzulegen. »Ich verstehe«, sagte er schließlich. »Damit ist die Dalrymple-Theorie wohl gestorben.«

»Steht zu befürchten.«

»Vielleicht ist es besser, wenn ich reinen Tisch mache.«

»Wenn Sie es für notwendig erachten.«

»Ich bin J. G. Miller.«

»So, so.«

»Daß ausgerechnet Sie an dem Tag im Stadion waren!«

»Das ist eben der Lauf der Welt.«

»Ein gutes Spiel, meinen Sie nicht auch? Wir hatten Glück, daß wir nicht verloren haben. Diese Schotten sind stahlharte Burschen. Ich hab' noch Wochen danach alle meine Knochen gespürt. Ich weiß nicht wie, aber sie scheinen regelrecht zu trainieren, wie man dem Gegner die Rippen bricht. Die meiste Zeit lag ich auf dem Rasen und zwei, drei Schotten auf mir drauf. In Zukunft werde ich mich auf das Sammeln von Porzellanfiguren verlegen.«

Anne scharrte ungeduldig mit dem Fuß. »Ich wünschte mir, die Schotten hätten Ihnen das Genick gebrochen«, stieß sie mit zusammengepreßten Lippen hervor in einer Art, die Mrs. Molloy, die Spezialistin war für diese Form, sich zu äußern, Bewunderung abverlangt hätte.

Jeff hatte unterdessen seine Selbstsicherheit wiedergefunden. Er sagte sich, daß die Aussichten zwar keinesfalls als rosig zu bezeichnen waren, aber dennoch alles wieder ins Lot kommen konnte. Andere Männer waren schließlich schon mit ganz anderen Problemen fertig geworden.

»Mein Onkel hat Ihnen doch sicher erzählt, daß ich mit Lionel verlobt bin?«

»Ja, das hat er. Ich bin aus allen Wolken gefallen.«

»Wirklich?«

»Ich war entsetzt. Wenn Sie die Berichte über die Verhandlung Pennefather gegen Tarvin genau gelesen und darauf geachtet hätten, wie gnadenlos ich seinen wahren Charakter aufdeckte, wüßten Sie jetzt, was für ein Kerl Stinker ist.«

»Eine Unverschämtheit, ihn so zu nennen!«

»Im Internat haben alle ihn so genannt, und das nicht ohne Grund. Ich kann Ihnen sagen, daß sich damals nicht wenige wünschten, er würde von Privatlehrern unterrichtet werden.«

Anne wollte auf diese ungeheuerliche Behauptung so viel erwidern, daß sie nicht wußte, wo sie anfangen sollte. Als sie sich schließlich für eine Entgegnung entschied, wählte sie prompt eine wenig eindrucksvolle. »Das ist doch lächerlich! Lionel wäscht und badet sich regelmäßig.«

»Er hat ja auch viel nachzuholen.«

Anne konnte sich des Eindrucks, der sich bereits Mrs. Molloy aufgedrängt hatte, nicht erwehren, daß ihr jemand gegenüberstand, der auf alles eine Antwort wußte. Am liebsten hätte sie mit dem Fuß aufgestampft, doch der Untergrund war zu weich und hätte dieser Geste viel von ihrer Wirkung genommen.

»Schlagen Sie es sich aus dem Kopf, Stinker zu heiraten«, fuhr Jeff fort. »Wir werden für Sie schon einen besseren Kandidaten finden.«

Anne versuchte es mit Sarkasmus. »Sie vielleicht?«

»Sie nehmen mir das Wort aus dem Mund. Wie wär's denn? Ich liebe Sie. Ich liebe Sie, seit ich Sie das erste Mal sah. Aber das wissen Sie ja bereits. Ihr Onkel hat es Ihnen gesagt.«

»Ja, das hat er.«

»Ich weiß nicht, was er sagte, aber egal wie drastisch er es ausdrückte, er hat nicht übertrieben. Kein Mann auf dieser Welt hat je so viel empfunden wie ich für Sie.«

Anne hielt es für angeraten, bestimmter aufzutreten. Ihr war gerade eingefallen, daß sie ihm eine andere Botschaft hatte überbringen wollen. »Ich habe keine Zeit, mir Ihr Geschwafel anzuhören. Ich wollte Ihnen nur sagen, daß ich weiß, wer Sie sind, und daß Sie so schnell wie möglich verschwinden sollten.«

»Verschwinden?« rief Jeff indigniert. »Warum sagen bloß alle Leute zu mir, daß ich verschwinden soll? Ich will überhaupt nicht weg.«

»Das sollten Sie sich schnell noch einmal überlegen. Der richtige J. Sheringham Adair ist hier. Als ich wegging, hatte er Mrs. Cork gerade erklärt, wer er sei. Sie sucht Sie.«

Jeff sah sich wieder zum Nachdenken gezwungen. Ihm, den nichts so leicht aus der Fassung brachte und dem stets noch etwas einfiel, war klar, daß er sich nun in einer ziemlich prekären Lage befand.

»Ich dachte, ich sollte Sie warnen.«

»Sehr nett von Ihnen.«

»Haben Sie Mrs. Cork schon einmal auf dem Kriegspfad erlebt?«

»Nein, das Vergnügen hatte ich noch nicht.«

»Sie werden es bald haben.«

»Ist sie böse auf mich?«

»Man könnte es so bezeichnen.«

»Sie ist erbost, daß ich sie getäuscht habe?«

»Das ist sie.«

»Ich werde ihr alles erklären.«

»Aber wie?«

»Ich werde ihr die Wahrheit sagen.«

»Können Sie überhaupt einmal die Wahrheit sagen?«

»Natürlich. Ich tat es, als ich Ihnen gestand, daß ich Sie liebe. Ich werde sagen: ›Hallo, Mrs. Cork –‹«

»Leicht scherzhaft?«

»In einem ganz leicht scherzhaften Ton werde ich sagen: ›Hallo, Mrs. Cork –‹«

»So weit sind Sie das letzte Mal auch gekommen.«

»Hallo, Mrs. Cork, man hat mir gesagt, daß Sie sich ein bißchen darüber aufregen, daß ich hierher gekommen bin, obwohl meine Papiere nicht ganz in Ordnung sind. Ich bin mir jedoch sicher, daß sich Ihre Erregung legen wird und Sie mir Verständnis entgegenbringen werden, wenn Sie die Gründe erfahren. Ich liebe Anne Benedick, Mrs. Cork, und ich mußte nach Shipley Hall kommen, weil ich in ihrer Nähe sein wollte.«

»Sie glauben, diese Erklärung genügt?«

»Sie sollte genügen. Einem Liebenden sieht man vieles nach. Und dann dürfen Sie eines nicht vergessen. Sie lebt in dem lächerlichen Wahn, daß Sie in Lionel verliebt sind. Wenn sie erfährt, daß Sie es nicht sind, wird sie so erleichtert darüber sein, daß sie alles vergißt und verzeiht.«

»Wie oft soll ich Ihnen denn noch sagen, daß ich Lionel liebe?«

»So oft Sie wollen. Macht nicht den geringsten Eindruck auf mich.«

»Dann kann ich ja gehen.«

»Aber Sie haben meine Frage noch nicht beantwortet.«

»Welche Frage?«

»Meinen Antrag, besser gesagt. Ich habe Sie gefragt, ob Sie mich heiraten wollen.«

»Haben Sie das? Ich kann mich nicht erinnern.«

»Aber, aber. Die Frage nach Ihrem Zukünftigen wurde aufgeworfen, und Sie machten den Vorschlag, ich solle mich auf die Kandidatenliste setzen lassen. Und dann habe ich gefragt: Wie wär's denn?«

»Ach so. Das war also ein Heiratsantrag.«

»Ja.«

»Und die Antwort darauf heißt nein.«

»Aber aus welchem Grund? Sehen Sie denn nicht, daß wir seelenverwandt sind?«

»Das habe ich bis jetzt nicht feststellen können.«

»Sie sollten es aber können. Denken Sie doch nur daran, wie gut wir uns von Anfang an verstanden haben. Da war nicht erst ein langsames Kennenlernen notwendig; wir haben gleich dort angeknüpft, wo wir in einem früheren Leben aufgehört haben. Sie erinnern sich doch, daß wir uns einig waren, wir seien uns früher schon einmal begegnet.«

»Als Sie der König von Babylon waren.«

»Und was für ein stolzer König ich war! Damals waren Sie bereit, mich zu heiraten.«

»War ich nicht.«

»Doch, Sie waren's. Ich erinnere mich wieder ganz genau. Warum Sie es jetzt nicht mehr wollen, kann ich nicht verstehen.«

Anne erteilte sich selbst einen scharfen Tadel. Sie erkannte, daß sie es an der richtigen Einstellung hatte mangeln lassen, und wenn das Gespräch in der eingeschlagenen Richtung weitergeführt werden würde, lief sie Gefahr, sich von der brüllenden Löwin auf Beutezug in ein sanftes Lamm zu verwandeln.

Am Anfang hatte sie sich alles ganz einfach vorgestellt. Sie würde diesen jungen Mann mit wenigen treffenden Worten zurechtstutzen, dann erhobenen Hauptes davonschweben und ihn mit sich und seinem schlechten Gewissen allein lassen. Nun kam sie allerdings nicht mehr um die Feststellung herum, daß sie es ihm gestattet hatte, sie in eine der lockeren Plaudereien hineinzuziehen, die kennzeichnend für ihre Beziehungen zueinander geworden waren und die sie, wie sie zugeben mußte, stets genossen hatte. Aber das Schlimmste war, daß sie sich selbst gegenüber zugeben mußte, daß sie das momentan stattfindende Wortgeplänkel genoß. Bestürzt darüber, daß sie lächelte, setzte sie eine strenge Miene auf und gab sich einen Ruck.

»Auf Wiedersehen.«

Jeff kam ihr Abschied etwas plötzlich vor. »Sie gehen doch nicht wirklich?«

»Ich kam nur, um Sie zu informieren, daß Mrs. Cork Sie sucht. Was Sie mit dieser Information anfangen, bleibt Ihnen überlassen.«

»Ich sagte Ihnen doch bereits, daß ich ihr die Umstände auseinandersetzen werde.«

»Wenn Sie Zeit dazu haben.«

»Glauben Sie, sie ist so geladen, daß sie mich nicht zu Wort kommen läßt?«

»Sie können von Glück reden, wenn Sie noch ›Der Rest ist Schweigen‹ von sich geben können.«

»Der Rest ist was?«

»Schweigen.«

»Warum sollte ich das sagen wollen?«

»Als Vermächtnis an die Nachwelt, dachte ich. Das waren die letzten Worte von Hamlet – der Hauptfigur der gleichnamigen Tragödie von William Shakespeare«, frotzelte Anne und war sich im klaren darüber, daß sie selbst wieder in den Plauderton verfiel, den sie nicht wollte. »Auf Wiedersehen!« sagte sie deshalb, sich selbst wieder zur Ordnung rufend.

»Nein, gehen Sie noch nicht«, rief Jeff. »Ich möchte mich mit Ihnen noch etwas über Ihre Bildung unterhalten. Sie scheint mir recht bruchstückhaft. Ihnen ist angeblich ›Komm in den Garten, Maud‹ nicht bekannt, dafür sind Sie aber ganz schön bewandert, was Shakespeare angeht. Ich muß da noch einmal nachhaken. Was wissen Sie denn sonst noch? Wie heißen die drei längsten Flüsse Englands?«

»Auf Wiedersehen.«

»Sagen Sie doch nicht immer: ›Auf Wiedersehen.‹ Hatten Sie Gouvernanten? Oder hat Ihnen Ihr Onkel alles beigebracht?«

»Ich bleibe nicht hier, um mich mit Ihnen zu unterhalten. Ich will mich überhaupt nicht mit Ihnen unterhalten, weil ich wütend auf Sie bin, nach allem, was Sie Lionel angetan haben.«

»Ich hab's ihm doch ganz schön gegeben, oder? Wie er sich gedreht und gewunden hat! Wenn der Richter mich nicht dauernd zurückgepfiffen hätte, wäre von Lionel Green nichts mehr übriggeblieben. Geschah ihm ganz recht dafür, daß er herumerzählt hat, daß ich im Bett Strümpfe anhabe.«

»Wie bitte?«

»Dieses Gerücht hat er im Internat verbreitet. Es hat Jahre gedauert, bis ich diesen Makel abschütteln und zum Helden der Schule avancieren konnte. Habe ich Ihnen übrigens schon erzählt, wie ich zum Helden der Schule wurde?«

»Nein, und ich möchte es auch nicht wissen.«

»Es war beim wichtigsten Rugbyspiel der Saison gegen die Mannschaft von St. Ethelberta, einer Mädchenschule in der Nachbarschaft, unsere ärgsten Rivalen. Es war kurz vor Ende des Spiels, und wir lagen knapp in Führung. Plötzlich verloren wir den Ball, und der Kapitän der anderen Mannschaft, Flossie, ein großes Mädchen mit Brille, schnappte ihn sich und rannte mit ihm auf und davon. Zwischen ihr und unserer Mallinie stand nur noch ich. Alle stellten sich die Frage, ob es mir gelingen würde, sie noch vorher abzublocken. Nun, um es kurz zu machen, ich ließ sie laufen. Sie legte einen Versuch, und wir hatten verloren. Ich werde dieses Spiel nie vergessen.«

»Und so sind Sie zum Helden der Schule geworden?«

»Nicht von unserer, sondern der Held von St. Ethelberta. Aber zurück zu Ihrer Erziehung. Hat Ihr Onkel sich um sie gekümmert?«

»Nein.«

»Schade. Er hat so manche gute Idee.«

Anne zuckte zusammen. Sie stand mit Blick in Richtung des Hauses und sah plötzlich die Schemen einer großen Frau und eines kleinen Mannes näherkommen. Kein Zweifel, daß ihre Arbeitgeberin und Mr. Trumper im Anmarsch waren.

»Er hat mir geraten, Sie einfach zu küssen«, sagte Jeff mit einem leichten Zittern in der Stimme. Sein Herz schlug schneller. Während des Gesprächs waren ihm die Ansichten ihres Onkels über die Art und Weise, wie man eine Frau umwerben sollte, immer verlockender erschienen. Es bedurfte nur noch eines kleinen Anstoßes, und er würde voll auf seine Linie einschwenken.

»Vorsicht!« rief Anne. »Da kommt sie!«

Jeff sah über die Schulter und war sofort im Bild. »Ja. Da braust sie heran.« Er holte tief Luft, so wie Inspektor Purvis es immer tat. Sein Entschluß stand fest. Mrs. Corks Erscheinen machte alles viel einfacher. Er hatte vorgehabt, ihr zu erklären, daß seine Liebe zu Anne ihn nach Shipley Hall gebracht hatte, aber nun sah er keine Notwendigkeit mehr für lange und wortreiche Erklärungen. Sie sollte Augenzeugin eines Vorgangs werden, der ihr die Lage der Dinge unmißverständlich demonstrierte.

Anne stieß einen kurzen Schrei aus und wich zurück, aber nicht weit genug. Für einen Mann, der von Jugend an Körperattacken trainiert hatte, stand sie noch immer in Reichweite. Im nächsten

Moment blieb Mrs. Cork, die herangesegelt kam wie eine Fregatte, plötzlich stehen; sie glaubte ihren Augen nicht zu trauen.

Anne lief an ihr vorbei und verschwand in der Dunkelheit.

»Nein, so etwas!« bemerkte Mrs. Cork.

»Das gibt's doch nicht!« kommentierte Mr. Trumper.

Jeff ging, etwas verlegen an seiner Krawatte nestelnd, auf die beiden zu. »Ich möchte mich bei Ihnen entschuldigen, Mrs. Cork, aber ich dachte, wir wären allein.«

Es geschah nicht oft, daß Mrs. Cork sprachlos war, doch einer dieser seltenen Fälle war eingetreten, und Jeff fuhr fort, ohne von ihr unterbrochen zu werden. »Miss Benedick hatte mich gerade darüber informiert, daß Sie inzwischen wissen, daß ich Ihre Gastfreundschaft unter, wie man es nennen könnte, Vorspiegelung falscher Tatsachen in Anspruch genommen habe. Sie machte sich deshalb große Sorgen, und ich versuchte sie zu trösten. Ich sagte ihr, daß, wenn Sie die wahren Hintergründe erfahren würden und erkennen könnten, daß ich nur hierher gekommen bin, weil ich die Trennung von ihr nicht hätte verschmerzen können, Sie Verständnis dafür haben würden. Ich weiß, es war natürlich ein großer Fehler von uns, Sie so zu täuschen, nur damit wir zusammensein konnten, aber die Liebe macht eben blind, Mrs. Cork.«

»Oho!« ließ sich Mr. Trumper vernehmen.

Mrs. Corks Zorn war verraucht. Jeffs männlich-tapfere Beichte war nicht umsonst gewesen. Clarissa Cork entschloß sich, Gnade vor Recht ergehen zu lassen. Die Erkenntnis, daß ihre Befürchtungen in bezug auf Anne und ihren Neffen Lionel jeder Grundlage entbehrten, hatte sie derart erleichtert, daß sie niemandem mehr böse sein konnte. »Ich sollte mit Ihnen scharf ins Gericht gehen, junger Mann«, sagte sie mit gespielter Strenge.

»Es wäre Ihr gutes Recht.«

»Sie haben sich nicht korrekt benommen.«

»Äußerst unkorrekt. Niemand könnte es Ihnen verdenken, wenn Sie mich auffordern würden, das Haus zu verlassen.«

»Ich hatte auch die Absicht.«

»Dann werden Sie es nicht tun? Jetzt, wo Sie die wahren Hintergründe kennen?«

»Sie können bleiben.«

»Ich danke Ihnen. Vielen Dank.« Jeff verabschiedete sich.

Er ließ eine nachdenkliche Mrs. Cork zurück. »Ein eigenartiger junger Mann«, sagte sie schließlich.

»Ein ungewöhnlicher junger Mann«, pflichtete Mr. Trumper bei.

»Aber mir ist ein großer Stein vom Herzen gefallen. Ich war so davon überzeugt, daß zwischen Miss Benedick und Lionel etwas wäre. Nun werde ich Lionel das Geld geben, das er braucht, um sich an diesem Geschäft zu beteiligen. Ich werde es ihm sofort sagen, denn ich weiß, daß sich der arme Junge deswegen Sorgen gemacht hat.«

Mr. Trumper begleitete sie schweigend zum Haus zurück. Seine Abneigung gegenüber dem Mann, der ihn in der Stunde der Not im Stich gelassen hatte, war nicht geringer geworden, und es mißfiel ihm, daß dieses unwürdige Subjekt mit Gefälligkeiten geradezu überschüttet werden sollte.

Zweiundzwanzigstes Kapitel

Lionel war auf seinem Zimmer und beendete gerade seine Vorbereitungen für das Abendessen, als seine Tante hereinkam, um ihn von ihrem Entschluß in Kenntnis zu setzen. Seine Freude über diese gute Nachricht war so groß, daß ihm fast das Fläschchen aus der Hand gefallen wäre. Nicht einmal die Feststellung, daß sich seine Wohltäterin auch gegenüber einem Verwandten als Geschäftsfrau erwies und auf einer Verzinsung und späteren Rückzahlung des Kapitals bestand, tat seiner Begeisterung Abbruch. »Du kannst dich in allen Punkten völlig auf mich verlassen, Tante Clarissa«, versicherte er ihr geflissentlich. »Tarvins Geschäft ist eine Goldgrube. Du wirst dein Geld in zwei, drei Jahren zurückbekommen. Wie kann ich dir nur danken? Du hast mir eine freudige Überraschung bereitet. Nach dem, was du neulich sagtest, hatte ich den Eindruck –«

»Damals hatte ich mich auch noch nicht entschieden... Lionel, ich sehe eigentlich keinen Grund, weshalb ich es dir nicht sagen soll. Bis heute abend hatte ich die fixe Idee, daß zwischen dir und Miss Benedick etwas wäre. Ich hätte nicht zugelassen, daß sich da etwas anbahnt.«

Lionel lachte herzhaft. »Wirklich eine abwegige Idee, Tante Clarissa!«

»Ja, mir ist ein großer Stein vom Herzen gefallen. Ich hätte nicht tatenlos zugesehen, daß du dich mit einem Mädchen einläßt, das keinen Penny besitzt, auch wenn es aus einer angesehenen Familie stammt. Aber nun, da ich weiß, daß Miss Benedick sich in den jungen Mann verliebt hat, der sich Adair nennt –«

»Was?!«

»Ich habe ihn vorhin im Garten dabei überrascht, wie er sie küßte, und das änderte natürlich alles. Ich habe nun keine Bedenken mehr, dir das Geld zu geben. Es ist eine hohe Summe, aber wie du bereits sagtest, hat Mr. Tarvin ein gutgehendes Geschäft, und ich zweifle nicht daran, daß du sie mir recht bald zurückzahlen kannst. Wir fahren morgen nach Tunbridge Wells und lassen alles notariell regeln. Nun muß ich aber gehen. Ich muß Mrs. Cleghorn sagen, daß sie mit dem Essen noch etwas warten soll.« Sie eilte aus dem Zimmer, froh darüber, entfliehen zu können, bevor sich das Ganze zu einer Rührszene entwickelte.

Lionel begann mit gemischten Gefühlen die Lage zu überdenken. Einerseits mißfiel ihm, und das wohl zu Recht, daß seine Verlobte sich im Garten von anderen Männern küssen ließ, andererseits hatte ihm dieser Vorfall Glück gebracht. Die Worte seiner Tante hatten keinen Zweifel daran aufkommen lassen, daß es das auslösende Moment gewesen war, ihm das Darlehen zu gewähren. Er kam daher bald zu dem Schluß, daß sich alles zum Besten gewendet hatte, und summte gutgelaunt vor sich hin, als die Tür aufging und Anne ins Zimmer trat.

In der letzten Viertelstunde war Anne, genau wie Lionel mit gemischten Gefühlen erfüllt, am Teich, ihrem Zufluchtsort in Zeiten emotionaler Krisen, auf und ab gelaufen. Aber im Gegensatz zu ihm war sie zu keinem positiven Schluß gekommen. Nichts lag ihr im Moment ferner, als gutgelaunt vor sich hin zu summen.

Bei dem Gedanken an Jeff und sein ungeheuerliches Benehmen zwischen den Rhododendren stieg eine fürchterliche Wut in ihr auf. Seltsamerweise richtete sich ihr Groll in einem nicht unbeträchtlichen Ausmaß aber auch gegen Lionel. Wenn Frauen, aufgewühlt durch bestürzende Ereignisse, im Zustand höchster Erregung versuchen, den Schuldigen für ihr seelisches Ungleichgewicht zu suchen, dann artet das meist zu einem großen Rundschlag aus.

Anne war überzeugt, daß alles nicht so gekommen wäre, wenn Lionel nicht so zurückhaltend taktiert hätte. Ihr war das Versteckspiel, das er mit ihr gegenüber seiner Tante betrieb, schon lange ein Dorn im Auge; am heutigen Abend war ihre Geduld mit ihm und seinen Vorsichtsmaßnahmen zu Ende. Wenn Mrs. Cork sie nicht als Frau ihres Neffen akzeptieren wollte und ihm, falls er sich ihren Wünschen widersetzen würde, deshalb den Geldhahn zudrehte, dann sollte sie es doch tun. Nichts konnte schlimmer sein als die Geheimniskrämerei um ihre Verlobung.

Anne war zu Lionel gekommen, um ganz offen mit ihm zu sprechen und ihn aufzufordern, endlich, ohne Rücksicht auf die Konsequenzen, mit der Wahrheit herauszurücken. Sie war sich durchaus bewußt, daß Mrs. Cork – das hatte sie in ihrer Eigenschaft als Privatsekretärin des öfteren erfahren müssen, genau wie die vielen eingeborenen Träger und kleinen Händler – sich von ihrer einmal gefaßten Meinung kaum abbringen ließ, doch befand sie sich in jener kampfeslustigen Stimmung, in der Frauen die Männer, die sie lieben, zu Verzweiflungstaten anstacheln können.

Nichts an Lionel Greens Verhalten ließ, als sie ins Zimmer kam, die Hochstimmung erkennen, die ein Liebender beim Anblick seiner Herzensdame normalerweise verspürt. Die Freude über die für morgen geplante Fahrt nach Tunbridge Wells war wie weggewischt; Panik überfiel ihn. »Um Himmels willen!« schrie er entsetzt. »Was machst denn du hier?«

Er hätte wochenlang suchen und keinen Satz finden können, der Anne besser den Eindruck vermittelte, daß ihre Anwesenheit unerwünscht sei. Sie zuckte zusammen, als wäre sie von einer Wespe gestochen worden, und starrte ihn einen Augenblick lang ungläubig an. Dann bemächtigte sich ihrer eine seltsame Ruhe.

»Ich möchte dich bitten, etwas vorsichtiger zu sein. Um ein Haar wärst du Tante Clarissa in die Arme gelaufen, sie ist gerade erst gegangen.«

»Ich verstehe«, erwiderte Anne. »Entschuldigung.«

Ihre Stimme klang so ruhig, so demütig, und ihr ganzes Verhalten erinnerte so sehr an das eines kleinen Mädchens, das sich schämt, weil es ungezogen gewesen ist, daß ein erfahrenerer und intelligenterer Mann als Lionel vorsichtig geworden wäre. Er aber, so unglaublich das klingen mag, sah nicht, daß Gefahr im Verzug war, und redete weiter, wobei seine schon normalerweise recht hohe Stimme immer schriller wurde, wie es stets der Fall war, wenn er seiner Verärgerung Luft machte. »Ich habe dir immer und immer wieder gesagt, daß man uns nicht zusammen sehen darf. Immer wieder. Und gerade jetzt ist das noch wichtiger als je zuvor. Tante Clarissa hat versprochen, daß sie mir das Geld gibt. Deshalb war sie gerade hier. Aber noch habe ich es nicht, und sie kann jederzeit ihren Entschluß wieder rückgängig machen. Es war sehr leichtsinnig von dir, so einfach herzukommen. Du hättest damit alles kaputt machen können. Als ob ich es dir nicht gesagt hätte!«

»Immer und immer wieder.«

»Genau«, bestätigte Lionel, angetan von dieser eleganten Formulierung. »Immer und immer wieder.«

Wieder zuckte Anne zusammen, als hätte die Wespe ihr Opfer abermals heimgesucht. »Ich verstehe«, sagte sie, immer noch ruhig, demütig, in der Art des reuigen kleinen Mädchens. »Entschuldige.«

Lionel Green wies auf den Widerspruch zwischen ihren Beteuerungen und ihrem Handeln hin. »Du entschuldigst dich laufend, aber du stehst immer noch hier herum. Stell dir vor, was wäre, wenn sie zurückkäme!«

»Könnte ich nicht sagen, ich wollte mir etwas ausborgen?«

»Das ist nicht die Zeit für Witze«, rügte Lionel.

»Aber ich wollte dir nur helfen.«

»Es braucht nicht viel, und sie ändert ihre Meinung.«

»Ja.«

»Was soll das heißen?«

»Es soll heißen, daß mir diese Heimlichkeiten auf die Nerven gehen. Ich komme mir so unwürdig vor. Was willst du eigentlich mit dem Geld anfangen? Es kassieren, damit wir dann heiraten können?«

»Natürlich.«

»Findest du das fair?«

»Wie bitte?«

»Ich frage mich nur, ob es fair ist, deine arme Tante so hinters Licht zu führen.«

»Ich muß es, sonst bekomme ich das Geld nicht.«

»Geld ist nicht alles.«

Der revolutionäre Gehalt dieser Aussage verblüffte Lionel Green. Ziemlich spät entschloß er sich, einen versöhnlicheren Ton anzuschlagen. »Du solltest nicht so reden, Liebling. Ich weiß, wie du dich fühlst. Es ist schwer, die ganze Sache geheimzuhalten, aber wir haben keine andere Wahl. Tante Clarissa hat mir schon so oft erklärt, daß sie nie ihre Zustimmung zu unserer Heirat geben würde.«

»Und was hast du darauf gesagt?«

»Was hätte ich sagen sollen?«

»Ich habe mir gedacht, du hättest ihr sagen können, daß sie hingehen soll, wo der Pfeffer wächst, weil du mich liebst und dir nicht bieten läßt, daß sie dich so herumkommandiert.«

Lionel starrte sie an. »Das hätte ich Tante Clarissa sagen sollen?«

Anne entschlüpfte ein unbeabsichtigtes Kompliment. »Jeff hätte es getan.«

»Jeff?«

»Mr. Adair, meine ich. Eigentlich heißt er ja Miller, aber das weißt du sicher schon. Übrigens: Er hat mich vorhin geküßt.«

»Äh – ja. Tante Clarissa hat es mir erzählt.«

»Es scheint dich nicht sehr zu berühren. Ich vermute, deiner Ansicht nach hätte nichts Besseres passieren können.«

Anne hatte damit seine Haltung so genau wiedergegeben, daß ihm keine Erwiderung darauf einfiel, und deshalb entstand eine Pause.

Was Lionel betraf, so war ihm nicht ganz wohl in seiner Haut wegen dieser Pause. Es hatte zwar einige Zeit gedauert, doch war ihm schließlich aufgefallen, daß sich ihr Verhalten gegenüber sonst seltsam verändert hatte. Sie erinnerte ihn an einen Vulkan, der kurz vor dem Ausbruch stand, und das beunruhigte ihn.

Das Verhältnis zwischen Lionel Green und Anne Benedick war noch nie das zwischen zwei Menschen gewesen, die auf gleicher Stufe standen, weil Lionel sich ihr gegenüber stets überlegen fühlte und sie etwas herablassend behandelte. Er betrachtete sie als ein nettes Mädchen, das er formen müsse wie ein weiser Lehrer eine vielversprechende Schülerin. Und nun plötzlich hatte sie sich zu einer selbstbewußt auftretenden Persönlichkeit gewandelt, die ihm Angst einflößte.

Anne ihrerseits hatte festgestellt, daß die Ereignisse des heutigen

Abends sie in einen geistig-seelischen Aufruhr versetzt hatten. Sie kam sich vor wie Dornröschen, das von Jeffs Kuß geweckt worden war. Es sah für sie aus, als wäre sie aus einem Trancezustand erwacht, doch das, was sie bei ihrem Erwachen erkennen konnte, entpuppte sich bei kritischer Würdigung als unbefriedigend.

Bis dahin hatte sie sich über Lionel Green keine Gedanken gemacht, in ihm nur den gutaussehenden Mann gesehen, der das Herz einer jeden Frau schneller schlagen ließ und den sie seit ihrem ersten Zusammentreffen für den idealen Partner gehalten hatte.

Nun aber hatten sich Zweifel an dieser Ansicht eingestellt. Die wenig schmeichelhaften Worte ihres Onkels kamen ihr wieder in den Sinn. »Du würdest keinen Gedanken an Lionel verschwenden, wenn er nicht so geschniegelt und gelackt aussähe«, hatte er gesagt und von der Fassade gesprochen, die Frauen nicht durchschauen könnten. Und wenn sie sich recht erinnerte, hatte er auch behauptet, daß er aus jedem Stück Holz einen besseren Mann schnitzen könne.

Damals hatte sie über diese Behauptung nur gelacht, doch jetzt schien es ihr durchaus denkbar, daß ein Mensch mit geschickten Händen es fertigbringen würde. In ihrer kritischen Analyse fragte sie sich, ob an Lionel noch etwas anderes war als sein angenehmes Äußeres, und sie konnte nichts finden. Die Einsicht schmerzte, doch sie sah sich plötzlich als eines von der Sorte Mädchen, die sich in Filmstars verlieben.

Beide schwiegen einander weiter an. Lionel trat unruhig von einem Fuß auf den anderen, denn seine Befürchtungen wuchsen mit jeder Minute. Anne, stellte er mißmutig fest, schien so angewurzelt an ihrem Platz zu stehen wie ihr Onkel in seinen kontemplativen Phasen. Er sah im Moment keine Möglichkeit, wie es ihm gelingen sollte, sie zu bewegen, ihren derzeitigen Standort zu verlassen, nachdem alle seine bisherigen Anstrengungen vergebens gewesen waren und er sie nicht deutlicher auf die Gefahr hätte hinweisen können, die ihre Anwesenheit bedeutete.

Der Köchin zu sagen, daß sie mit dem Abendessen noch etwas warten solle, nimmt nicht viel Zeit in Anspruch, und wer konnte garantieren, daß seine Tante Clarissa nach Erledigung dieser Angelegenheit nicht auf den Gedanken kam, zurückzukehren und die Unterhaltung fortzuführen?

Anne sprach als erste. Sie erinnerte sich an ihre letzte Bemerkung, bevor das große Schweigen eingesetzt hatte. »Ich vermute, daß das ausschlaggebend war für ihren Entschluß, dir das Geld zu geben.«

»Was?«

»Daß Jeff mich geküßt hat.«

»Bitte nenn ihn nicht Jeff.«

»Entschuldige. War das der Grund?«

»Ja.«

»Ich habe mich schon gewundert, wieso sie plötzlich zu diesem Entschluß kam.«

»Ich auch.«

»Ich habe mich aber auch noch über eine andere Sache gewundert. Warum hast du deine Tante nicht über Mr. Miller aufgeklärt? Du hast doch genau gewußt, wer er ist. Du hättest ihr es nur erzählen müssen, und sie hätte ihn aus dem Haus gewiesen. Du mußt ihn doch nicht ausstehen können. Warum also –«

Während dieser bohrenden Fragen war Lionel immer nervöser geworden, doch war diese Nervosität nichts im Vergleich zu dem panischen Schrecken, der ihn erfaßte, als er sah, daß sich die Tür öffnete.

Einen Augenblick später durfte er erleichtert notieren, daß die große Katastrophe nicht eingetreten war. Nicht Mrs. Cork, sondern Jeff kam herein.

Pure Freundlichkeit hatte Jeff dazu veranlaßt, in diesem kritischen Augenblick das Zimmer von Lionel Green aufzusuchen. Er war zwar weiß Gott kein Freund von Lionel, doch hatte er versprochen, sich während seines Aufenthalts in Shipley Hall um seine Interessen zu kümmern. Als er am Morgen im Delikatessengeschäft Duff & Trotter in der Regent Street die Pralinen für Anne gekauft hatte, hatte er zufällig auch einen saftigen Schinken in Brotteig gesehen. Um Lionel einen Gefallen zu tun, hatte er ein Stück für ihn gekauft, eine Geste, die man ihm hoch anrechnen mußte. Es waren gerade solche kleinen Gefälligkeiten, hatte er sich überlegt, die den Menschen über das Tier erheben.

In der Hektik der letzten Stunden hatte er nicht mehr an diesen Leckerbissen gedacht und sich gerade erst wieder daran erinnert. Er war nun hier, um ihn zu servieren.

Die Anwesenheit von Anne im Green-Quartier überraschte und beunruhigte ihn. Er befand sich in der Situation eines Troubadours, der sich nur für einen Moment vergessen, sich gegenüber einer hohen Dame nicht wie ein Lautenspieler, sondern eher wie ein Raubritter aufgeführt und seitdem noch keinen Gedanken daran verschwendet hatte, wie er sich ihr gegenüber beim nächsten Zusammentreffen verhalten sollte.

Da ihm nichts Besseres einfiel, grinste er verlegen und sagte: »Hallo!… Hier sind Sie also«, fügte er als keine Reaktion erfolgte, hinzu. »Ich habe mich schon gewundert, wo Sie stecken. Ich – äh – möchte mit Ihnen sprechen.«

Anne behandelte ihn wie Luft.

»Um Ihnen zu sagen, daß ich nicht abreise. Mrs. Cork gestattet mir freundlicherweise zu bleiben.«

»So?«

»Ja, sie sagt, ich könne bleiben.«

Lionel schaltete sich in den einseitigen Dialog ein. Der panische Schrecken hatte ihn reizbar gemacht. Jeffs Eindringen ärgerte ihn. Er konnte Jeff nicht leiden, und überhaupt mißfiel ihm, wie sein Zimmer zu einer Anlaufstelle für das ganze Haus zu werden drohte. »Was willst du?« wollte er von Jeff wissen. Sein Ton war nicht sehr höflich, und Jeff hätte ihn unter anderen Umständen darauf hingewiesen, Annes unversöhnliche Haltung ließ jedoch sein Selbstbewußtsein schwinden. »In Erfüllung meines Versprechens«, stammelte er, »bringe ich dir ein Stück Schinken in Brotteig.« Er sah Anne flehentlich an, doch sie wich seinem Blick aus. »Na«, sagte er, nachdem er einen Moment unschlüssig dagestanden war, »dann gehe ich jetzt wieder.« Er zog von dannen.

Knisternde Spannung erfüllte nun den Raum. Anne starrte Lionel an, und Lionel starrte den Schinken an.

Anne schien fassunglos. Sie stand mit zusammengepreßten Lippen und hochgezogenen Augenbrauen da und warf Lionel und dem Schinken einen einzigen, Verwunderung und Abscheu ausdrückenden Blick zu. Jeffs Bemerkung über sein Versprechen und das Geschenk, das er gebracht hatte, sprachen Bände. Nun hatte sie die Antwort auf die Fragen, die sie gestellt hatte.

Ihr fiel es wie Schuppen von den Augen. Das erste Mal, seit sie sich von seinem attraktiven Äußeren hatte blenden lassen, sah sie Lionel Green so, wie er wirklich war. Dieser Anblick wirkte auf sie so abstoßend, daß ihre Liebe zu ihm auf der Stelle erlosch. »Deshalb also! Wegen eines Stücks Schinken in Brotteig!«

Daß sie in ihrer Erregung nur geflüstert hatte und Lionels Aufmerksamkeit anderweitig in Anspruch genommen war, bildete die Ursache dafür, daß ihre Worte keine Beachtung fanden. Lionel starrte immer noch fasziniert den Schinken an.

Sein Magen gehörte zu den ungeduldigen und gefräßigen. Seit einer Stunde hatte er immer häufigere Botschaften ausgesandt, Bestellungen für etwas Deftiges aufgegeben und gegrollt, als er nicht bedient wurde. Und nun hatte er die offizielle Mitteilung erhalten, daß bald etwas Kräftiges auf den Weg gebracht werden würde.

»Da, schau an!« rief Lionel mit zitternder Stimme. »Das ist doch was, meinst du nicht auch? Setz dich und nimm dir ein bißchen davon«, lud er seine Besucherin ein, völlig vergessend, daß er sie kurz zuvor noch zum Gehen aufgefordert hatte. Ein Schinken in Brotteig von Duff & Trotter ließ jedoch keine anderen Gedanken zu. »Ich habe ein Messer in der Kommode. Du kannst ja mit den Fingern essen.«

Anne schluckte, zum einen, weil ihr der Gedanke zuwider war, mit ihm diesen Schinken zu essen, zum anderen, weil ihr in ihrer Erregung die Stimmbänder den Dienst versagen wollten. »Lionel!«

»Wir haben natürlich nichts dazu.«

»Lionel!«

»Nicht mal Senf.«

»Lionel, ich werde dich nicht heiraten.«

»Was?«

»Nie.«

»Was nie?«

Der Boden in Lionels Zimmer war nicht ideal, weil es sich um einen teuren Teppich handelte, aber doch um einiges besser geeignet für das Aufstampfen mit dem Fuß als der moosweiche Weg zwischen den Rhododendren, und Annes Fuß verursachte ein nicht zu überhörendes Geräusch.

»Ich werde dich nicht heiraten!«

Erstmals in der Geschichte des renommierten Unternehmens geschah es, daß ein Schinken in Brotteig von Duff & Trotter nicht die ungeteilte Aufmerksamkeit seines Besitzers in Anspruch nahm. Lionel hatte zugehört, und das, was er vernommen hatte, war so unmißverständlich gewesen, daß er zusammenzuckte und dabei ein Stück Kruste fallen ließ. Die Tatsache, daß er es nicht vom Boden aufhob, obwohl an ihm ein Fettrand zu erkennen war, bewies, wie sehr ihn dieser Satz getroffen hatte.

»Was?!«

»Nein.«

»Du willst mich nicht heiraten?«

»So ist es.«

»Mach keine dummen Witze.«

»Ich meine es ernst.«

»Aber warum?«

»Denk mal darüber nach.«

Lionels Gesicht verfärbte sich dunkelrot. »Darüber nachdenken?« Er lachte sarkastisch und legte den Schinken auf die Kommode. »Ich muß nicht erst darüber nachdenken. Mir ist alles klar.«

»Das ist gut so.«

»Du hast dich in diesen Miller verliebt.«

Diese massive Anschuldigung kam für Anne so unerwartet, daß sie nicht imstande war, sich dazu zu äußern. Sie sah Lionel nur ganz entgeistert an, und dieser entwickelte ihr mit versteinerter Miene seine Theorie. Wer die Verhandlung Pennefather gegen Tarvin miterlebt hatte, wäre unweigerlich an die Vernehmung des Zeugen der Verteidigung durch den Vertreter des Klägers erinnert worden.

»Ich habe es schon seit Tagen vermutet. Ihr seid immer zusammen gewesen. Du scheinst dich nur noch in seiner Gesellschaft wohl zu fuhlen. Er küßt dich dauernd –«

»Er küßt mich nicht dauernd. Er hat mich einmal geküßt.«

»Das behauptest du!« schleuderte Lionel ihr entgegen, verfiel wieder in sarkastisches Gelächter und drehte sich zum Spiegel um, um seinen Bart zu begutachten. Er hatte das Gefühl, daß er sich um ihn kümmern müsse, und das, was er noch zu sagen hatte, ließ sich genauso gut, wenn nicht besser, sagen, indem er ihr den Rücken zuwandte.

»Wenn du nun glaubst, daß ich mir das alles so einfach bieten lasse, dann hast du dich gewaltig getäuscht. Ich gehe sofort zu Tante

Clarissa und erzähle ihr, wer er ist. Das genügt völlig. Heute noch wird er Shipley Hall verlassen müssen.«

Sein Bart sah nun wieder so aus, wie er ihn haben wollte. Er drehte sich um und mußte feststellen, daß weitere Bemerkungen zum Thema keine Zuhörer gefunden hätten. Anne war gegangen.

Dreiundzwanzigstes Kapitel

Mit hängendem Kopf war Jeff aus Lionels Zimmer die Treppe hinunter und durch die Halle zur Küche getrottet. Nach dieser frostigen Begegnung hatte er Mitgefühl und eine Stärkung nötig, und ihm war eingefallen, daß Lord Uffenham ihn mit beidem versorgen könnte.

Lord Uffenham war inzwischen der Wassersuche mit der Wünschelrute überdrüssig geworden und schüttete nun Pennies aus einer Schüssel, um herauszufinden, wie viele bei jedem Versuch mit Kopf oder Wappen nach oben fielen. Von dieser hochgeistigen Tätigkeit sah er auf und grüßte Jeff mit der üblichen Jovialität. »Hallo, junger Mann.«

»Hallo«, erwiderte Jeff zerknirscht.

»Anne hat Sie gesucht.«

»Sie hat mich gefunden. Könnte ich ein kleines Glas Port bekommen?«

»Bedienen Sie sich.«

»Danke.« Er trank das Glas mit einem Schluck leer und fühlte sich danach etwas wohler. Vielleicht verstärkte sich die Wirkung, wenn er noch eines trank.

Er tat es, und unterdessen fiel Lord Uffenham ein, daß Anne nicht die einzige war, die seinen jungen Freund gesucht hatte. »Ach du liebe Zeit! Hab's total vergessen. Auch Mrs. Cork hat Sie gesucht!«

Jeff nickte. »Auch sie hat mich gefunden.«

»Hat sie Sie rausgeworfen?«

»Nein. Was Mrs. Cork angeht, so ist alles in bester Ordnung. Ich habe mich mit ihr kurz unterhalten, und sie hat mir erlaubt zu bleiben.«

»Obwohl Sie nicht der richtige Wie-heißt-er-denn-noch sind?«

»J. Sheringham Adair.«

»Bemerkenswert.«

»Eigentlich nicht. Sie ist eine nüchtern und praktisch denkende Frau, die gleich erkannt hat, welch geringes Vergehen es ist, nicht J. Sheringham Adair zu sein. Dürfte ich mir noch einmal nachschenken?«

»So viel Sie wollen. Dafür ist das Zeug ja da«, sagte Lord Uffenham. Er war der Ansicht, nun alles getan zu haben, was von einem guten Gastgeber erwartet wird, knöpfte seine Weste auf und nahm sich vor, einen strengeren Gesprächston anzuschlagen.

Annes erst vor kurzem gemachte Enthüllungen hatten dem gutmütigen Lord überhaupt nicht gefallen. Ein älterer Verwandter, der bestrebt ist, zwei junge Menschen zusammenzubringen, hört nicht gern, daß sein Rat, der die Erfahrungen eines langen Lebens beinhaltet, von dem jungen Mann, dessen Glück er fördern soll, einfach ignoriert wird.

Der Tadel in seiner Stimme war nicht zu überhören, als er Jeff wie ein gestrenger Vater ansprach: »Spiller.«

»Miller.«

»Sind Sie sicher?«

»Ziemlich.«

»Ich kann mir Namen schlecht merken«, gestand Lord Uffenham ein. »War schon immer so. Erinnere mich daran, daß mir ein Mädchen namens Kate den Laufpaß gab, weil ich es in einem Brief mit Mabel angesprochen hatte. Ich werd' dich der Einfachheit halber Walter nennen.«

Jeff notierte das »dich« nur im Unterbewußtsein. »Nur heiße ich leider auch nicht Walter.«

»Wie heißt du denn nun, zum Donnerwetter?«

»Geoffrey.«

»Natürlich, natürlich. Anne sagt ja Jeff zu dir.«

Die Erwähnung dieses Namens war Jeff sichtlich unangenehm. »Imperfekt. Sie *sagte* immer Jeff zu mir.«

Lord Uffenham schien zu grübeln. »Ich kannte mal eine junge Frau, die wir Jeff nannten, weil ihr Familienname Jefferson war.«

»Und Sie haben sich mit ihr entzweit, weil Sie ihr einen Brief mit falscher Adresse geschickt haben?«

Das Gespräch war genau in die von Lord Uffenham gewünschte Richtung gelaufen. Seine Miene wurde noch strenger. »Nein, mein Junge, das hab' ich nicht. Wenn du es genau wissen willst: Wir haben uns entzweit, weil ich sie so zurückhaltend und respektvoll behandelt hab', wie ein Mann, der von einer schlafenden Venus die Fliegen wegscheucht. Ich war damals noch ein ziemlich grüner Junge und lebte in dem Wahn, daß Frauen es schätzen, wenn man sie wie Göttinnen aus der Ferne verehrt. Diese Miss Jefferson war ein Ballettmädchen und hatte dafür nicht das geringste Verständnis. Kurz nachdem ich sie an einem Sommertag zu einer Bootsfahrt eingeladen hatte, kam mir zu Gehör, daß sie in ganz London herumerzählte, ich wär' ein Pfeifenheini.«

»Was?«

»Pfeifenheini. Damals eine gängige Bezeichnung für einen jungen Mann, dem es an Unternehmungsgeist mangelt. Mrs. Molloy würde ihn als Waschlappen oder Schlappschwanz bezeichnen.«

Der damit indirekt bestätigte häufige Umgang mit dieser Frau, der man nicht über den Weg trauen konnte, mißfiel Jeff. »Kommt Mrs. Molly eigentlich oft zu Ihnen?«

»Ziemlich oft.«

»Ich würde sie nicht zu sehr ins Vertrauen ziehen.«

»Was meinst du damit?«

»Ich würde ihr zum Beispiel nichts von den Diamanten sagen.«

»Mein Junge, für was hältst du mich eigentlich? Würde mir nicht im Traum einfallen. Wenn es um ein Geheimnis geht, kann ich schweigen wie ein Grab. Wo waren wir stehen geblieben? Ach ja«, kramte Lord Uffenheim weiter in seinen Erinnerungen, »sie hat also überall herumerzählt, daß ich ein Pfeifenheini sei. Anscheinend hatte sie ein völlig anderes als mein äußerst korrektes Benehmen erwartet. Das war für mich eine Lektion, die ich nie vergessen werde. Diese Lektion hab' ich dir vermitteln wollen, aber hast du sie kapiert? Nein. Nach all dem, was ich dir gesagt hab', trotz der Tatsache, daß ich dich angefleht habe, Anne zu umarmen, daß ihr die Rippen krachen, scheinst du mit deinem idiotischen Troubadourquatsch weitergemacht zu haben und, wie ich es vorausgesehen habe, nicht weit gekommen zu sein. Eine riesige Enttäuschung für mich. So groß, daß ich mir überlege, nie mehr jemandem helfend unter die Arme zu greifen.«

Jeff lächelte gequält. »Mir scheint, Sie sind nicht ganz auf dem laufenden. Seit ihrem Besuch hier bei Ihnen hat sich die Lage grundlegend geändert. Die Troubadouraktien sind deutlich gefallen und die Catcheraktien dementsprechend gestiegen.«

»Was für 'n Zeug?«

»Ich habe Ihren Rat befolgt.«

»Du hast sie geküßt?«

»Ja.«

»Sehr gut. Dann ist ja alles in Ordnung, oder?«

»Eigentlich ja. Nur daß sie nie mehr mit mir sprechen will.«

»Das war also das Ergebnis?«

»Das kam dabei heraus.«

Lord Uffenham legte seine Hand beruhigend auf Jeffs Knie. »Mach dir keine Sorgen, Junge. Sie wird schon wieder vernünftig werden.«

»Glauben Sie?«

»Bin vollkommen sicher.«

»Es ist also nicht notwendig, daß ich aus Kummer Selbstmord begehe?«

»Überhaupt nicht.«

»Prima. Ich wollte Sie nämlich gerade um einen Ziegelstein und etwas Schnur bitten, damit ich mich im Teich ertränken kann.«

Lord Uffenham hätte beinahe den kostbaren Inhalt seines Glases verschüttet. »Teich! Da fällt mir etwas ein. Hat sie dir vom Teich erzählt?«

»Nein, das hat sie nicht. Aber mir scheint, Sie haben noch immer nicht begriffen, was ich sagte. Sie haben wohl den Eindruck, sie und ich verständen uns prächtig und führten lange Gespräche über alle möglichen Themen – über Teiche zum Beispiel. Doch dieser Eindruck ist falsch. Wenn zwischen uns so etwas stattfindet, was man Unterhaltung nennen könnte, dann bin fast ausschließlich ich derjenige, der redet. Gelegentlich kann ich ihr dabei ein ›so?‹ entlocken, worüber ich mich freue, denn ansonsten beschränkt sie sich auf eisige Blicke. Stellen Sie sich eine Trappistennonne vor, und damit beantwortet sich die Frage, ob sie mir vom Teich erzählt hat. Um welchen Teich geht es denn überhaupt?«

Lord Uffenham traf eine Feststellung, die vor ihm bereits andere getroffen hatten. Er teilte sie seinem Gesprächspartner mit. »Junge, du redest zu viel.«

Jeff reagierte gekränkt. »Das läßt sich leicht sagen. Aber wenn ich Worte durch Taten ersetze, dann komme ich auch nicht weiter, wie sich gezeigt hat. Ich glaube, für alle Fälle borge ich mir den Ziegelstein doch aus.«

»Würdest du mich zwischendurch auch mal zu Wort kommen lassen?«

»Aber selbstverständlich. Sie wollten mir etwas über Teiche erzählen?«

»Du kennst den Teich da draußen?«

»Natürlich. Ein hübsches Fleckchen. Das satte Grün am Rand, die Seerosen, die Fische –«

»Walter!«

»Jeff.«

»Ich meine natürlich Jeff. Darf ich dir eine simple Frage stellen?«

»Nur zu.«

»Kannst du eigentlich mal deine Klappe halten, geht das überhaupt? Es geht? Dann halt sie endlich einmal. Du kommst einem ja so vor wie eine dieser fürchterlichen Figuren bei Shakespeare, die ellenlange Monologe halten. Zum Teich. Ich hab' Anne erzählt, es wäre möglich, daß ich die Diamanten drin versteckt hab'. Und weißt du, was sie darauf sagte? Sie sagte, sie werde Lionel bitten, dort nachzusehen.«

»Lächerlich.«

»Hab' ich auch gesagt.«

»Lionel Green hat sich seit der Schulzeit vielleicht so weit zum Positiven verändert, daß er ins Bad geht, die Tür hinter sich zuschließt und mit der Hand, viel wahrscheinlicher aber mit der Bürste, ein bißchen Wasser verspritzt, aber in einen Teich würde man ihn nie bringen. Wenn es jemandem wie durch ein Wunder doch gelänge, würde Lionel nie etwas finden. Ich muß allerdings gestehen, daß ich ihn nur allzu gern im Teich paddeln sähe – und ich würde am Rand im Gras liegen und ihm gute Ratschläge geben.«

»Du sagst, Anne redet nicht mit dir. Vermute, du läßt sie gar nicht erst zu Wort kommen. So ein unmöglicher Schwätzer... Aber ich will mich jetzt nicht darüber auslassen. Du mußt im Teich suchen.«

»Heute nacht noch.«

»Im Dunkeln?«

»Der Mond scheint doch. Können Sie mir eine Badehose leihen?«

»Ich hab' keine.«

»Ich werde mir die von Mr. Shepperson borgen. Ich weiß, daß er eine hat, weil er vor dem Frühstück in der Badehose auf dem Rasen herumgehüpft ist. Sind Sie sicher, daß die Dinger dort sind?«

»Sicher nicht. Ich hab' schon zu viele Enttäuschungen in der letzten Zeit erlebt, um mir sicher zu sein. Ich hab' es Anne erzählt, daß mir das Wort ›Teich‹ plötzlich in den Sinn kam. Es muß etwas bedeuten.«

»Für mich bedeutet es wahrscheinlich eine Erkältung.«

»Willst du es etwa nicht machen, Walter?«

»Wer sagt das? Außerdem heiße ich nicht Walter. Im übrigen paßt mir das alles sehr gut. Wenn ich die Diamanten finde, werfe ich sie Ihnen ans Ufer und kann mich dann gleich anschließend ertränken.«

»Ich will nicht, daß du so redest. Sie wird noch Vernunft annehmen.«

»Wird sie nie. Ich habe sie so verletzt, daß sie es mir nie verzeihen wird. Ich habe sie zutiefst schockiert mit meinem Verhalten.«

»Mach dir keine Sorgen, Junge. Ich kenne Anne, und ich garantier' dir, daß sie Vernunft annehmen wird. Mein Gott, glaubst du etwa nicht, daß es den Mädchen gefällt, wenn sie geküßt werden?«

»Wenn es der Richtige ist.«

»Und der bist du. Ich hab' dich für sie ausgesucht. Mach dir keine Sorgen. Ich bin derjenige, der sich Sorgen machen könnte.«

»Sie? Warum?«

Lord Uffenham setzte eine feierliche Miene auf. »Weil, wenn wir die Diamanten nicht finden, ich das größte Opfer bringen muß.«

»Was meinen Sie damit?«

»Ganz einfach. Annes Geld wurde mir zu treuen Händen anvertraut, nicht wahr? Wenn ich es verloren habe, dann bin ich doch verpflichtet, etwas zu tun, oder? Daß sie versorgt ist und so. Und ich werd' etwas tun. Als Mann von Ehre habe ich keine andere Wahl. Ich gestehe dir aber auch ganz offen, daß mir bei dem Gedanken daran nicht ganz wohl ist.«

»Bei welchem Gedanken?«

»Mrs. Cork zu heiraten.«

Die Bekanntschaft mit George Viscount Uffenham bestand zwar noch nicht lange, doch hatte Jeff das Gefühl gehabt, daß nichts, was dieser sagen oder tun würde, ihn noch überraschen könnte. Aber dieser Satz zeigte ihm, daß er sich getäuscht hatte. Er starrte den Lord entgeistert an. Dieser saß kerzengerade und blickte großmütig, heldenhaft drein.

»Was haben Sie eben gesagt? Sie wollen Mrs. Cork heiraten?«

»Wenn wir die Diamanten nicht finden. Ich kann Anne nicht darunter leiden lassen, daß ich ihr Geld zwar in bester Absicht, aber möglicherweise doch falsch verwaltet habe. Es ist ein Fall von... wie heißt dieser blöde Ausdruck denn bloß noch? Liegt mir auf der Zunge.«

»Noblesse oblige?«

»Richtig. Noblesse oblige. Danke, Jeff.«

»Keine Ursache.«

»Ja, so liegen die Dinge. Wenn du also im Teich suchst, dann tu es gründlich, mein Junge. Laß keinen Quadratzentimeter aus.«

»Glauben Sie, daß Mrs. Cork Sie heiraten will?«

Lord Uffenham zog die Augenbrauen hoch. Die Frage schien ihn zu amüsieren. »Kümmer dich mal um eine Badehose.«

Nachdem Jeff gegangen war, blieb Lord Uffenham eine Zeitlang regungslos sitzen und blickte weiterhin großmütig und heldenhaft drein. Aber allmählich verschwand dieser Ausdruck aus seinem Gesicht; er wurde ersetzt durch Nervosität und Unbehagen. Er stellte sich nämlich Mrs. Cork in der Rolle seiner Lebensgefährtin vor, und das Bild, das sich da vor seinem geistigen Auge formte, war nicht dazu angetan, ihn die Hochzeit herbeisehnen zu lassen.

Nach fünf Minuten stellten sich ihm die Aussichten so trübe dar, daß er es als eine große Erleichterung empfand, als sich die Tür öffnete und er nicht länger mit sich und seinen Gedanken allein war. Er erwartete Jeff zurück, doch nicht er, sondern Anne trat ein. Ihre Wangen waren gerötet, und ihre Augen funkelten, was in ihm die Hoffnung aufkeimen ließ, Jeff sei ihr auf dem Gang begegnet und habe sie erneut geküßt. Seiner Meinung nach konnte das nicht oft genug geschehen.

Allem Anschein nach war dies jedoch nicht der Grund für die

geröteten Wangen und den funkelnden Blick. Sie kam ohne Umschweife zur Sache. »Onkel George.«

»Was ist, meine Liebe?«

»Ich habe meine Verlobung gelöst.«

»Was?!«

»Ich habe meine Verlobung gelöst. Ich werde Lionel nicht heiraten. Ich vermute, dir ist das recht.«

Nichts, so sollte man meinen, auch nicht die freudigste Überraschung, hätte Lord Uffenham veranlassen können, vom Stuhl hochzuspringen, doch er erhob sich mit einer für ihn außergewöhnlichen Schnelligkeit und breitete die Arme aus wie der gütige Vater in einem Melodrama, der seine verlorengeglaubte Tochter willkommen heißt. »Mir recht? Das ist gar kein Ausdruck. Ich freue mich wie ein Schneekönig. Wann ist das passiert?«

»Gerade eben.«

»Du hast ihm wirklich den Laufpaß gegeben? Bist endlich zur Vernunft gekommen? Prima. Ausgezeichnet. Phantastisch. Ich kann es fast nicht glauben. Jeff!« rief Lord Uffenham, als die Tür aufging. »Ich hab' eine große Neuigkeit für dich, mein Junge! Du wirst vor Freude an die Decke springen. Sie hat ihre hirnrissige Verlobung mit diesem windigen Fensterputzer aufgekündigt.«

Jeff blieb wie vom Schlag getroffen stehen. »Das gibt's nicht!«

»Doch. Hat's mir selbst erzählt. Ist das nicht wunderbar?«

»Enorm.«

»Was hältst du jetzt von dem Rat, den ich dir gegeben hab'?«

»Ich nehme meine Kritik daran mit dem Ausdruck des Bedauerns zurück.«

»Und hatte ich recht?«

»Sie hatten völlig recht.«

»Ich hab' immer recht, wenn's um Frauen geht.«

»Sie sind ein Frauenkenner.«

»Weil ich mich ein Leben lang mit ihnen befaßt habe.«

»Nun wissen wir auch, wieso die Tragödie mit dieser Miss Jefferson geschehen mußte. Nur deshalb konnten Sie an Ihrem Lebensabend –«

»Was meinst du mit ›Lebensabend‹?«

»Im besten Alter natürlich. Nur deshalb konnten Sie im besten Alter einem jungen Mann mit Rat und Tat zur Seite stehen. Leiden sind Lehren, wie schon Äsop sagt.«

»Jeff!«

»Zu Diensten!«

»Du redest wieder zu viel!«

»Ich bitte vielmals um Verzeihung.«

»Versuch, dich in dieser Beziehung etwas zu mäßigen, mein Junge. Es ist dein einziger Fehler. Aber abgesehen von deiner Neigung, niemand zu Wort kommen zu lassen, bist du ein feiner Kerl, den ich gern mit meiner Nichte verheiratet sehen möchte.«

»Nett, daß Sie mir das sagen.«

»Keine Ursache. Der Gedanke, daß sie sich einem Kerl in die Arme wirft, der den Kopf schief hält und mit den Händen in den Hosentaschen herumläuft und hinausposaunt, der Tisch im Speisesaal müsse raus, weil er nicht zu den Tapeten paßt, war für mich ein einziger Alptraum. Aber jetzt kommt alles in Ordnung. Du bist der richtige Mann für sie.«

»Ich werde versuchen, sie glücklich zu machen.«

»Sie wird ein Leben lang glücklich sein mit dir.«

»Ich kann nicht sagen, wie dankbar ich Ihnen bin. Aber für Sie...«

Anne hatte diesem Austausch von Komplimenten gleichgültig zugehört. Sie hatte keine Möglichkeit gesehen, den Wortschwall zu unterbrechen, doch bei dem Wort »Sie« hatte Jeff seinem Freund und Förderer einen bewundernden Blick zugeworfen und nach Worten gesucht, die seine Gefühle angemessen ausdrücken könnten.

Anne nützte seine kleine Denkpause. »Darf ich etwas sagen?«

»Selbstverständlich«, ermunterte Lord Uffenham sie freundlich.

»Aber selbstverständlich«, forderte Jeff sie noch freundlicher auf.

Sie überging seine Bemerkung und wandte sich an ihren Onkel. »Ich möchte nur feststellen, daß ich Mr. Miller auch dann nicht heiraten würde, wenn er der einzige Mann auf der Welt wäre.« Mit diesem oder einem ähnlichen Satz hat schon manche weibliche Hauptperson in so manchem Theaterstück unter hysterischem Lachen ihrem Abgang den nötigen Nachdruck verliehen. Anne lachte zwar nicht hysterisch, doch sie ging hinaus und warf die Tür knallend hinter sich zu.

Vierundzwanzigstes Kapitel

Jeff erholte sich langsam von dem Schock, den junge Männer häufig erleiden, wenn über die Lippen der Geliebten Worte kommen wie die, die er gerade hatte vernehmen müssen. Das Gefühl, einen Schlag auf den Kopf erhalten zu haben, ließ allmählich nach.

»Was soll ich denn nun unternehmen?« fragte er den Lord. »Was würden Sie an meiner Stelle tun, wenn Sie der einzige Mann auf der Welt wären und das Mädchen, das Sie lieben, Sie nicht heiraten will?«

Lord Uffenham winkte lässig ab. »Mach dir keine Sorgen, Junge –«

»Einen Moment bitte. Lassen Sie mich raten. Weil sie zur Vernunft kommen wird?«

»Ganz genau.«

»Sie glauben noch immer, daß sie's wird?«

»Natürlich.«

»Ich hatte nur den Eindruck, daß ihr letzter Satz ziemlich endgültig klang.«

»Von wegen. Frauen meinen höchstens zehn Prozent von dem, was sie sagen, wirklich ernst. Geh ihr nach und sprich mit ihr.«

»Und wenn sie nur durch mich hindurchschaut, als wäre ich überhaupt nicht vorhanden? Ich habe ja bereits erwähnt, daß sie mir gegenüber in der letzten Zeit recht schweigsam war.«

»Dann bring sie zum Lachen.«

»Ich soll sie also zum Lachen bringen?«

»Du wirst es schaffen, wenn du's nur versuchst, und wenn sie mal lacht, dann redet sie auch mit dir. Sie hat Humor, und deshalb mußt du mit ihr herumflachsen. Ich weiß genau, was du denkst. Du fragst dich: ›Was würde ein Troubadour an meiner Stelle machen?‹ und meinst, du müßtest zu Kreuze kriechen. Ich bitte dich inständig, mein Junge, dir diesen Troubadourblödsinn aus dem Kopf zu schlagen. Sei fröhlich, lustig, aufgekratzt. Du kannst doch reden wie ein Buch! Mach es. Komm nicht auf allen vieren zu ihr hingekrochen wie ein Sünder in Sack und Asche, sondern so, als wär' ü-ber-haupt nichts gewesen. Es ist doch offensichtlich, daß sie verrückt nach dir ist. Wenn sie's nicht wär', hätt' sie dann diesen Kloputzer abserviert? Ich hab' dir gesagt, es klappt, wenn du sie küßt, und es hat geklappt. Du hast sie einmal in die Arme genommen, und schon löst sie ihre Verlobung. Was willst du eigentlich noch?«

Etwas atemlos nach diesem langen Vortrag schenkte sich Lord Uffenham sein Glas nach. Mit Befriedigung stellte er fest, daß seine Ansprache Wirkung zeigte. Die Miene des jungen Mannes hatte sich deutlich aufgehellt.

Und Jeff sah tatsächlich einen Silberstreifen am Horizont. Es war nicht zu leugnen, daß irgend etwas Anne dazu veranlaßt haben mußte, die Verlobung rückgängig zu machen. Es konnte kaum ein Zufall sein, daß dieser Entschluß unmittelbar nach seinen Aktivitäten auf dem Weg zwischen den Rhododendren erfolgte; man durfte deshalb annehmen, daß das von Lord Uffenham empfohlene Vorgehen richtig gewesen war. Und wenn der alte Meister damit recht gehabt hatte, bestanden berechtigte Hoffnungen, daß er diesmal auch wieder recht haben würde.

»Na schön, ich gehe und werde sehen, was geschieht. Ehrlich gesagt, ich fühle mich ein wenig wie auf einem Himmelfahrtskommando, aber ich gehe und harre der Dinge, die da kommen werden.«

»Recht so, genau die richtige Einstellung«, prostete Lord Uffenham ihm zu. »Ich wette, du bist in zehn Minuten zurück und sagst, daß alles paletti ist.«

»Bitte?«

»Auch so ein Ausdruck von Mrs. Molloy«, klärte Lord Uffenham ihn auf. »Nettes Persönchen.«

Daß Jeff, als er sich auf die Suche nach Anne begab, nicht über diese erneute Bestätigung für den häufigen Umgang des für weibliche Schönheit anfälligen Lord mit einer raffinierten und gefährlichen Frau nachdachte, beweist die alles andere zur Nebensächlichkeit verurteilende Intensität seiner Gefühle. Ihm ging das durch den Kopf, was Lord Uffenham über die geringe Bedeutung dessen gesagt hatte, was Frauen im Zorn von sich geben.

Wenn Frauen wirklich nur zehn Prozent von dem, was sie in wütender Erregung sagen, wirklich meinen, dann konnte es durchaus sein, daß auch ihre Blicke nur zu einem geringen Prozentsatz – vielleicht fünfzehn vom Hundert – ernst gemeint waren, und wenn dem so war, durfte er mit Optimismus in die Zukunft sehen.

Trotz alledem merkte er, als er Klavierklänge hörte, Annes Spielweise erkannte und seine Schritte zum großen Salon lenkte, von woher die Klänge kamen, daß ihn der Mut verließ.

In der Hoffnung, ihre strapazierten Nerven beruhigen zu können, war Anne an das Klavier im Salon geeilt. Die meisten Frauen, die Klavier spielen können, tun dies vorzugsweise in Phasen großer seelischer Belastung, und in einer solchen befand sie sich nach den Ereignissen der letzten Stunden. Sie war froh, daß Mrs. Corks Anhängerschaft den schönen Abend nutzte, um sich unter freiem Himmel zu ergehen, und sie den Salon für sich hatte. Hätte sie gewußt, daß aus ihrer Einsamkeit bald ein Tête-à-tête werden würde, wäre sie bestimmt nicht mehr so froh gewesen. Doch sie wußte es noch nicht. Sie setzte sich ans Klavier und begann sich ihren Kummer von der Seele zu spielen.

Indessen wich ihre Feindseligkeit gegen Jeff nicht, und dieser hätte wahrlich keinen ungünstigeren Augenblick wählen können, um den Salon zu betreten. Der Blick, den Anne ihm über die Schulter zuwarf, sprach Bände, und es kostete Jeff einiges an Überwindung, bevor er zu ihr ging.

Er blieb neben ihr stehen und sah sie mit einem Blick an, in dem, wie er hoffte, Verehrung und Reue zu lesen waren. »Hallo«, sprach er sie an, »Sie spielen Klavier?« Aber kaum hatte er dies gesagt, wurde ihm auch schon bewußt, daß es kaum die ideale Wendung war, eine Unterhaltung in Gang zu bringen. Sie klang keineswegs fröhlich oder lustig. Er würde sich noch gewaltig steigern müssen.

Anne zeigte keine Reaktion. Die Frage, die ihr gestellt worden war, hätte mit einem mündlichen Ja beantwortet werden können, doch wenn man Klavier spielt und ein Mann, den man verabscheut, fragt, ob man Klavier spielt, dann ist es viel einfacher, wenn man weiter Klavier spielt, denn die Antwort ergibt sich dann von selbst. Sie ließ also weiter ihre Finger über die Tasten gleiten, und da Jeff die in dieser Situation erforderliche zündende Bemerkung immer noch nicht eingefallen war, stockte die Unterhaltung.

Sie war auch noch nicht in Gang gekommen, als Mrs. Cork kurz danach in den Salon segelte. Die Herrin des Hauses war auf der Suche nach Jeff, denn sie hatte gerade ihren Neffen in der Halle getroffen und von ihm Ungeheuerliches erfahren. Als sie Jeff nun neben dem

Klavier stehen sah, entflammte in ihren Augen jener gestrenge Blick, den viele Giraffen und Antilopen noch bemerkt hatten, bevor sie in die ewigen Jagdgründe überwechseln mußten.

Bei dem, was Lionel ihr in ziemlicher Erregung erzählt hatte, war einiges im unklaren geblieben. Sie verstand immer noch nicht, was ihn veranlaßt hatte, bis dato über eine Angelegenheit zu schweigen, die nach ihrem Dafürhalten hätte sofort erledigt werden müssen. Den entscheidenden Punkt hatte er ihr allerdings mitgeteilt, und als sie nun sprach, lag in ihrer Stimme ein kehliges Knurren, das jeder Leopard gern in sein Repertoire aufgenommen hätte.

»Sie sind J. G. Miller«, rief sie unter Verzicht auf höfliche Floskeln, wie es ihre direkte Art war.

Etwas an ihrem Verhalten, als sie jetzt auf ihn zustürzte, bedeutete Jeff, daß sein Ansehen bei seiner Gastgeberin gesunken war; ihre Worte trafen ihn zwar, doch nicht völlig unvorbereitet. Er setzte ein freundliches und, wie er hoffte, gewinnendes Lächeln auf. »Richtig«, erwiderte er. »J. G. Miller. Ich hatte es Ihnen eben sagen wollen.«

»Sie verlassen das Haus auf der Stelle.«

Mrs. Cork katte ihre Anordnung zwar unmißverständlich und mit dem nötigen Nachdruck verlautbart, doch ganz zufrieden war sie damit nicht. Aber im Gegensatz zu Anne und Jeff hatte sie nicht das Gefühl, daß sie das, was sie sagen wollte, hätte besser zum Ausdruck bringen können. Was sie wurmte, war, daß sie sich mit Worten begnügen mußte. Eine Frau, die mit dem Gedanken gespielt hat, einen Mann mit bloßen Händen zu erwürgen, stört es ungemein, wenn sie sich gezwungen sieht, ihr Vorhaben so weit abzuändern, daß sie ihn nur aus dem Haus weist.

Aber die Tabus der Zivilisation sind streng. Ein Verhalten, das in Afrika nichts Außergewöhnliches ist, stößt in England auf massive Kritik. Einer Frau, die in England eine neue Lebensweise propagieren will, bleibt daher nur die Wahl zwischen zwei Möglichkeiten: Entweder sie nimmt davon Abstand, Leute zu erwürgen, oder sie muß sich einen anderen Wirkungskreis suchen.

Jeff hatte den Kopf gesenkt. Er wirkte wie ein ertappter Übeltäter, der den Schuldspruch annimmt in der Erkenntnis, daß er sich alles selbst zuzuschreiben hat. »Ich verstehe Ihre Entscheidung. Nach meinem Auftreten vor Gericht ist es nur natürlich, daß Sie mich auffordern, unverzüglich abzureisen. Es hat vermutlich keinen Zweck mehr, daß ich Ihnen versichere, daß ich mein Verhalten zutiefst bereue?«

»In einer halben Stunde geht ein Zug.«

»Wenn ich auch nur die leiseste Ahnung gehabt hätte, daß Lionel Green Ihr Neffe ist, wäre meine Einvernahme des Zeugen der Verteidigung völlig anders verlaufen.«

»Ich habe den Butler angewiesen, Ihre Sachen zu packen.«

»Ich habe es befürchtet.« Jeff wandte sich zu Anne. »Auf Wiedersehen.«

»Auf Wiedersehen.«

»In einer halben Stunde werde ich nicht mehr hier sein.«

»Eine halbe Stunde geht schnell vorbei«, stellte Anne ungerührt fest.

»Aber bevor ich gehe«, sagte Jeff und widmete Mrs. Cork abermals ein gewinnendes Lächeln, »möchte ich Sie um einen Gefallen bitten. Würden Sie mein Exemplar Ihres Buches *Eine Frau in der Wildnis* signieren? Es gehört zu meinen Lieblingsbüchern, aber ihm fehlt noch diese besondere Note.«

Auch die größten Männer und Frauen haben eine schwache Stelle. Bei Achilles war es die Ferse, bei Mrs. Cork ihre *Frau in der Wildnis*. Wer Clarissa Cork sagte, er habe sich ihr Geistesprodukt zugelegt, hatte ein unerschöpfliches Gesprächsthema angeschnitten. Es entspräche nicht ganz den Tatsachen, wenn man behaupten würde, sie habe sich bei Jeffs Worten in die Liebenswürdigkeit selbst verwandelt, doch war ihr deutlich anzumerken, daß sie nicht mehr vor Wut kochte. Ihr Blick, der voller Verachtung gewesen war, als wäre Jeff eine Raupe, die sie in der ihr von Eingeborenen dargereichten Schale mit Hirsebrei entdeckt hatte, war nun um einiges freundlicher.

Schriftsteller leiden insgeheim darunter, daß sie zu selten Kontakt zu ihren Lesern haben. Mrs. Cork war von ihrem Verleger mitgeteilt worden, daß *Eine Frau in der Wildnis* zweihundertsechs Käufer gefunden hatte, doch noch nie war sie einem dieser Freunde spannender schöngeistiger Literatur von Angesicht zu Angesicht gegenübergestanden. Bisher hatte sie sich mit dem Urteil eines Provinzblattes, das Buch enthalte einige interessante Beobachtungen, und der zurückhaltenden Wertung der Literaturbeilage der *Times*, es umfasse dreihundertfünfzehn Seiten, zufriedengeben müssen.

Es traf zwar zu, daß Besucher von Shipley Hall mit einem Exemplar unter dem Arm das Haus verlassen hatten, doch erst nachdem sie es ihnen aufgezwungen hatte wie, in Lord Uffenhams drastischer Ausdrucksweise, eine Mutter, die ihrem Kind Lebertran einflößt. Diese Form des Vertriebs hatte jedoch für sie immer den Ruch des Unfairen gehabt und sie mit ähnlichen Schuldgefühlen erfüllt, als habe sie entgegen den Prinzipien der Weidgerechtigkeit ein schlafendes Nilpferd geschossen.

»Dieses Kapitel über das Krokodil«, spann Jeff den Faden weiter, »Sie erinnern sich sicher. Es hat mich ungeheuer beeindruckt. Es erfüllte mich stets mit einem gewissen Unbehagen, daß, wenn ich ein Krokodil auf einer Sandbank liegen sehen würde, ich nicht wüßte, was ich tun sollte, und ich schämte mich deshalb, denn ein junger Mann sollte es unbedingt wissen. Sie sind tatsächlich hinübergeschwommen und haben es geschossen?«

»Mitten ins Auge.«

»Ist das die beste Stelle, um den Schuß anzubringen?«

»Die einzig mögliche.«

»Das muß ich mir merken. Und dann die Geschichte von dem Medizinmann, der die Schlange einfach hinunterschluckte. Faszinierend.«

Mrs. Cork entfuhr ein mädchenhaftes Lachen. »Sie scheinen das Buch aber wirklich gut zu kennen.«

»Beinahe auswendig.«

»Nein, so was!«

»Es hat mich so inspiriert, daß ich unter allen Umständen nach Afrika fahren möchte. Gut möglich, daß ich gleich nach meiner Abreise von hier dorthin aufbreche.«

»Ich habe –«

»Ja, das ginge. Wenn ich zwei Tage dafür rechne, die notwendige Ausrüstung zu kaufen –«

»Ich habe mir die Sache überlegt –«

»Was sollte ich auf jeden Fall mitnehmen? Waffen, leichte Kleidung, einen Tropenhelm, Stiefel, Salben für die Behandlung von Leopardenbissen –«

»Ich habe mir die Sache noch einmal überlegt, Mr. Miller«, fiel ihm

Mrs. Cork nun energisch ins Wort. »Ich sehe eigentlich keinen Anlaß, warum Sie abreisen sollten. Ich finde Ihr Verhalten vor Gericht immer noch sehr ungewöhnlich –«

»Unverzeihlich. Ich bedauere es um so mehr, als ich, seit ich hier bin, die Gelegenheit hatte, Ihren Neffen etwas näher kennenzulernen, und seine ruhige, nette Art hat mich sehr beeindruckt. Es tut mir besonders leid, daß ich Shipley Hall nun verlassen muß, denn wir wären, wenn wir noch etwas Zeit gehabt hätten, bestimmt gute Freunde geworden. Aber ich verstehe Ihre Entscheidung sehr gut.«

»Es wäre mir ein Vergnügen, wenn Sie bleiben würden.«

»Wirklich? Das ist zu freundlich von Ihnen, Mrs. Cork. Ich vermag es fast nicht zu glauben.«

»Miss Benedick, sagen Sie dem Butler, er brauche Mr. Millers Sachen nicht zu packen.«

»Ja, Mrs. Cork.«

»Ich werde Sie begleiten«, bot Jeff an.

»Machen Sie sich keine Mühe.«

»Überhaupt nicht.«

Auf dem Gang drehte sich Anne zu ihm um und sah ihn mißbilligend an. »Hören Sie auf damit!« zischte sie.

»Womit denn?«

»Spitzbübisch zu grinsen und sich selbst wegen dieses Geniestreichs auf die Schulter zu klopfen.«

»Aber es war doch einer, nicht wahr?«

»Auf Wiedersehen.«

»Nur eine Minute –«

Aber Anne hatte sich bereits umgedreht und ging schnellen Schrittes davon.

Jeff lief ihr nach. »Aber hören Sie doch –«

Es gibt wohl kaum etwas Schwierigeres, als einer Frau, die vor einem den Gang entlangrast, sein Herz auszuschütten. Als sie die Halle erreichten, war Jeff noch mit den Präliminarien beschäftigt, und als sie in die Küche zu Lord Uffenham kamen und ihn aus einem anscheinend tieferen Trancezustand aufschreckten, hatte Jeff sein Anliegen erst teilweise darstellen können. »Onkel George!«

»Was gibt's?« fragte der Lord noch ziemlich entrückt. »Ach du bist's, Jeff. Ich wollte dich schon suchen, und auch dich, Anne.

Die Sache mit dem Teich hat sich erledigt. Ich hab' die Dinger zwar, an einer starken Schnur angebunden, im Wasser versenkt, kann mich aber nun dran erinnern, daß ich sie am nächsten Tag wieder rausgezogen hab'.«

»Onkel George, Mrs. Cork läßt sagen, du brauchst die Sachen von Mr. Miller nicht zu packen.«

»Nicht zu packen?«

»Nein.«

»Er muß nicht weg?«

»Nein.«

»Sehr gut. Prima. Ich verstehe. Hast dich für ihn eingesetzt. Braves Mädchen, braves Mädchen.«

»Ich habe mich nicht für ihn eingesetzt!« schrie Anne und verschwand wie der Blitz.

Jeff blinzelte, als sie an ihm vorbeirauschte.

Lord Uffenham war ebenfalls beeindruckt von ihrer Schnelligkeit. Er hatte schon viele Mädchen so aus einem Zimmer laufen sehen und nickte weise. »Sie ist immer noch tollwütig.«

Jeff mißfiel dieser Ausdruck, doch er mußte zugeben, daß er die Tatsachen treffend zusammenfaßte. »Immer noch tollwütig«, pflichtet er bei.

»Noch nicht zur Vernunft gekommen.«

»Nein, immer noch nicht.«

Lord Uffenham überlegte. »Hast du sie noch einmal geküßt?«

»Nein, nicht.«

»Dann geh ihr nach und mach's.«

»Werde ich nicht.«

»Könnte aber den Genesungsprozeß einleiten.«

»Hören Sie mal«, sagte Jeff ruhig. »Ich habe Ihnen doch erzählt, daß sie überhaupt oder nur ganz wenig mit mir spricht. Sie haben nun mit eigenen Augen sehen können, daß sie aus meiner Nähe flüchtet, als wär' der Teufel hinter ihr her. Diese Tatsache erschwert es mir, Ihren Rat zu befolgen.«

»Verstehe. Was passierte, als du ihr vorhin nachgegangen bist?«

»Ich fand sie im Salon und versuchte, mit ihr ins Gespräch zu kommen, doch sie spielte einfach weiter Klavier.«

»Wirklich? Frauen sind schon seltsame Wesen.«

»Kann ich nur bestätigen.«

»Ich kannte eine Frau –«

Jeff hob abwehrend die Hand. »Jetzt nicht.«

»Ich wollte nur sagen –«

»Ich weiß. Aber behalten Sie es für sich.«

»Ich wollte nur sagen, daß sie immer Posaune spielte, wenn sie wütend war«, verkündete Lord Uffenham und fiel in grübelndes Schweigen.

In der Hoffnung, den Denkprozeß beschleunigen zu können, zog Jeff sein Zigarettenetui aus der Tasche und bot dem Lord eine Zigarette an.

Dieser schüttelte den Kopf. »Rauche nicht mehr. Hab' es aufgegeben.«

»Aus Rücksicht auf die Gesundheit?«

»Nicht deswegen. Ein Freund, der mich besuchte, sagte, ich hätt' nicht die Willenskraft, es sein zu lassen, und da hab' ich einfach die Pfeife aus dem Mund genommen – wir waren in meinem Arbeitszimmer – sie ausgehen lassen – die Tabaksdose genommen – in den Schrank gestellt – die Pfeife dazugelegt – den Schrank zugesperrt – und den Schlüssel abgezogen.«

»Hut ab vor diesem Entschluß.«

»War nicht schwer.« Lord Uffenham schien wieder in Trance zu verfallen, doch gerade, als sich sein Blick zu umwölken begann, schien ihn ein Gedankenblitz getroffen zu haben, denn mit einem »Du lieber Himmel!« setzte er sich aufrecht. »Jeff!«

»Zu Diensten.«

»Mich laust der Affe!« rief Lord Uffenham in der Manier dessen, der eine wichtige Mitteilung zu machen hat. Es war ihm anzusehen, daß sein Gehirn auf Hochtouren arbeitete. »Jeff, wir sind am Ende eines langen, langen Wegs angelangt.«

»Ich kann Ihnen nicht ganz folgen.«

»Ich werd's dir erklären. Hab' die Diamanten in der Tabaksdose versteckt.«

»Nein!«

»Doch. Erinner' mich ganz genau.«

Jeff war aufgesprungen. Eine solche Neuigkeit ließ sich nicht im Sitzen verdauen. »Ist das amtlich?«

»Kann dir Brief und Siegel darauf geben. Fällt mir alles wieder ganz genau ein. Da war ich und die Tabaksdose, und ich legte das Päckchen rein, unter den Tabak.«

»Das gibt's doch nicht!«

»Doch.«

»Wir können es nach dem Abendessen holen.«

»Müssen vorsichtig sein. Die Cork rennt dauernd rein und raus.«

»Sie hält aber nach dem Essen in der Bibliothek diesen Vortrag über die Ugube.«

»Hast recht.«

»Und dann ist die Luft rein.«

»Stimmt.«

»Haben Sie den Schlüssel?«

»Aber selbstverständlich!«

Jeff eröffneten sich völlig neue, reizvolle Perspektiven. »Da ist aber noch etwas«, sagte er. »Wenn wir die Diamanten haben, wird Anne so erfreut sein, daß sie sich nicht mehr wie eine Trappistennonne aufführt.«

»Du meinst, daß sie endlich zur Vernunft kommt?«

»Genau das meine ich. Sie wird zur Vernunft kommen.«

»Hast recht, Jeff! Sie wird sich freuen wie eine Schneekönigin. Darauf müssen wir trinken. Prost!«

Es klopfte, und gleich danach kam Dolly Molloy zur Tür herein. »Hallo, Kleiner«, grüßte sie freundlich. »Hallo, Opa. Ist noch ein Schluck Port für mich übrig?«

»Aber selbstverständlich! Natürlich«, rief Lord Uffenham über das ganze Gesicht strahlend. »Setzen Sie sich, meine Liebe, und gönnen Sie Ihren Tretern mal ein Päuschen, hahaha. Einer ihrer Lieblingsausdrücke«, erklärte er Jeff und fügte, als er sah, daß dieser sich zum Gehen wandte, hinzu: »Du verziehst dich?«

»Ja.« Jeff warf seinem Freund und Gönner einen bedeutungsvollen Blick zu. »Vorsicht!« mahnte dieser Blick.

»Werd' schweigen wie ein Grab!« erwiderte ihm der von Lord Uffenham.

Fünfundzwanzigstes Kapitel

Als ihm seine Gattin vorschlug, sie zu Lord Cakebread zu begleiten und sich vor dem Essen noch einen Schluck zu genehmigen, hatte Soapy Molloy die Einladung mit dem Ausdruck des Bedauerns abgelehnt. Er trank gern ein Glas Port, wollte sich dieses aber verkneifen, weil er sich um seine schlanke Linie sorgte. Er war deshalb auf dem Zimmer geblieben, hatte es sich in einem Stuhl bequem gemacht, die Füße auf das Fensterbrett gelegt und sich eine Zigarre angesteckt.

Eine leichte Brise wehte durch das geöffnete Fenster und umspielte seine hohe Stirn. Eigentlich hätte er mit sich und der Welt zufrieden sein können, doch ein Umstand vergällte ihm die Stimmung gründlich. Chimp Twist war zwar ein eigenes Zimmer zugewiesen worden, doch er hatte es vorgezogen, herzukommen und ihm Gesellschaft zu leisten.

Soapy war es gelungen, durch kluges Argumentieren den kleinen Krach, den Dollys Einfall heraufbeschworen hatte, beizulegen, doch war noch etwas nachgeblieben. Chimp hatte die Sache offensichtlich noch nicht zu den Akten gelegt. Dies zeigte sich daran, daß er die ganze Zeit vor sich hin brummelte und von gemeinen Betrügern und falschen Freunden faselte. Er nannte keine Namen, doch für Soapy war sonnenklar, wen er meinte, und seine Zigarre schmeckte ihm nicht so recht.

Es war für ihn deshalb eine große Erleichterung, als die Tür aufging und Dolly wiederkam.

Dolly strahlte übers ganze Gesicht, und ihre Augen funkelten; Soapy konnte sich bei ihrem Anblick des Eindrucks nicht erwehren, daß der Portwein des alten Cakebread ein tolles Gesöff sein mußte, wenn es in kürzester Zeit so wirkte. Einen Moment lang quälte ihn, eingedenk seiner Weigerung, an der Orgie teilzunehmen, der Gedanke, was wohl alles vorgefallen sein mochte.

»Du scheinst ganz schön in Fahrt zu sein, Mäuschen«, sagte er, und Chimp Twist dachte das Gleiche. Er hatte seinen Monolog abgebrochen und sah Dolly mit säuerlicher Miene an. Es widerstrebte ihm, das strahlende Gesicht einer Frau mitansehen zu müssen, deren Intrigen ihm so viel Ungemach bereitet hatten. Am liebsten wollte er Dolly überhaupt nicht mehr zu Gesicht bekommen oder, wenn es unbedingt sein mußte, nur dann, wenn sie Zahnschmerzen hatte oder gerade von einem Lastwagen überrollt worden war.

Als Dolly von Chimps Anwesenheit Notiz nahm, war sie ihr, wie zuvor auch Soapy, einen Moment lang unwillkommen, weil sie etwas zu sagen hatte, was sie zu gern nur ihrem Ehegatten anvertraut hätte. Doch dann erkannte sie, daß bei der Aktion, mit deren Planung sie sich seit dem Verlassen der Küche befaßt hatte, auch für ihn eine Aufgabe zu erfüllen war, und sie verkniff sich die Frage, warum er wie ein Ölgötze dasitze.

»Ich bin auch wirklich ganz schön in Fahrt«, rief sie aufgekratzt. »Rat mal, warum.«

Die beiden Männer konnten sich auf ihre Worte keinen Reim machen, doch wenn sie ihre beinahe fiebrige Aufregung in Betracht zogen, dann mußten sie eine Bedeutung haben. Chimp, der bis dahin die Ellenbogen auf die Knie und den Kopf in die Hände gestützt und wie ein Häuflein Elend dagesessen hatte, richtete sich plötzlich auf. Soapy, der mit dem Stuhl geschaukelt hatte, lehnte sich etwas zu weit zurück, fiel mit dem Stuhl um und landete mit dem Hinterkopf voran unsanft auf dem Boden.

Aber in einem so bedeutungsschwangeren Augenblick wie diesem registrierte er den Schmerz nur im Unterbewußtsein. Er verzichtete sogar darauf, die betroffene Stelle zu betasten. Auf dem Teppich liegend blickte er mit großen Augen zu seiner besseren Hälfte hoch. »Du meinst doch nicht etwa –«

»Doch, mein Lieber. Ich weiß alles.«

»Von Lord Cakebread?«

»Aus seinem Mund höchstpersönlich.«

»Er hat dir gesagt, wo die Klunker sind?«

»Nichts weniger als das.«

»Enorm!«

»Das kann man wohl sagen.«

»Enorm, enorm, enorm!« rief Soapy, rappelte sich hoch und zog sie zärtlich an sich. »Mäuschen, du bist Klasse!«

»Zugegeben, ich muß mir selbst ein kleines Kompliment machen, wie ich das so hingekriegt habe«, sagte Dolly, holte die Puderdose aus ihrem Täschchen und restaurierte ihr Make-up, das unter den Liebkosungen ihres Gatten etwas gelitten hatte.

Es gibt Männer, denen der Anblick eines turtelnden Ehepaars zuwider ist. Chimp Twist gehörte zu ihnen. Mit dem Mißmut eines in freiwilligem Zölibat Lebenden beobachtete er das verliebte Duo. Soapy hatte seinen Arm um Dollys schlanke Taille gelegt, und Dolly schmiegte sich an ihn.

Chimp ließ keinen Zweifel daran, daß ihn die Schmuserei ankotzte. »Ach, hört doch endlich auf mit dem Getue!« Mit ihm war eine Veränderung vor sich gegangen. Die Freude über die gute Nachricht hatte sich in Skepsis verwandelt. Die bitteren Erfahrungen der Vergangenheit ließen in ihm den Verdacht aufkommen, daß es sich wieder um einen von Dollys tollen Einfällen handeln könnte. Kurz gesagt, er witterte eine Falle. »Er hat dir also auf die Nase gebunden, wo die Dinger sind?«

»Sagte ich doch schon.«

»Hab' ich auch gehört. Und ich vermute«, fuhr er fort und zwirbelte dabei seinen Schnurrbart, »daß sie doch in seinem Zimmer sind und ich noch mal hingehen und mich dort umschauen soll.«

Die Ironie in seinen Worten war nicht zu überhören, und Soapy mißfiel dieses Aufreißen alter Wunden. Seiner Ansicht nach hätte man die Vergangenheit ruhen lassen sollen. »Aber Chimpie, so solltest du nicht reden.«

»Ich wollte mich nur vergewissern.«

Dolly war beleidigt. Sie steckte die Puderdose weg, hob den Kopf und warf ihm einen vernichtenden Blick zu. »Einmal wird der Tag kommen, an dem ich dir eins auf die Rübe gebe, Chimp Twist, und das wirst du dann nicht so schnell vergessen.«

»Aber Mäuschen«, bat der um Ausgleich bemühte Mr. Molloy.

»Warum sitzt er aber auch so blöd herum und macht solche Bemerkungen, wo er mir auf Knien danken müßte?«

Chimp Twist tat so, als hätte er nichts gehört. »Ich glaub' einfach nicht, daß dir der alte Knabe verraten hat, wo die Klunker sind.«

Wenn Blicke töten könnten, dann wäre Dolly nun des Mordes an Mr. Twist schuldig geworden. »Er hat mir gesagt, wo sie sind. Zumindest hat er –«

Chimp lachte kurz und gekünstelt auf und wiederholte spöttisch die letzten drei Worte.

Auch Soapys Zuversicht schien gelitten zu haben. »Was heißt ›zumindest‹, Mäuschen?« erkundigte er sich besorgt.

»Ist doch ganz einfach. Natürlich hat er mir nicht alles auf dem Silbertablett serviert, dazu ist er zu vorsichtig. Aber ich erzähl' euch mal, was passiert ist. Ich geh' rein, seh', daß er mit dem strohblonden Kerl quasselt. Unser Jüngling verzieht sich sofort, weil er auf mich sauer ist, daß ich ihm heute nachmittag eine Steinvase aufs Haupt fallen lassen wollte, und Lord Cakebread holt zwei Gläser und schenkt ein. Ich hab' gleich gemerkt, daß er über alle Backen strahlt, und frag' ihn deshalb, ob er 'ne Erbschaft gemacht hat, und er sagt zu mir: ›Es läuft drauf hinaus.‹ Dann erzählt er mir noch, daß er ein bißchen was gespart hat in den Jahren, in denen er Butler ist und es irgendwo versteckt hat, aber nicht mehr weiß wo, und daß er sich jetzt wieder dran erinnern kann, daß es im Arbeitszimmer von Mrs. Cork ist. Nach dem Abendessen, wenn dieser Vortrag über die Ugube ist, will er deshalb hin und sich seine Spargroschen holen. Ich weiß nicht, wie's euch geht, aber mir hat das gereicht.«

Soapys besorgte Miene hellte sich auf. »Er muß die Diamanten gemeint haben.«

»Was hätte er sonst meinen können?«

Mr. Twist sah sich gezwungen, eine Zwischenfrage zu stellen. »Wo im Arbeitszimmer?«

Dolly unternahm keinen Versuch, ihre Verärgerung zu verbergen. »Hör mal zu!« schrie sie. »Wenn du wissen willst, ob er mir schriftliche Anweisungen gegeben hat und einen Plan mit einem Kreuzchen drauf und eine Meute von Spürhunden und eine Tasche, um das Zeug wegzutragen, dann muß ich sagen, nein. Aber wenn's im Arbeitszimmer ist und er hingeht, wenn der Vortrag anfängt, dann kann uns das nur recht sein. Du, Soapy, mußt dich nur ein bißchen im Garten verstecken, sonst nichts, und wenn er die Dinger gefunden hat, nimmst du sie ihm einfach ab.«

Genauer konnten die Anweisungen nicht sein. Es waren daher auch nicht irgendwelche Unklarheiten, die Mr. Molloy die hohe Stirn in Falten legen ließen. »Ich?«

»Natürlich du. Ich und Chimp werden anderswo gebraucht.«

Mr. Molloy schien immer noch skeptisch. In seiner Abneigung gegen Taten, die einiges an Mut erforderten, ähnelte er Lionel Green. »Ich sie ihm abnehmen?«

»Genau.«

»Aber er wird sie bestimmt nicht so ohne weiteres hergeben.«

Dolly lief hinüber zum Frisiertisch, öffnete eine Schublade und nahm eine Pistole heraus. »Damit wirst du's schon schaffen.«

Erschrecken lag in dem Blick ihres Gatten, als er das tödliche Ding beäugte. Er sah es an wie eine Giftschlange, deren Bekanntschaft zu machen er nie und nimmer erwartet hatte. »Ich wußte nicht, daß du so etwas hast, Mäuschen.«

»Schon immer, Liebling. Hab' sie immer bei mir. Man weiß ja nie, wann man sie brauchen kann. Steck sie ein.«

Mr. Molloy tat, wie ihm geheißen, doch er blieb skeptisch. Er gestand freimütig ein, daß er nur äußerst ungern mit einer Waffe umging, doch Dolly erklärte ihm in ihrer praktischen Art, er brauche sich keine Gedanken zu machen. »Du mußt nichts weiter tun, als sie ihm vor den Bauch zu halten. Das ist doch nicht so schwierig, oder?«

Soapy mußte zugeben, daß das von ihr geschilderte Vorgehen im Grunde ganz einfach war. Lord Uffenhams Bauch stellte ein Ziel dar, das man nicht so leicht verfehlen konnte. Trotzdem waren seine Bedenken noch nicht völlig ausgeräumt. »Aber was soll ich denn sagen?«

»Du sagst einfach: ›Flossen hoch!‹«

»Das kann ich nicht.«

»Warum?«

»Es klingt so albern.«

»Dann halt sie ihm nur vor den Nabel. Er wird schon kapieren, was los ist.«

»Na gut«, seufzte Soapy, immer noch nicht glücklich über seine Aufgabe, »na gut, wenn du meinst, daß es sein muß. Aber ehrlich gesagt, mir wäre viel lieber, wenn ich ihm Ölaktien aufschwatzen dürfte. Was macht Chimp eigentlich unterdessen?«

»Chimp kümmert sich um die Figuren in der Bibliothek und sorgt dafür, daß dir keiner in die Quere kommt.«

Allem Anschein nach hatte Mr. Twist eine größere Portion Mut mitbekommen als Mr. Molloy. Er hatte keine fadenscheinigen Einwände vorzubringen, sondern sprang auf und streckte die Hand aus. »Nichts leichter als das. Gib mir einen Ballermann.«

»Der dort ist mein einziger«, sagte Dolly. »Glaubst du vielleicht, ich hab' ein ganzes Waffenlager?«

»Was soll ich denn dann nehmen?«

»Du brauchst nichts. Steck einfach den Finger in die Jackentasche, damit es so aussieht, als hättest du eine Pistole drin. Was schaust du mich so an?«

Chimp Twist sah sie so an, weil ihm ihr Plan von Grund auf nicht gefiel. »So hast du dir's also gedacht?«

»Na und? Hast du was dran auszusetzen?«

»Es funktioniert nicht.«

»Warum denn nicht? Die Schwachköpfe, die da im Vortrag sitzen, werden sich überhaupt nicht mucksen.«

»Und was ist mit der Cork?«

»Du hast Angst vor einer Frau?«

»Du wirst es nicht glauben, aber vor der hab' ich Manschetten«, erklärte Chimp Twist mit Nachdruck. Er hatte noch nicht viel mit Mrs. Cork zu tun gehabt, doch das wenige genügte ihm vollauf. »Ich will dir mal was sagen. Wenn ich diesen Drachen aufhalten soll mit nichts weiter als einem Finger in der Jackentasche, dann will ich einen höheren Anteil. Hast richtig gehört, kluges Mädchen«, fuhr er unbeirrt von Dollys empörtem Aufschrei und dem Stöhnen ihres Gatten fort, »dann könnt ihr euch die fünfzig Prozent an den Hut stecken. Entweder ich krieg' eine Kugelspritze, oder ich will fünfundsiebzig Prozent.«

Manche andere Frau hätte nun nicht mehr ein und aus gewußt. Doch Dolly Molloy meisterte auch diese schwierige Situation, die das ganze Unternehmen in letzter Minute scheitern zu lassen drohte. Nach kurzem Überlegen hatte sie einen Ausweg gefunden. »Hör mir mal zu«, begann sie und schnitt mit einer Handbewegung ihrem Gatten, der Mr. Twist fragte, ob sich ein Freund so verhalte, das Wort ab. »Ich weiß, wie wir's machen. Ich sperr' sie im Keller ein, bevor du deinen Auftritt hast. Bist du nun zufrieden?«

»Aber wie willst du das machen?«

»Ich kann mir den Schlüssel besorgen. Er hängt in der Küche.«

»Wie bringst du sie in den Keller?«

»Ich sag' ihr, Cakebread ist da unten und tobt wie ein Irrer herum. Sie wird losflitzen und nachschauen wollen.«

Dolly blickte Bewunderung heischend ihren Gatten an, und dieser zollte ihr ohne Einschränkung seine Anerkennung. Sogar Chimp Twist mußte zugeben, daß ihre Idee nicht ohne war. Die Aussicht, sich nicht mit der Herrin des Hauses auseinandersetzen zu müssen, ließ ihn wieder freundlicher in die Welt blicken.

»Alles klar? Ihr wißt, was ihr zu machen habt? Soapy nimmt Lord Cakebread die Klunker ab, du hältst die Verrückten in der Bibliothek in Schach, und ich lock' die Cork in den Keller, sperr' sie dort ein, hol' aus der Garage einen Wagen und warte mit ihm vor dem Eingang, damit wir so schnell wie möglich verduften können. Wer hat noch etwas zu sagen?«

Mr. Molloy erklärte bewundernd: »Mäuschen, an dir ist ein großer Stratege verlorengegangen.«

Chimp Twist sagte nur: »Ei-nen Mo-ment, ei-nen Mo-ment.«

Seine beiden Partner sahen ihn entgeistert an. Sie kannten den Ton bereits, der in seiner Stimme mitschwang, denn bei einer früheren Gesellschafterversammlung hatte er diesen Einwurf schon einmal gemacht. Ihnen war klar, daß er etwas vorbringen würde, das die eben erzielte Harmonie zerstörte.

»Was ist?« begehrte Mr. Molloy zu wissen.

»Was hast du denn nun schon wieder?« bemängelte Mrs. Molloy.

Chimp klärte beide auf: »Und was passiert dann? Paßt mal auf. Für mich sieht die Sache nämlich so aus: Soapy hat die Klunker, du wartest draußen im Auto. Ich steh' in der Bibliothek bei diesen Spinatfressern. Wie weiß ich, wenn ihr so weit seid? Ich möchte euch nicht geraten haben, mit den Diamanten zu verduften und euch so nach hundert Kilometern zu fragen: ›Wo ist denn Chimp? Ach du liebes Bißchen! Wir haben ihn vergessen!‹«

Dolly seufzte. »Wir werden dich schon nicht vergessen.«

»Wirklich nicht?«

»Wenn's so weit ist, geb' ich einen Schuß ab. Dann rennst du los zum Auto. Okay?«

»Okay«, sagte Chimp, immer noch von leisen Zweifeln geplagt. »Du wirst dich doch dran erinnern?«

»Du kannst dich auf meine Frau verlassen«, beteuerte Mr. Molloy.

»Wirklich?« verabschiedete sich Chimp.

Als er die Tür hinter sich schloß, holte Dolly tief Luft. »Wenn das mit dem noch lange so geht, dann werd' ich nicht alt. Das halten meine Nerven nicht aus.«

Sechsundzwanzigstes Kapitel

Die alle vierzehn Tage stattfindenden Vorträge von Mrs. Cork gehörten zu den angenehmsten Dingen des Lebens in Shipley Hall. An einem Abend konnte man aus der Ferne eine Eingeborenenhochzeit miterleben, an einem anderen Näheres über die Lebensgewohnheiten der Nilpferde erfahren. Die Vorträge waren aber nicht nur ein Ohren-, sondern auch ein Augenschmaus, denn es wurden von der Vortragenden gedrehte Filme gezeigt.

Mrs. Cork schritt demzufolge stets in der Genugtuung ans Rednerpult, ihrem Publikum ein besonderes Erlebnis zu vermitteln, und es wurmte sie deshalb auch immer wieder, wenn sie feststellen mußte, daß einige ihrer Schäfchen, die nicht wußten, was gut für sie war, sich während des Vortrages davonstahlen.

Dies geschah jedoch sehr selten, denn ihr resolutes Auftreten, das es ihr ermöglichte, hin und wieder einige Exemplare von *Eine Frau in der Wildnis* an den Mann oder die Frau zu bringen, half ihr auch dabei, mögliche Deserteure einzuschüchtern. Der heutige Abend bildete allerdings eine große Ausnahme. Als sie zu Beginn die Köpfe ihrer kleinen Schar zählte, fehlten zu ihrem Erstaunen gleich drei. Mr. Molloy war nicht anwesend, desgleichen Mrs. Molloy. Und auch J. G. Miller war nirgends zu entdecken. Dies war an einem und demselben Tag nun schon der zweite Verstoß gegen die in Shipley Hall geltenden Gesetze, denn Mr. Wix und Mr. Henderson hatten unentschuldigt beim Essen gefehlt und waren im Zimmer des letzteren aufgespürt worden, als sie Whisky tranken und über die Zukunft der Hunderennen diskutierten.

Mrs. Cork war nicht bereit, Fehlverhalten großzügig zu übersehen. »Miss Benedick?«

»Ja, Mrs. Cork?«

»Ich sehe Mr. und Mrs. Molloy nicht, auch Mr. Miller nicht. Vielleicht sind sie noch draußen im Garten. Suchen Sie sie und sagen Sie ihnen, daß wir auf sie warten.«

Anne entfernte sich, und Mr. Trumper, der neben der Rednerin stand, schüttelte den Kopf. »Unverzeihlich, meinst du nicht auch, Clarissa?«

»Ja.«

»Man sollte so viel Anstand besitzen und pünktlich anwesend sein.«

»Sehr richtig.«

»Ich bin immer pünktlich.«

Die gestrenge Miene von Mrs. Cork hellte sich auf; ihr Blick nahm einen zärtlichen Ausdruck an. Zum wer weiß wievielten Mal fiel ihr auf, was sie an Eustace Trumper hatte. Er stand stets bereit zu helfen, schaltete das Licht ein, schaltete es wieder aus, fungierte als Claqueur, sorgte dafür, daß ihr Wasserglas immer gefüllt war, hob den Zeigestock auf, wenn sie ihn fallen gelassen hatte – was auch immer von ihm gefordert wurde, Eustace Trumper zeigte sich jeder Aufgabe gewachsen.

»Sie sind wirklich ein außergewöhnlicher Mensch«, zollte sie ihm Anerkennung. »Ich frage mich oft, wie ich ohne Sie das alles schaffen sollte.«

Eustace Trumpers Herz setzte für einen Schlag aus. Eine innere Stimme flüsterte ihm zu, daß nun der Augenblick gekommen war, das Schicksal herauszufordern, komme, was da wolle.

Er und Mrs. Cork standen vor der Tür zur Bibliothek, außer Hörweite der Teilnehmer der Sitzung, so daß die äußeren Umstände nicht hätten besser sein können. Und er sagte sich auch, nicht zu Unrecht, daß jemand, der eine Frau zwölf Jahre lang verehrt hat, nicht voreilig handelt, wenn er nach Ablauf dieser Zeit auf diese Tatsache hinweist. Normalerweise hätte er sich nun erst umständlich geräuspert, bevor er zum Thema gekommen wäre, doch diese Einleitung schien ihm nicht angebracht, denn auf dem Gang näherten sich Schritte, und der Verursacher dieser Schritte konnte jeden Moment ins Blickfeld kommen.

»Clarissa, ich liebe Sie. Wollen Sie meine Frau werden?«

Kurz und bündig hatte er sein Anliegen vorgetragen; kürzer wäre es wohl nicht möglich gewesen, ohne daß die Verständlichkeit seiner Worte darunter gelitten hätte. Dennoch hatte er sich damit zu viel Zeit gelassen, denn bevor Mrs. Cork antworten konnte, erschien Dolly Molloy. Es waren ihre Schritte gewesen, die Mr. Trumper gezwungen hatten, sich mit seiner Liebeserklärung zu beeilen, und deshalb blickte er sie, als sie neben ihnen stehen blieb, mit unverhohlener Verärgerung an.

»Mein Gott!« stieß sie atemlos hervor.

Es war offensichtlich, daß etwas vorgefallen sein mußte.

Mr. Trumpers Verärgerung wich der Neugier. »Was ist denn geschehen, Mrs. Molloy?«

Daß Dolly so gehetzt wirkte, schien Mrs. Cork nur natürlich. Sie sah darin das normale Verhalten einer Frau, die plötzlich bemerkt, daß sie zu spät zum Vortrag kommt und alle anderen auf sie warten. »Nicht der Rede wert, Mrs. Molloy«, sagte sie gütig. »Ich habe noch nicht begonnen. Sie haben noch alles vor sich.«

»Von wegen! Ich hab' schon einiges hinter mir«, protestierte Dolly. »Bin ich vielleicht erschrocken!«

Mrs. Cork konnte ihr nicht folgen. »Wie bitte?«

»Als die Flasche knapp an mir vorbeirauschte.«

»Flasche?«

Dolly lachte.

Mr. Trumper erschien es als ein hysterisches Lachen.

»Ich fang' am besten doch ganz von vorn an. Also, es war so. Ich bin auf dem Weg hierher, und als ich durch die Halle geh', kommt ein Dienstmädchen auf mich zu und sagt, Cakebread führt sich ziemlich komisch auf, aber sie wolle Sie nicht damit behelligen, und ob ich nicht mitkommen und sehen könnte, ob ich was erreichen kann.«

Mrs. Cork schickte einen verzweifelten Blick gen Himmel. Es schien, als würde sie darum bitten, von diesem verrückten Butler endlich erlöst zu werden. »Cakebread? Was ist denn nun wieder mit ihm?«

»Er ist besoffen, voll wie ein Eimer.«

Mr. Trumper entfuhr ein Laut des Entsetzens. »Herr im Himmel! Sind Sie sicher?«

»Sicher?« wiederholte Dolly, die Frage überdenkend. »Na ja, sicher bin ich mir eigentlich nicht. Ich hab' mir's nur gedacht. So wie sich der Kerl unten im Keller aufführt, Flaschen zerdeppert und Sauflieder singt, muß er's aber sein.«

»Er zerbricht Flaschen?«

»Sieht so aus, als ob er mit 'ner Axt die Regale zertrümmert. Und eine Flasche hat er mir nachgeschmissen, als ich die Tür einen Spalt aufgemacht und gefragt hab': ›Was ist da los?‹ Sie ist haarscharf an meinem Kopf vorbeigesaust, und deshalb hab' ich mich schleunigst verzogen, damit mir nicht noch was passiert. Ich dachte, daß es am besten wäre, wenn ich Sie informiere.«

»Sie haben richtig gehandelt. Ich werde mich um die Angelegenheit kümmern.«

Mr. Trumper schüttelte ungläubig den Kopf. »Das ist nicht zu fassen. Beim Abendessen schien er noch völlig nüchtern.«

»Nein«, widersprach Mrs. Cork. »Ich erinnere mich jetzt, in seinen Augen ein wildes Flackern bemerkt zu haben. Ohne Zweifel hat er bereits den ganzen Nachmittag über dem Alkohol zugesprochen.«

Der Ton in ihrer Stimme drückte Mißfallen, aber auch eine gewisse Befriedigung, ja Erleichterung aus. Mrs. Cork hatte das rätselhafte Verhalten von Cakebread stark beunruhigt. Durch Dollys Geschichte schien dieser Fall nun aber gelöst. Cakebread war ein heimlicher Trinker, das war die ganze Erklärung. Und mit Trinkern kannte sich Mrs. Cork aus. Zu ihren guten Bekannten in Afrika zählten viele Stammesoberhäupter, die nie nein sagen konnten, wenn ihnen eine Flasche mit billigem Fusel angeboten wurde.

»Er ist im Keller, sagten Sie? Ich werde ihn sofort zur Rede stellen.«

»Nehmen Sie aber eine Streitaxt oder was in der Art mit«, empfahl Dolly.

Mr. Trumper bewies erneut, welch wertvolle Dienste er Mrs. Cork erweisen konnte, indem er in der Bibliothek zum offenen Kamin lief und mit dem Schürhaken zurückkam. »Nehmen Sie den, Clarissa.«

»Danke, Eustace.«

»Ich begleite Sie.«

»Das ist nicht nötig.«

»Mir wäre es lieber so«, erklärte Mr. Trumper, und auch Dolly äußerte den Wunsch, sich ihnen anschließen zu dürfen.

Als sie über mit Fliesen belegte Gänge und ausgetretene Steinstufen in den Keller gelangt waren, stand die Tür zum Weinkeller offen, doch war nichts zu hören.

Mrs. Cork lugte vorsichtig hinein. Mr. Trumper und Dolly flüsterten hinter ihrem Rücken miteinander.

»Jetzt scheint er aufgehört zu haben«, meinte Mr. Trumper.

»Wahrscheinlich nur eine kleine Verschnaufpause«, vermutete Dolly.

Mrs. Cork hatte zwar Nerven wie Drahtseile, doch diese trügerische Stille zerrte an ihnen. Wenn von einem Butler berichtet wird, daß er Flaschen zertrümmert, dann kann man ja wohl auch erwarten, daß man ihn beim Zertrümmern von Flaschen vorfindet. Wenn er sich jedoch irgendwo versteckt, ist man beunruhigt.

»Cakebread!« rief Mrs. Cork.

Nichts rührte sich.

»Cakebread!«

Wieder erfolgte keine Reaktion. Es kam ihr vor, als bereite sich dieser Butler bereits auf den Angriff vor.

»Vielleicht ist er schon weg«, hoffte Mr. Trumper.

»Nein. Ich glaube, da hinten hat sich gerade was bewegt«, entgegnete Dolly.

Ihre Beobachtung war für Mrs. Cork wie ein Signal. Es hatte noch nie ihrer Art entsprochen, Meinungen auszutauschen, wenn die Möglichkeit zum Handeln gegeben war. Sie packte den Schürhaken fester und schritt in die Dunkelheit hinein; Eustace Trumper zögerte nur den Bruchteil einer Sekunde und folgte ihr.

Kaum war er mit etwas weichen Knien, doch in der Überzeugung, noch nie zuvor etwas derartig Wagemutiges getan zu haben, über die Schwelle getreten, als hinter ihm die Tür zugeworfen und der Schlüssel im Schloß herumgedreht wurde.

Anne war inzwischen auf ihrem Weg in den Garten, wo sie die Nachzügler zusammentreiben sollte, auf der Terrasse angelangt. Sie schien sie überqueren zu wollen, blieb aber plötzlich stehen. Aus den Augenwinkeln heraus hatte sie bemerkt, daß im Arbeitszimmer von Mrs. Cork Licht brannte. Sie war als letzte dort gewesen, denn vor einer knappen Viertelstunde hatte Mrs. Cork sie hingeschickt, ein

Exemplar ihres Buches zu holen, weil sie Auszüge davon in ihren Vortrag eingearbeitet hatte.

Beladen mit der Schuld dessen, der in leeren Zimmern das Licht nicht ausschaltet, eilte sie hinein, um Versäumtes nachzuholen. Zu ihrem Erstaunen war das Zimmer jedoch nicht leer. Das erste, was ihr ins Auge fiel, war Englands unsympathischster Rugbyspieler, J. G. Miller. Er stand mit dem Rücken zu ihr und redete aufmunternd auf etwas auf dem Boden ein, das sich ihrem Blick momentan entzog, weil es vom Schreibtisch verdeckt wurde. Als sie näherkam, stellte sie fest, daß es sich bei diesem Etwas um einen breiten Hosenboden handelte, der aus einem Schrank herausragte. Sie kannte diesen Hosenboden – er gehörte ihrem Onkel George, dem sechsten Viscount Uffenham.

Als intelligente junge Frau hätte sie sofort wissen müssen, daß, wenn das Hinterteil ihres Onkels aus einem Schrank ragte, er sich auf der Suche nach den Diamanten befand. Der anstrengende Tag, der hinter ihr lag, schien sie aber derart verwirrt zu haben, daß ihr dieser Anblick seltsam vorkam. »Was um Hi –«

Weiter kam sie nicht mit ihrer Frage, denn Jeff schoß hoch wie eine Rakete, und ein dumpfer Schlag tat kund, daß sich der letzte Vertreter des Geschlechts der Uffenhams an einem Einlegeboden den Kopf angestoßen hatte.

»Ach, Sie sind's«, begrüßte Jeff die junge Frau herzlich. »Kommen Sie nur herein.«

»Was um Himmels willen macht ihr hier?« rief sie.

Jeffs Antwort fiel kurz und bündig aus. Gute Nachrichten müssen nicht erst in schöne Worte gekleidet werden. »Wir haben sie!«

»Die Diamanten?«

»Jawohl!« Lord Uffenham kroch aus dem Schrank wie ein Elefant, der rückwärts in die Manege stapft. Mit der einen Hand rieb er sich den Kopf, in der anderen hielt er eine riesige Tabaksdose. »Da sind sie, meine Liebe«, erklärte er zufrieden.

»Dann nehmt mal die Flossen hoch!« wurden sie von einer festen, männlichen Stimme aufgefordert, und ein gelöst wirkender Mr. Molloy mit einer Pistole in der Hand kam von der Terrasse hereinspaziert.

Siebenundzwanzigstes Kapitel

Erinnern wir uns daran, daß Soapy Molloy bei seiner letzten Erwähnung in dieser Chronik der Ereignisse keineswegs bei guter Laune war. Als ihm die Pistole überreicht wurde, die er nun mit einer Unbekümmertheit vor sich her trug wie ein Kellner die bestellte Portion Pommes frites, hatte er gezittert, als müsse er einen Skorpion streicheln. Der Grund, daß er nun gelöst wirkte und mit fester, männlicher Stimme sprach, lag in der Aufmerksamkeit und dem Einfühlungsvermögen seiner Ehefrau. Seine Verwirrung war Dolly nicht entgangen, und nachdem Chimp Twist ihr Zimmer verlassen hatte, hatte sie ihm als erstes mehrere Schlucke aus der Brandyflasche genehmigt, die sie Lord Uffenham abgeschwatzt und für den Notfall in einer Schublade unter ihren Dessous versteckt hatte.

Brandy hat leider wie Portwein den Nachteil, daß er nicht gut für die Figur ist, doch der ständig um seine schlanke Linie besorgte Mr. Molloy war in Anbetracht der besonderen Umstände bereit, eine Ausnahme zu machen. Er nahm einige Brandys zu sich, die Wunder wirkten. Er warf danach die Pistole in die Luft und fing sie am Lauf wieder auf.

So für seine Aufgabe gerüstet, kam er unerschrocken in Mrs. Corks Arbeitszimmer. Es befanden sich dort drei Personen, obwohl er nur mit einer gerechnet hatte, doch das beunruhigte ihn in keiner Weise. »Je mehr anwesend sind, desto lustiger wird's«, sagte er sich. Und wenn es ihm vorhin noch albern oder peinlich vorgekommen war, »Flossen hoch!« sagen zu müssen, so hielt er nun diese Worte für angebracht in einem solchen Augenblick.

Sein plötzliches Eintreten hatte alle verstummen lassen, doch es dauerte nicht lange, bis Lord Uffenham, seinem Naturell entsprechend, anfing, Fragen zu stellen. »Was hochnehmen?« fragte er mit gewohnter Wißbegierde.

Soapy erklärte, daß er die Hände der Anwesenden gemeint habe.

»Was soll das alles?« fragte der Lord, indem er sich Jeff zuwandte. »Ist der Kerl blau?«

Soapy nannte den Grund seines Kommens. »Ich will die Tabaksdose.«

Anne stieß einen Schrei aus. »O nein! Gib sie ihm nicht!«

»Ihm geben? Wo unsere Diamanten drin sind? Natürlich werd' ich ihm die Dose nicht geben.«

Soapy, dem eingeredet worden war, daß er nur »Flossen hoch!« zu sagen brauche und alles weitere sich von allein ergeben werde, hätte aufgrund dieser Reaktion perplex sein müssen, doch der Brandy zeigte Wirkung. »Schieb das Ding rüber, oder du hast ein Loch im Frack.«

Lord Uffenham überhörte diese Aufforderung. Seit Beginn der Unterhaltung hatte er Soapy unverwandt angestarrt, und jetzt erst erkannte er ihn. Darüber hinaus erinnerte er sich an etwas, was er ihm auch sagen wollte. »Sie sind doch der Mann von Mrs. Molloy, oder?«

Dies war eine Titulierung, die andere Männer vielleicht übel genommen hätten; Soapy dagegen war stolz, so genannt zu werden. »Das bin ich, alter Knabe.«

»Dacht' ich mir doch. Mir ist nämlich Ihr Hinterkopf aufgefallen, als ich beim Abendessen serviert hab'. Bin mir nicht drüber im klaren, ob Sie wissen, daß Sie eine Glatze bekommen.«

Soapy bekam einen fürchterlichen Schreck. »Das meinen Sie doch nicht im Ernst?«

»Doch, das mein' ich ernst, und wenn Sie nicht aufpassen, haben Sie bald eine spiegelblanke Platte. Probieren Sie's mal mit Taubenmist. Soll tatsächlich helfen.«

»Das werde ich auch«, erwiderte Soapy. »Danke für die Information.« Er hob eine Hand, um über seinen Hinterkopf zu streicheln, und merkte, daß sie eine Pistole hielt. Diese Feststellung erinnerte ihn nachdrücklich an seine Aufgabe. »Nun aber Schluß mit dem Gequatsche!« brüllte er und errötete bei dem Gedanken, was wohl seine Frau empfunden hätte, wenn sie miterlebt hätte, daß er diese wichtige Angelegenheit so nachlässig erledigte. »Geben Sie mir die Dose.«

Seine Unnachgiebigkeit ärgerte Lord Uffenham. »Aber ich hab' Ihnen doch gesagt, daß meine Diamanten da drin sind.«

»Ich glaube, daß er eben deshalb die Dose haben will«, sagte Jeff. »Ich hätte Ihnen schon früher sagen sollen, daß er ein Gauner ist.«

»Ein Gauner? Du meinst, ein übler Krimineller?«

»Genau. Deshalb sollten Sie ja so vorsichtig sein mit dem, was Sie Mrs. Molloy sagen.«

»Ist diese nette kleine Frau etwa auch kriminell?«

»Noch viel krimineller als ihr Mann.«

»Ich glaub', mich tritt ein Pferd!« erwiderte Lord Uffenham aller Illusionen beraubt. »Muß erst mal drüber nachdenken.«

»Geben Sie mir die Dose«, wiederholte Soapy seine Forderung, doch er hätte sich seine Worte schenken können, denn Lord Uffenham war bereits in Trance verfallen.

Eine Zeitlang blieb es mucksmäuschenstill. Soapy wußte nicht genau, welches weitere Vorgehen seine Gattin nun von ihm erwarten würde. Anne schaute Jeff vorwurfsvoll an, der mit erhobenen Händen regungslos dastand. Daß er die Situation so widerspruchslos akzeptierte, wirkte wie ein Schock auf sie. Sie konnte ihn nicht leiden, doch sie hielt ihn für einen Mann mit Courage. »Kannst du nicht irgend etwas unternehmen?« fragte sie ihn.

Bevor er antworten konnte, erwachte Lord Uffenham wieder aus seinem Trancezustand, und es schien, als seien seine Meditationen von Erfolg gekrönt gewesen. »Überlaß das mir, meine Liebe. Ich hab' eine Idee. Mir ist was eingefallen.« Er ging auf Soapy zu und schüttelte dabei kräftig die Tabaksdose. »Sie können mit der Waffe gar nicht zielen. Sie können nicht abdrücken. Sie sind nicht einmal in der Lage, die Waffe zu halten!«

Soapy konnte nicht folgen. »Warum nicht?« fragte er überrascht.

Lord Uffenham war völlig enttäuscht, als er sich an Jeff wandte. »Seltsam. Scheint nicht zu funktionieren. Genau das Gleiche hat ein Kerl in einem Theaterstück in New York zu einem anderen Kerl gesagt, der eine Pistole hatte. Der mit der Pistole hat sofort das verdammte Ding fallen lassen und zu flennen angefangen. Vielleicht hab' ich's nicht richtig gesagt.«

»Es klang gut«, versicherte Jeff. »Aber ich bezweifle, daß bloße Worte hier ausreichen. Entschuldigen Sie einen Moment.«

Mit einem gekonnten Hechtsprung war er in Richtung von Soapys Knien unterwegs. Soapy sah ihn zwar auf sich zuspringen, erwartete den Angriff aber in höheren Regionen. Jeffs Arme umklammerten ihn, bevor er ausweichen konnte, er stolperte und fiel zu Boden. Es gab einen lauten Knall, als die Pistole losging, und danach folgten die dumpfen Geräusche, die entstehen, wenn sich zwei starke Männer im Kampf auf dem Teppich herumwälzen.

Das Kämpferblut in Lord Uffenhams Adern geriet bei diesem Anblick in Wallung. Jahre waren vergangen, seit er sich letztmals so auf einem Teppich herumgewälzt hatte, doch der alte Kampfgeist steckte noch immer in ihm, und es juckte ihn in den Fingern, sich an der Schlägerei zu beteiligen. Als er heftig schnaufend um die beiden herumtapste, fühlte er sich durch die Tabaksdose behindert. Ein Mann kann in einem Kampf nur dann sein Bestes geben, wenn er die Hände frei hat. Er überlegte, wo er das Ding lassen könnte, damit es vorläufig in Sicherheit wäre. In diesem Augenblick bemerkte er neben sich einen weiblichen Schatten, dessen Dienste er dankbar in Anspruch nahm. »Halt das mal, meine Liebe«, sagte er.

Nachdem er den Ballast abgeworfen hatte, stellte er jedoch fest, daß seine weibliche Gehilfin nicht, wie er zunächst angenommen hatte, seine Nichte Anne war, sondern die vormals nette kleine Frau Dolly Molloy.

Der Pistolenschuß hatte Dolly ins Arbeitszimmer gerufen. Nachdem sie die Kellertür hinter Mrs. Cork abgeschlossen hatte, war sie zur Garage geeilt, hatte den Sportwagen ihrer Gastgeberin herausgeholt und ihn vor dem Eingang geparkt. Eigentlich hatte sie am Steuer des Wagens auf Soapy warten wollen, doch Schüsse in der Nacht werfen alle Pläne über den Haufen.

Sie ahnte nichts Gutes, als sie den Schuß hörte. Er schien zu bedeuten, daß ihr Mann in Schwierigkeiten geraten war, und als gute Ehefrau rannte sie los, um ihm zu helfen. Ein flüchtiger Blick verriet ihr, daß sie richtig daran getan hatte, sich zu beeilen.

Als sie den Raum betrat, war es Soapy mit einem Fußtritt gelungen, sich für einen Augenblick aus den Armen seines Gegners, die ihn umklammerten, zu befreien und sich hochzurappeln. Er sah jedoch recht mitgenommen aus und nicht so, als würde er eine weitere Runde überstehen.

Es war nicht zu übersehen, daß diese nächste Runde bald eingeläutet werden würde, denn Jeff hatte sich inzwischen auch erhoben. Seine ganze Haltung entsprach so deutlich der eines Mannes, der die Entfernung abschätzt, um den entscheidenden Schlag mit der Rechten vorzubereiten, daß Dolly nicht mehr zögerte, sondern sofort zur Tat schritt. Sie hob mit beiden Händen die Tabaksdose und schlug sie ihm auf den Hinterkopf.

Bei der Tabaksdose handelte es sich um ein großes, bauchiges Behältnis, das dem Aussehen nach aus Stein gefertigt und mit dem Wappen eines Colleges verziert war. Lord Uffenham hatte sie während seines ersten Studienjahres in Cambridge gekauft, und die Tatsache, daß sie die ganze Zeit unbeschädigt überstanden hatte, zeugte von ihrer Unverwüstlichkeit.

Hinzu kam, daß die zierlich wirkende Dolly mehr Kraft entwickeln konnte, als man ihr zutraute. Sie hatte kräftige Handgelenke und zielte außerdem gut. Die Folge von alldem war, daß ein einziger Schlag genügte. Jeff rollte die Augen, seine Knie wurden weich, und er sank zu Boden.

Mit einem Schrei sprang Anne hinzu und beugte sich über ihn. »Jeff!« schrie sie. »O Jeff, mein Lieber!«

Ruft man sich die von Anne energisch vertretene und freimütig geäußerte Meinung über diesen jungen Mann ins Gedächtnis, so wirkte ihr jetziges Verhalten befremdlich. Man hätte ein »Bravo!« oder gar Beifallklatschen erwartet. Tatsache ist aber, und jeder Psychologe kann das bezeugen, daß sich die Ansichten einer Frau in so extremen Situationen plötzlich wandeln.

Eine Frau mag den Rugbyspieler hassen und verabscheuen, der sie auf einem von Rhododendren gesäumten Spazierweg überfallen hat, doch sieht sie diesen Spieler, wie er sich in seinem Blut wälzt, nachdem er von einer Tabaksdose am Kopf getroffen worden ist, so wird aus Haß Mitleid, aus Mitleid Vergebung und aus Vergebung Liebe.

Um der Wahrheit die Ehre zu geben: Jeff wälzte sich in keiner großen Blutlache, denn es war nichts weiter geschehen, als daß die Kante des Wappens von Lord Uffenhams Alma Mater seine Kopfhaut etwas aufgeritzt hatte, doch auch dieses bißchen Blut reichte für Anne aus, um zu erkennen, daß sie ihn liebte, ihn allzeit lieben würde und daß er keineswegs zum Abschaum der Menschheit zählte, sondern ganz im Gegenteil das edelste männliche Wesen war, das diese Menschheit je hervorgebracht hatte.

»O Jeff!« klagte sie.

»Er heißt Walter«, verbesserte Lord Uffenham, der, so ernst die Situation auch war, auf diese Bemerkung nicht verzichten wollte.

»Nein, du hast recht«, fügte er schnell hinzu. »Irgendwann vergess' ich sogar noch meinen eigenen Namen.« Er sah Dolly, die gerade die Pistole aufhob, vorwurfsvoll an. »Nicht doch«, sagte er.

Dolly kümmerte sich um Soapy, der sich gegen den Schreibtisch lehnte und sich langsam wieder von den Anstrengungen erholte. »Alles in Ordnung, Liebling?«

»Wird schon werden, Mäuschen.«

»Hast du die Diamanten?«

»Sie sind in der Dose.«

»In der Dose?«

»Ja, ganz sicher. Der alte Knochen hat's selbst gesagt.«

»Wenn Sie mit dem ›alten Knochen‹ mich meinen«, sagte Lord Uffenham beleidigt, »dann will ich Ihnen mal was sagen, Sie halbe Portion –«

Dolly hob die Hand. »Augenblick, Opa.« An Soapy gewandt fuhr sie fort: »Geh schon mal zum Auto und laß den Motor laufen. Steht rechts vom Eingang. Wir müssen weg, bevor Chimp auftaucht. Vergiß die Dose nicht.«

»In Ordnung, Mäuschen«, antwortete Mr. Molloy folgsam und verschwand.

»So, Opa«, sagte Dolly in forschem Ton, »nun zu Ihnen. Was haben Sie auf dem Herzen?«

Lord Uffenham starrte sie an. »Auf dem Herzen? Was ich verdammt noch mal auf dem Herzen hab'? Ist Ihnen klar, daß mein ganzes Vermögen in dieser Tabaksdose drin ist, mit der Ihr feiner Herr Gemahl gerade abgehauen ist?«

»Ja, wirklich?«

»Mein gesamtes Vermögen.«

Dolly kaute auf ihrer Lippe. Sie schien tatsächlich Mitleid zu empfinden. »Das ist wirklich bedauerlich«, stimmte sie zu. »Ich mag Ihnen das eigentlich nicht antun, Opa, denn Sie sind ein gutes altes Haus. Hören Sie zu! Ich mach' Ihnen einen Vorschlag. Wir geben Ihnen fünfundzwanzig Prozent.«

Anne blickte hoch. Ihr Gesicht war schmerzverzerrt. »Ich glaube, er ist tot«, flüsterte sie.

»Da bin ich aber anderer Meinung«, sagte Dolly.

Lord Uffenham reagierte etwas gereizt. »Unterbrich uns jetzt nicht, meine Liebe. Wir reden über geschäftliche Dinge. Also, was ist das für ein Vorschlag?«

»Wir überlassen Ihnen fünfundzwanzig Prozent. Das würd' ich nicht für jeden tun, verstehen Sie? Das ist 'ne Menge Geld. Aber das Ding läuft nur dann«, schränkte Dolly ein, »wenn wir Chimp da raushalten können. Was halten Sie davon, Opa? Überlegen Sie schnell. Ich hab' keine Zeit.«

Lord Uffenham schnaubte verächtlich. Er schien wenig beeindruckt von dieser Offerte. »Fünfundzwanzig Prozent? Wissen Sie eigentlich, daß alles, was meine Nichte hat, auch da drin ist?«

»Kaum zu glauben. Wie ist denn das passiert?«

»Ihr Geld ist mir zu treuen Händen anvertraut worden. Sollte drauf aufpassen. Werd' das gutmachen müssen. Wissen Sie eigentlich, was das heißt? Ich muß jetzt Mrs. Cork heiraten!«

Dollys ernste Miene hellte sich auf. »Aber warum haben Sie uns denn nicht schon früher erzählt, daß mit Ihnen und der Cork was im Busch ist? Das ist doch die Lösung. Wenn Sie sich schon darauf versteift haben, die Cork zu heiraten, dann ist doch alles in Butter. Sie hat so viel Piepen, daß Sie den paar Mäusen, die Soapy und ich kassieren, nicht nachweinen müssen. Hören Sie zu, Opa. Sie ist im Keller. Hier ist der Schlüssel. Lassen Sie sie raus, aber erst, wenn sie durchs Schlüsselloch ihr Ja gehaucht hat. Tschüß, ich muß mich beeilen«, rief Dolly und verschwand.

Nachdem sie gegangen war, stand Lord Uffenham für kurze Zeit regungslos da und starrte auf den Schlüssel in seiner Hand. Er hörte undeutlich, wie in einem Traum, seine Nichte etwas sagen über jemanden, der nicht tot sei, doch war er nicht in der Lage, ihr seine Aufmerksamkeit zu schenken. Er dachte an Mrs. Cork als seine Lebensgefährtin und mußte sich mit aller Macht zwingen, an die vor ihm liegende schwere Aufgabe heranzugehen. Doch dann schritt er langsam, aber gefaßt zur Tür, wie einst cin französischer Aristokrat zum Schafott.

Genau in diesem Moment vernahm er das Fahrgeräusch eines sich immer schneller entfernenden Autos.

Dolly hatte nicht lange gebraucht, um zum Auto zu kommen. Sie war mit sich und der Welt zufrieden, als sie mit raschen Schritten auf die in der Dunkelheit rot leuchtenden Rücklichter des Autos zulief. Der erste Verdacht, daß vielleicht doch nicht alles zum Besten bestellt sein könnte, kam ihr, als sie neben dem mit laufendem Motor abgestellten Auto nicht nur ihren geliebten Gatten, sondern auch diesen unausstehlichen Chimp Twist stehen sah. »Hallo«, rief sie, ohne ihre wahren Gefühle zu verraten.

Chimp war blendend gelaunt. Der Schuß hatte sich ihm als angenehme Überraschung dargestellt, denn er war felsenfest davon überzeugt gewesen, daß Dolly sich nicht an diesen Punkt ihrer Abmachung halten würde. »Also«, sagte er beinahe freundlich, »laßt uns verduften.«

Dolly versuchte noch immer, sich auf seine unwillkommene Anwesenheit einzustellen. »Was hast du denn mit den Spinatfressern gemacht?«

»Eingesperrt. Was ist mit der Cork?«

Dolly fühlte sich plötzlich erleichtert. Sie wußte jetzt, wie sie ihn loswerden konnte. »Sie ist im Keller«, antwortete sie, holte dann plötzlich tief Luft und zeigte mit weit aufgerissenen Augen zum Haus. »Scheibenkleister!« rief sie aufgeregt. »Sie ist nicht mehr dort. Da kommt sie!«

Chimp drehte sich um. »Wo?«

»Dort!« schrie Dolly und zog ihm mit dem Pistolengriff einen neuen Scheitel.

Vergleicht man, was die Einwirkung auf einen menschlichen Hinterkopf angeht, eine große, solide Tabaksdose mit dem Griff einer kleinen Pistole, so besteht zwischen beiden ein gewaltiger Unterschied. Während Jeff in sich zusammengesunken war wie ein nasser Sack, geriet Chimp Twist nur etwas ins Wanken.

Wenn ein Mann ins Wanken gerät, dann dauert es einige Sekunden, bis er wieder voll da ist. Diese wenigen Sekunden genügen jedoch einer Frau, die gewöhnt ist, schnell zu handeln, um ihren Gatten ins Auto zu stoßen, selbst einzusteigen und davonzubrausen.

Mr. Molloy, der die ganze Zeit fasziniert zugeschaut und zuletzt nicht gewußt hatte, wie ihm geschah, war voller Bewunderung. »Du hast heute abend ganz schön zugeschlagen, Mäuschen.«

»Lief alles wie geplant«, erwiderte Dolly und konzentrierte sich danach aufs Fahren.

Achtundzwanzigstes Kapitel

Im Arbeitszimmer hatte sich Jeff inzwischen erhoben und lehnte an dem Schreibtisch, an dem Mrs. Cork so viele Geschichten über Elefanten diktiert hatte. Anne hatte sich auf die Armlehne eines Sessels gesetzt und sah ihn liebevoll an wie eine Mutter, deren Erstgeborenes gerade die Masern überstanden hat. »Wie fühlst du dich?« fragte sie zärtlich.

Er strich sich mit einer Hand über die Stirn. »Ich fühl' mich ziemlich benommen.«

»Nun, das ist ja auch nicht weiter verwunderlich.«

»Ich war noch nie so überrascht in meinem Leben.«

»Du meinst, als dir Mrs. Molloy die Dose auf den Kopf schlug?«

»Nein. Als ich wieder zu Bewußtsein kam und du mich gerade küßtest.«

»Ach, das meinst du.«

(Sie hatte sich das »Du« nicht verbeten!)

»Du hast mjch also wirklich geküßt? Es war also doch nicht nur ein schöner Traum?«

»Nein, ich habe dich geküßt. Ich dachte nämlich, du seist tot.«

Jeff hielt inne. Er arbeitete sich immer näher an die entscheidende Frage heran. Von nun an mußte er sehr sorgfältig darauf achten, was sie ihm antwortete. »Muß ich etwa erst das Zeitliche gesegnet haben, damit du mich küßt?«

»Nein, ganz im Gegenteil. Mir ist es viel lieber, wenn du dabei noch atmest.«

Jeff war immer noch etwas benebelt. »Ich kann dir nicht ganz folgen.«

»Was verwirrt dich denn so?«

»Nun, vor nicht allzu langer Zeit machte dein Verhalten den Eindruck, als könntest du mich nicht ausstehen.«

»Das war so beabsichtigt.«

»Und jetzt?«

»Es scheint, als hätte ich meine Meinung geändert, nicht wahr?«

»Du magst mich wirklich?«

»Ja, sehr sogar.«

Jeff hielt wieder inne. Viel hing von ihrer Antwort auf die nächste Frage ab. »Liebst du mich eventuell sogar?«

»Ja.«

»Das ist wirklich erstaunlich.«

»Ich muß zugeben, auch ich war erstaunt. Es schien mich zu überrollen wie eine Welle, als ich sah, wie Mrs. Molloy dich niederschlug.«

»Dann kann ich nur sagen: Tausend Dank, Mrs. Molloy«, rief Jeff fröhlich. »Ein dreifaches Hoch auf diese nette kleine Frau.«

Nun, da er endgültig von der Echtheit ihrer Gefühle überzeugt war, zögerte er nicht länger und nahm sie in seine Arme.

Eine Zeitlang standen sie selig schweigend da.

»Ich kann das alles nicht glauben«, sagte er schließlich. »Ich lasse mich auch nicht einen Moment täuschen. Ich weiß ganz genau, daß ich plötzlich aufwachen werde und wir uns wieder in der Eiszeit unserer Beziehung befinden, in der du mich allerhöchstens mit einem frostigen ›So?‹ abspeist. Ich frage mich, ob du auch nur die geringste Vorstellung davon hast, was es für einen verliebten Mann bedeutet, wenn man ihn so abblitzen läßt?«

Anne schien zu bereuen. »Mein Ärmster! War ich wirklich so hochmütig gegen dich?«

»Kleopatra hätte von dir noch einiges lernen können.«

»Es tut mir leid. Das Problem ist wahrscheinlich, daß ich die Wirkung meiner Worte noch nicht so richtig einschätzen kann. Trotzdem: Verdient hattest du es.«

»Wenn du mir jedesmal so die kalte Schulter zeigst, wenn ich es verdient habe, dann sieht meine Zukunft sehr düster aus.«

»Nein, nein. Es soll nie wieder vorkommen. Egal, was du tust, ich werde mir immer nur sagen: ›Es ist ja nur Jeff, der alte Trottel. Er kann nichts dafür; er hat aber auch viele gute Seiten, und vor allem, ich liebe ihn.‹ Ist das besser so?«

»Viel besser. Ich sehe ein ruhiges und glückliches Eheleben vor uns liegen.«

Die Art, wie er sie daraufhin umarmte, hätte sogar vor den kritischen Augen von Lord Uffenham Gnade gefunden.

Anne löste sich schließlich aus der Umarmung und sah ihn nachdenklich an. »Weißt du, das Leben ist wirklich hart«, seufzte sie.

Jeff konnte dem nicht beipflichten. »Ganz und gar nicht. Das Leben ist wunderbar. Wie kommst du zu einer anderen Ansicht?«

»Die Molloys sind mit den Diamanten auf und davon.«

»Was macht das schon!«

»Findest du nicht auch, daß das schade ist?«

Jeff schien etwas verwirrt. »Ich kann dir nicht folgen. Du sagst, daß du mich liebst... Das hast du doch gesagt?«

»Ja, daran erinnere ich mich.«

»Und du willst mich heiraten?«

»Ja.«

»Und trotzdem scheinst du von mir zu erwarten, daß ich ein großes Tamtam darum mache, daß die Molloys mit den Diamanten auf und davon sind?«

»Ich sagte nur, daß es schade sei. Hättest du es etwa nicht gern gesehen, wenn deine Frau eine gute Mitgift mit in die Ehe gebracht hätte?«

»Es kommt doch nicht auf die Mitgift an. Was ist schon Geld? Sei es auch arm wie eine Kirchenmaus, ein braves englisches Mädchen ist die ideale Gefährtin für die Tapfersten und Edelsten im Land.«

»Ein englisches Mädchen kann jedoch auch dann noch brav sein, wenn es etwas auf der hohen Kante hat. Ich muß gestehen, daß es mir, obwohl ich ihn liebe wie einen Vater, Spaß machen würde, meinem Onkel eine Tabaksdose auf den Kopf zu schlagen.«

»Na schön, du hast die Möglichkeit dazu. Da kommt er gerade. Er hat sicher irgendwo noch so eine Dose, die er dir dazu leihen kann.«

George Viscount Uffenham kam stets mit schweren Schritten und einem glasigen Blick daher, doch als Jeff ihn nun ins Arbeitszimmer kommen sah, schien es ihm, als wäre sein Schritt noch gemessener und sein Blick noch glasiger als sonst. Man hätte meinen können, er käme von der Beerdigung eines guten Freundes, wäre nicht sein Gesicht mit Kohlestaub verschmiert gewesen, was ja bei dem genannten Anlaß nicht üblich ist.

Anne bemerkte, typisch Frau, diesen Makel, nicht aber die Anzeichen dafür, daß seine Gefühle verletzt waren. »Was hast du denn mit deinem Gesicht gemacht?«

Aus Lord Uffenhams Blick verschwand das Glasige; an seine Stelle trat Zorn. Es war offensichtlich, daß ihn eine unangenehme Erinnerung plagte. »Die Frage muß nicht lauten, was ich mit meinem Gesicht gemacht habe, sondern dieser Wicht Trumper. Er hat mich mit Kohle beworfen.«

»Mit Kohle?«

»Sehr gut für Wurfzwecke geeignet«, ergänzte Jeff. »Warum hat er das getan?«

»Hatte wohl was dagegen, daß ich Mrs. Cork küsse.«

»Du hast Mrs. Cork geküßt? Warum denn?« rief Anne.

»Weil ich sie heiraten wollte.«

»Deshalb hat er sie ganz einfach geküßt«, erklärte Jeff. »Wenn man jemanden heiraten möchte, ist der erste Schritt in diese Richtung, daß man ihn küßt. Nimm doch nur einmal uns beide als Beispiel. Wenn du mich nicht geküßt hättest, wäre es wohl nie soweit gekommen, daß ich in die Heirat einwilligte. Ich hatte schwere Bedenken.«

Anne sah ihn scherzhaft böse an. »Ich weiß nicht, J. G. Miller, ob du dir im klaren darüber bist, daß nicht viel fehlt und ich wieder nur ›So?‹ zu dir sage.«

Zu Lord Uffenham gewandt sagte Jeff: »Schenken Sie all dem keine Beachtung. Nur ein kleiner Streit zwischen Verliebten. Wir sind verlobt.«

»Ich glaub', ich spinne. Stimmt das?«

»Ja, wir sind verlobt. Sie, so schließe ich aus Ihrer Miene, sind es nicht. Ist es Ihnen nicht gelungen, sich die Cork zu angeln? Was ist denn schiefgelaufen?«

»Alles lief schief. Ich hab' die Kellertür aufgemacht, sie kam herausgeschossen aus dem Keller, und ich hab' sie geküßt –«

»Haben Sie ihr denn nicht gesagt, daß Sie in Wirklichkeit Lord Uffenham sind?«

»Nein. Warum?«

»Mir kam gerade der Gedanke, daß sie es möglicherweise für sonderbar gehalten hat, daß der Butler sie küßt.«

»Lieber Himmel! Hab' nicht daran gedacht.« Lord Uffenham nickte einsichtig. »Deshalb hat sie gesagt, ich wär' blau und solle meinen Rausch ausschlafen.«

»Das war wahrscheinlich der Grund.«

»War aber nicht entscheidend. Sie hatte sich schon im Keller entschlossen, Trumper zu heiraten. Deshalb hat er auch mit Kohlen geschmissen. Das Ende vom Lied war, daß sie mich rausgeworfen hat und ich morgen früh weg muß. Trotz Kündigung erhalte ich aber noch den vollen Monatslohn. Kommt mir sehr gelegen.«

»Machen wir halbe-halbe! Aber ich dachte, Sie könnten nicht von ihr entlassen werden?«

»Das erinnert mich an die Geschichte von dem Kerl, der im Gefängnis sitzt, und ein Freund kommt zu ihm und fragt ihn weshalb, und er sagt's ihm, und der Freund sagt: ›Dafür können sie dich nicht einlochen‹, und der andere sagt: ›Ich weiß, aber sie haben's gemacht.‹ Sie hat gebrüllt, daß es ihr egal ist, ob es eine Klausel im Pachtvertrag gibt, die verbietet, daß sie mich rausschmeißt. ›Wenn Lord Uffenham mich verklagt‹, hat sie geschrien, ›dann werd' ich den Fall bis zur letzten Instanz durchfechten.‹ Glaub' nicht, daß ich sie verklag'. Kostet zu viel Geld und bringt nur Ärger.«

Anne, die wieder einmal die üblichen Schwierigkeiten hatte, sich in einen Uffenham-Miller-Dialog einzuschalten, nutzte die kleine Pause, die an dieser Stelle entstand. »Arme Anne!« bemitleidete sie sich selbst. »Armes, unglückliches Mädchen! Was für eine Zukunft hast du vor dir, mit einem verrückten Ehemann und einem Onkel, der wirres Zeug redet. Jeff!«

»Ja, mein Schatz?«

»Würdest du mir bitte erklären, was das alles soll?«

»Aber gern. Vor dir steht ein Held. Er wollte Mrs. Cork heiraten, um so an ihre Dukaten heranzukommen und dir das verlorene Vermögen zurückzuzahlen.«

»Onkel George!« rief Anne überwältigt.

»Genauso hab' ich's mir vorgestellt, meine Liebe«, tönte Lord Uffenham. »Noblesse oblige, mußt du wissen.«

Jeff bedauerte, daß er ihm die Möglichkeit zur Selbstbeweihräucherung verschafft hatte. Es kommt eben leider zu häufig vor, daß ein Lob dem Betreffenden gleich zu Kopf steigt.

Er holte zum gezielten Gegenschlag aus. »Nun stehen Sie nicht da und präsentieren sich als edlen Ritter. Es wäre überhaupt nicht notwendig geworden, daß Sie sich so aufopfern, wenn Sie nur ein bißchen Grips unter der Mütze hätten.«

»Harte Worte, Jeff«, bemerkte Lord Uffenham sichtlich betroffen.

Anne stimmte ihm zu. »Mir scheint, daß du nun völlig überschnappst. Aber so überhebliche Typen kann ich nicht ausstehen.«

»Ich nehme kein Wort zurück von dem, was ich sagte. Warum hat der alte Schwachkopf die Diamanten nicht in einer Bank deponiert?«

»Wie bitte? Du bezeichnest meinen Onkel als Schwachkopf?«

»Jawohl.«

»Es wurde auch Zeit, daß ihn jemand mal so nennt. Aber du weißt ja, daß er kein Vertrauen zu Banken hat.«

»Das hat er mir auch gesagt.«

»Und wer kein Vertrauen zu Banken hat, dem gefällt auch der Gedanke nicht, daß seine Diamanten dort aufgehoben sind.«

»Aber auf einer Bank wären sie auch nicht schlechter aufgehoben als bei den Molloys.«

»Da hast du natürlich auch wieder recht.«

Lord Uffenham hatte diesen Wortwechsel nicht verfolgt. Nachdem Jeff ihn so kritisiert hatte, war er in sich gegangen, und das Zucken seiner Augenbrauen verriet, daß er über etwas nachdachte. Plötzlich meldete er sich wieder zurück. »Moment mal!« rief er. »Ich glaub', ich hab's gleich. Jeff!«

»Mylord?«

»Bank! Wiederhol das Wort ein paarmal.«

»Also gut. Bank... Bank... Bank... Bank... Wie lange soll denn das so weitergehen?«

»Hört mal zu, ihr beiden«, hob Lord Uffenham an. »Mir kommen langsam große Zweifel, ob ich die Diamanten wirklich in die Tabaksdose getan hab'. Aber irgendwie scheint das Wort ›Teich‹ eine Bedeutung zu haben. Und das Wort ›Bank‹. Ihr erinnert euch doch dran, daß es in meinem Terminkalender unter dem 4. April eingetragen war.«

Anne stieß einen leisen Schrei aus. »Das war doch der Tag vor deinem Unfall!«

»Genau. Und deshalb hat es eine so große Bedeutung. Sagt jetzt mal nichts! Ich muß nachdenken.« Er schien wieder in Trance zu verfallen.

Jeff und Anne unterhielten sich flüsternd.

»Ich liebe dich«, sagte Jeff.

»Das klingt schon viel besser.«

»Ich werde nie eine andere Frau lieben als dich.«

»Noch besser.«

Lord Uffenham erhob sich schwerfällig aus dem Sessel. Er strahlte vor Zufriedenheit. »Hab's doch gewußt, daß ich noch draufkomme. Vergesse nie was, zumindest nicht für immer. Man muß mir nur Zeit lassen, mich zu konzentrieren. Hab' die Diamanten doch zur Bank gebracht.«

»Nicht möglich!« schrie Jeff.

»Zu welcher Bank?« schrie Anne.

»Zur Bank am Teich, dort wo die Statue von dem nackten kleinen Jungen mit dem dicken Bauch steht. Erinner' mich ganz genau. Bin dort ein bißchen rumspaziert, hatte auch eine kleine Schaufel dabei, weil ich im Garten Unkraut gejätet hatte, und plötzlich kam mir die Idee, daß das ein gutes Versteck wär'. Ich geh' sie holen.« Er stapfte zur Terrassentür hinaus.

Jeff und Anne sahen sich skeptisch an.

»Glaubst du, daß sie wirklich dort sind?« fragte Anne.

Jeff schüttelte den Kopf. »Habe da keine Hoffnungen. Das ist doch wieder nur eine falsche Spur. Wir sollten lieber in aller Ruhe unsere Zukunft planen und diese Diamanten vergessen.«

»Meine Mitgift!«

»Ich habe dir schon gesagt, ich will deine Mitgift nicht. Das wäre ja noch schöner, wenn ein Miller vom Halsey Court seine Familie nur mit dem Geld seiner Frau ernähren könnte. Wir werden nicht in Saus und Braus leben, aber doch in bescheidenem Wohlstand. Am Anfang werden wir uns natürlich etwas einschränken müssen. Du wirst unsere bescheidenen Mahlzeiten zubereiten, und ich werde das Geschirr spülen. Aber halt, von wegen ich und Geschirr spülen! Dein Onkel wird das Geschirr spülen. Er wird natürlich bei uns wohnen, und es wäre doch Unsinn, einen erfahrenen Butler im Haus zu haben und ihn nicht zu beschäftigen. Also, ich sehe die Sache so: Du kochst, er spült ab, serviert bei Tisch, öffnet die Tür, wenn jemand klingelt, macht Besorgungen, putzt das Silber –«

»Welches Silber?«

»Den kleinen Pokal, den ich in der Schule für hervorragende Leistungen auf den Mittelstrecken gewonnen habe.«

»Und was machst du?«

»Ich stelle mir vor, daß ich auf der Couch liege, eine Pfeife rauche, vor mir auf dem Tisch ein Glas mit etwas drin stehen habe und alles überwache –«

»Wie reizend!«

Von draußen näherten sich schlurfende Schritte. Lord Uffenham kam von der Diamantensuche zurück. Er trat durch die Terrassentür und schritt schwerfällig durch das Zimmer. »Na bitte«, triumphierte er. »Ich hab's doch gesagt.« Mit einer gleichgültigen Handbewegung verstreute er Diamanten auf dem Schreibtisch.

Dreißig Kilometer von Shipley Hall entfernt war Dolly Molloy von der Schnellstraße nach London auf eine Landstraße abgebogen und hatte den Sportwagen angehalten. Sie bat ihren Soapy, doch einmal die Tabaksdose hervorzuholen, damit sie kurz einen Blick auf den Inhalt werfen könnten. Sie sagte, sie fühle sich wie ein kleines Kind beim Auspacken der Weihnachtsgeschenke.